Silhouette®

Die Rache

Sechs Monate ist es her, dass für Elena die Totenglocke geläutet wurde, doch Frieden hat sie nicht gefunden. Denn sie ist ins Schattenreich verbannt, wo sie jetzt die verzweifelten Hilferufe ihrer besten Freundin Bonnie empfängt. Elenas Botschaft in die Welt der Lebenden ist deutlich: Das Böse, das die Feindschaft der Vampirbrüder schürt, um Rache für längst Vergangenes zu nehmen, kann bezwungen werden, wenn Stefan und Damon Seite an Seite kämpfen. Aber der Hass sitzt tief, und das Grauen, das sie besiegen müssen, ist nicht nur mächtig – es hat auch viele Gesichter ...

L. J. Smith

Die Rache

Roman

Aus dem Amerikanischen von
Ingrid Gross

Silhouette®

SILHOUETTE™ TASCHENBUCH
Band 15004
1. Auflage: September 2002

SILHOUETTE™ TASCHENBÜCHER
erscheinen in der Cora Verlag GmbH & Co. KG,
Axel-Springer-Platz 1, 20350 Hamburg
Deutsche Taschenbucherstausgabe

Titel der nordamerikanischen Originalausgabe:
Dark Reunion - The Vampire Diaries 4

erschienen bei: Harper Paperbacks, New York
Published by arrangement with
17th Street Productions, Inc., at Alloy, Inc.

Dieses Werk wurde vermittelt durch die
Literarische Agentur Thomas Schlück GmbH, 30827 Garbsen

Redaktion/Lektorat: Ilse Bröhl
Konzeption/Reihengestaltung: fredeboldpartner.network, Köln
Umschlaggestaltung: pecher und soiron, Köln
Titelabbildung: © by The Image Bank, Hamburg
und Stone, München
Satz: Berger Grafikpartner, Köln
Druck und Bindearbeiten: Elsnerdruck, Berlin
Printed in Germany
ISBN 3-89941-031-9

1. KAPITEL

„Alles kann wieder so werden wie früher“, versicherte Caroline warm und drückte Bonnies Hand.

Aber das stimmte nicht. Niemals konnte es wieder so werden wie vor Elenas Tod. Bonnie überkam ein mulmiges Gefühl bei dem Gedanken an das, was Caroline vorhatte. Irgendetwas sagte ihr, dass es eine sehr, sehr schlechte Idee war.

„Meredith' Geburtstag ist doch schon vorbei“, warf sie ein. „Der war am letzten Samstag.“

„Das weiß ich. Aber sie hatte keine Party. Jedenfalls keine, wie ich sie für Meredith plane. Wir haben die ganze Nacht Zeit. Meine Eltern kommen erst am Sonntagmorgen zurück. Nun sei kein Spielverderber, Bonnie. Denk daran, wie überrascht Meredith sein wird.“

Oh, sie wird sehr überrascht sein, dachte Bonnie. So überrascht, dass sie mir hinterher den Hals umdreht. Laut sagte sie: „Meredith wollte keine Fete. Ihr war nicht nach Feiern zu Mute. Es schien ihr irgendwie ... pietätlos.“

„Genau das ist falsch. Elena würde wollen, dass wir uns amüsieren, das weißt du genau. Sie liebte Partys. Und sie würde es hassen, uns sechs Monate nach ihrem Tod immer noch wie Trauerklöße herumsitzen zu sehen.“ Caroline lehnte sich nach vorn. Ihre grünen Katzenaugen blickten ernst und bittend. Sie verstellte sich nicht. Das war keins von Carolines üblichen bösen kleinen Spielen.

„Ich möchte, dass wir wieder Freundinnen werden“, fuhr sie fort. „Wir haben früher immer unsere Geburtstage zusammen gefeiert, nur wir vier. Erinnerst du dich? Und weißt du noch, wie die Jungs jedes Mal mit allen Tricks versucht haben, unsere Partys zu sprengen? Ob sie das wohl dieses Jahr auch machen werden?“

Bonnie merkte, wie ihr die Kontrolle über die Situation entglitt. Eine ganz, ganz schlechte Idee, dachte sie wieder. Doch Caroline redete immer weiter. Sie sah verträumt und fast romantisch aus, während sie von der guten alten Zeit sprach. Bonnie brachte es nicht übers Herz, ihr zu sagen, dass diese Zeiten nie wiederkommen würden.

„Aber wir sind nicht mehr zu viert. Eine Party nur zu dritt macht doch keinen Spaß", protestierte sie schwach, als es ihr gelang, Carolines Redeschwall zu unterbrechen.

„Ich werde auch Sue Carson einladen. Meredith versteht sich doch mit ihr, oder?"

Bonnie musste zugeben, dass das stimmte. Im Grunde mochte jeder Sue. Trotzdem, sie musste Caroline begreiflich machen, dass sie die Vergangenheit nicht zurückholen konnte. Man konnte nicht Sue als Ersatz für Elena nehmen und behaupten, damit sei alles in Ordnung.

Wie soll ich es ihr nur erklären? dachte sie verzweifelt. Plötzlich hatte sie die Antwort. „Laden wir doch Vickie Bennett ein."

Caroline starrte sie fassungslos an. „Vickie Bennett? Du machst wohl Witze? Ich soll mit dieser Idiotin einen ganzen Abend verbringen, die vor der vollbesetzten Cafeteria praktisch einen Striptease hingelegt hat? Nach allem, was passiert ist?"

„Gerade deshalb!" erwiderte Bonnie fest. „Okay, sie hat nie zu unserer Clique gehört. Aber sie zieht auch nicht mehr mit den harten Typen rum. Sie wollen sie nicht mehr und Vickie selbst fürchtet sich zu Tode vor ihnen. Sie braucht neue Freunde. Wir brauchen Leute. Also?"

Einen Moment machte Caroline einen fast hilflosen Eindruck. Bonnie hatte trotzig das Kinn vorgeschoben, die Hände in die Hüften gestemmt, und wartete. Schließlich seufzte Caroline. „Gut, du hast gewonnen. Ich werde sie einladen. Aber du musst dafür sorgen, dass Meredith am Samstagabend zu mir nach Hause kommt. Und, Bonnie, kein Sterbenswörtchen! Ich möchte, dass es eine Überraschung für sie wird."

„Oh, das wird es sicher", sagte Bonnie bitter. Sie war weder auf Carolines offensichtliche Freude noch auf die warme Umarmung vorbereitet, die folgte.

„Ich bin froh, dass du die Dinge so siehst wie ich. Es wird uns allen gut tun, mal wieder beisammen zu sein."

Sie versteht nichts, dachte Bonnie leicht benommen, als Caroline wegging. Was soll ich bloß machen, um es ihr beizubringen? Sie k.o. schlagen?

Dann kam ihr ein weiterer unerfreulicher Gedanke. Oh, Gott. Jetzt muss ich es auch noch Meredith beichten!

Bis zum Abend war Bonnie jedoch zu dem Entschluss gekommen, dass Meredith gar nichts zu wissen brauchte. Caroline wollte sie sowieso überraschen. Bonnie sollte ihr den Gefallen tun und eine völlig ahnungslose Meredith bei ihr abliefern. So ersparte sie Meredith, sich vorher zu viele Gedanken zu machen. Ja, sagte sich Bonnie. Es ist wahrscheinlich sogar das Barmherzigste, sie im Unklaren zu lassen.

Und wer weiß? schrieb sie Freitagabend in ihr Tagebuch, wäre doch gut möglich, dass ich zu hart zu Caroline bin und all die Dinge, die sie uns angetan hat, ihr wirklich Leid tun. Wie zum Beispiel der Versuch, Elena vor der ganzen Stadt bloßzustellen und Stefan wegen Mordes ins Gefängnis zu bringen. Vielleicht ist Caroline seither reifer geworden und hat gelernt, sich auch um andere zu kummern und nicht mehr nur um sich selbst. Am Ende amüsieren wir uns wirklich auf ihrer Party, und es ist wie früher.

Und mich kidnappen vielleicht vor morgen Nachmittag fremde Wesen aus dem All, dachte sie, während sie das Tagebuch schloss. Man konnte immerhin hoffen.

Das Büchlein hatte sie billig im Kaufhaus gekauft. Sein Deckel war mit kleinen Blumen bedruckt. Sie führte erst seit Elenas Tod ein Tagebuch, aber inzwischen wollte sie es nicht mehr missen. Es war der einzige Platz, an dem sie alles sagen konnte, was sie wollte, ohne dass man sie mit hochgezogenen Augenbrauen ansah und ausrief: „Bonnie McCullough!“ oder seufzte: „Aber, Bonnie!“

Ihre Gedanken waren noch bei Elena, als sie das Licht ausmachte und unter die Bettdecke kroch.

Bonnie saß auf einem üppigen, gepflegten Rasen, der in alle Richtungen ins Endlose zu reichen schien. Der Himmel war makellos blau, die Luft warm und voller Blütenduft. Vögel sangen.

„Ich bin so froh, dass du kommen konntest“, sagte Elena.

„Oh, ja“, antwortete Bonnie. „Ich natürlich auch.“ Sie sah sich um und dann wieder schnell zu Elena.

„Noch Tee?“

Bonnie hielt eine Teetasse in der Hand. Sie war aus feinstem Porzellan und eierschalendünn. „Ja, danke.“

Elena trug ein romantisches, weißes Jugendstilkleid. Es war aus zartem Musselin. Der Stoff schmiegte sich an ihren Körper und machte deutlich, wie schlank sie war. Sie goss den Tee mit einer eleganten Bewegung ein, ohne einen Tropfen zu verschütten.

„Eine Maus dazu?“

„Eine WAS?“

„Ich sagte, hättest du gern ein Sandwich zum Tee?“

„Oh, ein Sandwich. Ja. Prima.“ Es bestand aus hauchdünnen Gurkenscheiben mit Mayonnaise auf einem kleinen, viereckigen Stück Weißbrot, ohne Rinde, natürlich.

Die ganze Szene war unwirklich schön. Wie gemalt von Seurat. Wir sind in Warm Springs, dachte Bonnie. An unserem alten Picknickplatz. Aber sicher gibt es wichtigere Dinge zu besprechen als diese Szene hier.

„Wer macht dir eigentlich das Haar?“ fragte sie. Elena war nie allein mit ihrer Frisur fertig geworden.

„Gefällt es dir?“ Elena strich sich mit der Hand über ihre seidige, hellblonde Haarpracht, die im Nacken zu einem losen Knoten zusammengefasst war.

„Es ist perfekt.“ Bonnie kam sich vor wie ihre eigene Mutter.

„Das Haar ist sehr wichtig, weißt du“, erwiderte Elena und sah Bonnie eindringlich an.

Ihre Augen waren tiefer blau als der Himmel. Lapislazuliblau. Verlegen fuhr sich Bonnie durch die eigenen widerspenstigen roten Locken.

„Natürlich ist auch Blut wichtig.“

„Blut? Ja, klar.“ Bonnie hatte keine Ahnung, wovon Elena sprach. Plötzlich hatte sie das Gefühl, auf einem straff gespannten Seil über einem Fluss voller Krokodile zu balancieren. „Ja, Blut ist auch wichtig“, stimmte sie schwach zu.

„Noch ein Sandwich?“

„Danke.“ Dieses war mit Käse und Tomaten belegt. Elena nahm sich selbst auch eins und biss geziert hinein. Bonnie beobachtete sie. Ihre bösen Ahnungen wuchsen von Minute zu Minute, und dann ...

Dann sah sie den Schlamm an den Seiten des Sandwichs hervorquellen.

„Was ... was ist das?“ Vor lauter Angst hörte sich ihre Stimme ganz schrill an. Zum ersten Mal war der Traum wirklich ein Traum. Bonnie merkte, dass sie wie gelähmt war. Sie konnte nur keuchend Luft holen und fassungslos zusehen. Ein dicker Spritzer des dunklen Zeugs fiel aus Elenas Sandwich auf das karierte Tischtuch. Kein Zweifel, es war Schlamm.

„Elena ... Elena, was hat das ...“

„Oh, das essen wir hier unten alle.“ Elena lächelte sie mit braun befleckten Zähnen an. Außer, dass es nicht mehr ihre

Stimme war. Sie klang hässlich und verzerrt. Die Stimme eines Mannes. „Und du wirst es auch tun."

Die Luft war nicht mehr warm und duftend. Es war heiß und roch ekelerregend süß nach verwestem Fleisch. Schwarze Löcher bedeckten die Wiese, die ungepflegt und voller Unkraut war. Das war nicht mehr Warm Springs. Bonnie befand sich auf dem alten Friedhof. Wieso hatte sie das nicht eher bemerkt? Nur, dass diese Gräber ganz frisch ausgehoben waren.

„Noch eine Maus?" fragte Elena und kicherte. Bonnie betrachtete das halb gegessene Sandwich, das sie noch in der Hand hielt, und schrie auf. An einem Ende hing ein brauner Schwanz hervor. Sie schleuderte das Brot mit Wucht gegen einen Grabstein, wo es mit einem feuchten Platsch aufschlug. Dann sprang Bonnie auf. Ihr drehte sich der Magen um. Hektisch rieb sie ihre Hände an den Jeans ab.

„Du kannst jetzt nicht gehen. Die anderen kommen doch erst." Elenas Gesicht begann, sich zu verändern. Sie hatte bereits ihr Haar verloren, und ihre Haut wurde grau und ledrig wie die einer Mumie. Hässliche Würmer, Käfer und Insekten krabbelten auf den Tellern mit den Sandwichs herum und wanden sich in der Erde der frischen Gräber. Bonnie weigerte sich, genauer hinzusehen. Ich verliere noch den Verstand, dachte sie.

„Du bist nicht Elena!" schrie sie und floh.

Der Wind blies ihr das Haar ins Gesicht und machte sie blind. Ihr Verfolger war ihr dicht auf den Fersen. Zur Brücke, das war ihre einzige Chance. Da prallte sie mit jemandem zusammen.

„Ich habe auf dich gewartet", sagte das Ding in Elenas zerfetztem Kleid, dieses skelettartige, graue Wesen mit den langen, scharfen Zähnen. „Hör mir zu, Bonnie." Es hielt sie mit übernatürlicher Kraft fest.

„Du bist nicht Elena. Du bist nicht Elena!"

„Hör mir zu, Bonnie!"

Das war wieder Elenas richtige Stimme, nicht mehr spöttisch, rau und hässlich, sondern liebevoll und gleichzeitig sehr eindringlich. Sie kam von irgendwo hinter Bonnie und wehte durch den Traum wie ein frischer, kühler Wind. „Bonnie, hör mir schnell zu ..."

Alles begann sich aufzulösen. Die knochigen Hände, die Bonnies Arme gepackt hielten, der schreckliche Friedhof, die stickige, heiße Luft. Einen Moment klang Elena ganz klar, dann plötzlich knisternd und gestört, wie bei einer schlechten Telefonverbindung.

„... er verdreht die Dinge, verändert sie. Ich bin nicht so stark wie er ..." Bonnie konnte nicht alle Worte erkennen.

„... aber das ist wichtig. Du musst ... sofort finden." Die Stimme schwand.

„Elena, ich höre dich nicht mehr!"

„... ein leichter Zauberspruch mit nur zwei Zutaten, die ich dir schon genannt habe ..."

„Elena!"

Bonnie schrie immer noch, als sie im Bett hochfuhr.

„Das ist alles, woran ich mich erinnern kann", schloss Bonnie, als sie mit Meredith zwischen alten viktorianischen Häusern die Sunflower Street hinunterging.

„Und es war ganz sicher Elena?"

„Ja. Sie versuchte, mir am Schluss etwas mitzuteilen. Aber gerade dieser Teil des Traums ist verschwommen. Ich habe nur gespürt, dass es wichtig war. Sehr, sehr wichtig."

„Mäuse-Sandwichs und offene Gräber?" Meredith hob eine ihrer eleganten Augenbrauen. „Wirfst du da nicht Stephen King und Lewis Carroll durcheinander?"

Wahrscheinlich hat sie Recht, dachte Bonnie. Trotzdem machte der Traum ihr zu schaffen. Den ganzen Tag schon konnte sie sich auf nichts anderes konzentrieren, und das hatte ihre ursprünglichen Sorgen verdrängt. Jetzt, wo sie sich mit Meredith

Carolines Haus näherte, kamen sie jedoch mit Wucht wieder zurück. Ich hätte Meredith alles sagen müssen, dachte sie und warf einen beklommenen Blick auf das größere Mädchen. Ich hätte sie nicht unvorbereitet da hineinlaufen lassen dürfen ...

Meredith schaute seufzend zu den erleuchteten Fenstern des alten Queen Anne Hauses hoch. „Brauchst du diese Ohrringe wirklich heute Abend so dringend?"

„Ja." Jetzt war es ohnehin zu spät. Was blieb ihr anderes übrig, als das Beste daraus zu machen? „Sie werden dir gefallen, wenn du sie siehst", fügte sie hinzu und hörte selbst die Mischung aus Hoffnung und Verzweiflung in ihrer Stimme. Meredith blieb stehen. Ihre scharfen dunklen Augen musterten neugierig Bonnies Gesicht. Dann klopfte sie an die Tür. „Ich hoffe nur, Caroline ist heute Abend nicht zu Hause. Es könnte sonst sein, dass sie sich an uns ranhängt."

„Caroline am Samstagabend zu Hause? Sei nicht albern." Bonnie hatte vor Anspannung zu lange den Atem angehalten. Sie fühlte sich ein wenig wie beschwipst. Ihr helles Lachen klang gezwungen und falsch. „Was für eine Vorstellung!" fuhr sie leicht hysterisch fort und konnte gar nicht aufhören, sich darüber zu amüsieren.

„Ich glaube, es ist überhaupt niemand zu Hause", sagte Meredith skeptisch.

„Carolinchen war allein zu Haus, die Eltern waren beide aus ...", zitierte Bonnie mit Überschwang.

Meredith hatte die Hand auf den Türknopf gelegt. Jetzt hielt sie inne. „Sag mal, Bonnie, hast du einen Sonnenstich?" fragte sie leise.

„Nein." Wieder auf den Boden zurückgekehrt, griff Bonnie nach Meredith' Arm und sah sie flehend an. Die Tür öffnete sich wie von selbst. „Oh, Gott, Meredith. Bitte dreh mir nicht den Hals um ..."

„Überraschung!“ riefen drei Stimmen.

„Lächle“, zischte Bonnie und schob die plötzlich widerspenstige Freundin durch die Tür auf den Hausflur und in ein helles Zimmer voller Musik, Konfetti und Luftschlangen. Sie selbst setzte ihr strahlendstes Lächeln auf. „Töte mich später. Ich verdiene es vermutlich. Aber jetzt – lächle!“ flüsterte sie Meredith mit zusammengepressten Zähnen ins Ohr.

An der Decke hingen bunte Luftballons, und auf dem Tisch lag ein Berg Geschenke. Sogar an Blumen hatte Caroline gedacht. Bonnie fiel jedoch sofort auf, dass die Orchideen in dem großen Gesteck genau zu Carolines hellgrünem Schal passten. Es war ein Seidenschal von Hermès mit einem Muster aus Weinranken und Blättern. Ich wette, am Ende wird sie sich eine der Orchideen ins Haar stecken, dachte Bonnie.

Sue Carsons blaue Augen blickten ein bisschen ängstlich. Ihr Lächeln war besorgt. „Ich hoffe, du hattest für heute Abend keine anderen Pläne, Meredith“, sagte sie.

„Nichts, das sich nicht verschieben ließe“, erklärte Meredith trocken. Aber sie lächelte Sue warm an, und Bonnie entspannte sich. Sue hatte wie Bonnie, Meredith und Caroline zu Elenas ursprünglicher Clique gehört. Sie war mit Bonnie und Meredith die Einzige gewesen, die sich auf Elenas Seite gestellt hatte, als alle anderen gegen sie waren. Bei Elenas Begräbnis hatte Sue gesagt, dass Elena immer die wahre Königin der Robert E. Lee High School bleiben würde, und hatte ihre eigene Nominierung zur Schneekönigin des Winterballs im Gedenken an Elena zurückgezogen. Niemand konnte Sue hassen. Das Schlimmste ist vorbei, dachte Bonnie.

„Ich möchte ein Foto von uns hier auf der Couch haben. Mit den Blumen im Vordergrund.“ Caroline übernahm das Kommando. „Würdest du es bitte machen, Vickie?“

Vickie Bennett hatte bisher still und unbeachtet am Rand des

Zimmers gestanden. „Ja, sicher", sagte sie jetzt und strich sich nervös das lange, hellbraune Haar aus der Stirn, während sie eifrig den Fotoapparat hochhob.

Wie ein Dienstmädchen, dachte Bonnie, dann wurde sie vom Blitzlicht geblendet.

Als das Polaroidfoto fertig war, betrachteten es Sue und Caroline lachend und scherzend, während Meredith trocken und höflich blieb. Bonnie fiel etwas auf. Es war ein gutes Foto geworden. Caroline sah toll aus wie immer mit ihren langen, kastanienbraunen Haaren und den hellgrünen Orchideen im Vordergrund. Und da war Meredith mit ihrem ironischen Lächeln und ihrer dunklen Schönheit, die ohne ihr Zutun überall hervorstach. Schließlich Bonnie selbst, einen Kopf kleiner als die Freundinnen, die roten Locken wirr und mit einem dämlichen Ausdruck im Gesicht. Aber das Merkwürdige war die andere Person neben ihr auf der Couch.

Es war Sue. Natürlich war es Sue. Doch einen Moment lang schienen die blauen Augen jemand anderem zu gehören. Jemandem, der sie flehend ansah und im Begriff war, etwas ganz Wichtiges zu sagen. Bonnie runzelte die Stirn und blinzelte. Das Bild verschwamm vor ihren Augen, und eine Gänsehaut überlief sie.

Nein, es war nur Sue auf dem Foto. Ich muss wohl kurz eine Halluzination gehabt haben, dachte Bonnie. Oder sie hatte sich von Carolines Wunsch, alle wieder wie früher zusammenzuholen, so sehr anstecken lassen, dass sie Gespenster sah.

„Ich mache das nächste Bild." Sie sprang auf. „Setz dich, Vickie. Rück ein bisschen näher heran. Noch näher. Das ist es!" Jede Bewegung von Vickie war hastig und nervös. Als das Blitzlicht aufzuckte, fuhr sie zusammen wie ein verängstigtes Tier auf der Flucht.

Caroline warf kaum einen Blick auf dieses Bild. Sie stand auf und ging stattdessen in die Küche voraus. „Ratet mal, was wir statt eines Kuchens haben werden? ‚Eis ganz heiß‘! Vanilleeis mit Schokoladensauce und jeder Menge heißen Himbeeren. Kommt, helft mir, die Schokolade zu schmelzen.“ Sue folgte ihr, und nach einem kurzen Zögern auch Vickie.

Der letzte Rest Freundlichkeit wich aus Meredith’ Gesicht. Sie wandte sich an Bonnie. „Du hättest mich warnen müssen.“

„Ich weiß.“ Bonnie senkte für eine Minute schuldbewusst den Kopf. Dann schaute sie wieder hoch und grinste frech. „Aber dann hättest du nicht mitgemacht, und wir würden kein Schokoladeneis bekommen.“

„Und das ist die ganze Sache wert?“

„Nun, es hilft“, erwiderte Bonnie und versuchte, vernünftig zu klingen. „Komm schon, es wird bestimmt halb so wild. Caroline gibt sich ehrlich alle Mühe, nett zu sein, und es ist gut für Vickie, dass sie mal aus dem Haus kommt ...“

„Ich glaube kaum, dass es so gut für sie ist“, unterbrach Meredith sie gnadenlos. „Sie scheint einem Herzanfall nahe zu sein.“

„Ach, was. Sie ist vermutlich nur nervös.“ Bonnies Meinung nach hatte Vickie auch allen Grund, nervös zu sein. Sie hatte fast den ganzen letzten Herbst in einer Art Trance verbracht und war von einer übernatürlichen Kraft, die sie nicht verstand, langsam in den Wahnsinn getrieben worden. Niemand hatte erwartet, dass sie sich so gut erholen würde. Meredith blickte immer noch düster vor sich hin.

„He, tröste dich, es ist ja nicht dein richtiger Geburtstag“, meinte Bonnie.

Meredith nahm den Fotoapparat und drehte ihn hin und her. Den Blick auf ihre Hände gerichtet, sagte sie nur ein Wort: „Doch.“

„Was!“ Bonnie starrte sie an und hob die Stimme. „Was behauptest du da?“

„Es ist mein richtiger Geburtstag. Caroline muss es von ihrer

Mutter erfahren haben. Ihre Mutter und meine waren jahrelang die besten Freundinnen."

„Meredith, wovon redest du? Dein Geburtstag war letzte Woche. Am dreißigsten Mai."

„Nein. Er ist heute. Am sechsten Juni. Glaub mir, Bonnie. Das steht in meinem Führerschein und in allen Papieren. Meine Eltern haben begonnen, ihn eine Woche früher zu feiern, weil der sechste Juni ein Datum ist, an das sie nicht gern erinnert werden. An diesem Tag wurde mein Großvater überfallen und später verrückt, als Folge davon." Bonnie holte tief Luft. Sie brachte kein Wort hervor. Also fuhr Meredith sanfter fort. „Im Wahn hat er versucht, meine Großmutter zu töten. Und auch mich." Meredith legte den Fotoapparat vorsichtig genau in die Mitte des Tisches. „Wir sollten jetzt wirklich in die Küche gehen. Ich kann die Schokolade schon riechen."

Bonnie war immer noch wie gelähmt. Sie erinnerte sich, dass Meredith schon früher über den Vorfall gesprochen hatte, allerdings, ohne ihr die volle Wahrheit zu sagen. Und sie hatte verschwiegen, wann es passiert war.

„Überfallen? Du meinst, wie Vickie in der Kirchenruine überfallen wurde?" stieß Bonnie hervor. Sie brachte das Wort „Vampir" nicht über die Lippen. Aber sie wusste, dass Meredith sie auch so verstand.

„Genau wie Vickie", bestätigte Meredith. „Komm", fügte sie noch leiser hinzu. „Sie warten auf uns. Und, Bonnie, ich wollte dich nicht aufregen."

2. KAPITEL

Sie will mich nicht aufregen. Okay, dann werde ich mich auch nicht aufregen, dachte Bonnie und goss vorsichtig heiße Schokolade über ihren Eisbecher. Obwohl wir seit der ersten Klasse Freundinnen sind, hat sie mir dieses Geheimnis vorher noch nie verraten.

Einen kurzen Moment überlief sie eine Gänsehaut, und unwillkürlich drängten sich ihr Worte auf, die sie in die hinterste Ecke ihres Gedächtnisses verbannt hatte: Niemand ist das, was er zu sein scheint. Sie war letztes Jahr gewarnt worden, als die Stimme der verstorbenen Honoria Fell durch sie gesprochen hatte. Ihre Prophezeiung hatte sich als schreckliche Wahrheit herausgestellt. Was nun, wenn es doch noch nicht vorbei war?

Bonnie schüttelte entschlossen den Kopf. Sie wollte jetzt nicht darüber nachgrübeln. Schließlich war Partytime! Und ich werde dafür sorgen, dass die Fete ein Erfolg wird und wir uns alle irgendwie vertragen, dachte sie entschlossen.

Komisch, es war noch nicht einmal sehr schwierig. Meredith und Vickie redeten am Anfang kaum miteinander. Doch Bonnie gab sich alle Mühe, nett zu dem Mädchen zu sein, und selbst Meredith konnte den schön eingepackten Geschenken auf dem Tisch nicht lange widerstehen. Als sie das letzte geöffnet hatte, redeten alle durcheinander und lachten.

Der Waffenstillstand und die gegenseitige Toleranz hielten an, als sie in Carolines Zimmer hochgingen, um sich ihre Klamotten, die CD-Sammlung und alte Fotoalben anzusehen. Schließlich ging es auf Mitternacht zu, und die Mädchen krochen in ihre Schlafsäcke. Dabei unterhielten sie sich weiter.

„Wie läuft's denn so mit Alaric?" fragte Sue Meredith.

Alaric Saltzman war Meredith' fester Freund – jedenfalls kam er dem nahe. Er hatte Parapsychologie studiert und war letztes Jahr nach Fell's Church gekommen, als die Vampir-Überfälle begonnen hatten. Obwohl er zunächst ein Feind gewesen war, wurde er zum Verbündeten – und zum Freund.

„Er ist in Russland", erklärte Meredith. „Die Perestroika

macht so etwas jetzt möglich. Alaric stellt Nachforschungen auf seinem Spezialgebiet Parapsychologie an."

„Was wirst du ihm sagen, wenn er zurückkommt?" wollte Caroline wissen.

Diese Frage hätte Bonnie Meredith gern selbst gestellt. Da Alaric fast vier Jahre älter war, hatte Meredith ihn gebeten, mit Plänen für eine gemeinsame Zukunft zu warten, bis sie selbst ihren Abschluss hatte. Doch jetzt war Meredith achtzehn, auf den Tag genau, und der Schulabschluss war in zwei Wochen. Was würde danach geschehen?

„Ich hab mich noch nicht entschieden", antwortete Meredith. „Alaric möchte, dass ich an der Duke-Universität studiere, und die haben meine Bewerbung auch angenommen. Aber ich bin unschlüssig. Ich muss nochmal in Ruhe darüber nachdenken."

Bonnie fiel ein Stein vom Herzen. Sie wollte, dass Meredith mit ihr zur Boone-Universität ging, und nicht, dass sie sich verlobte, heiratete oder sonst was. Es war doch dumm, sich so jung schon für einen Typen zu entscheiden. Bonnie selbst war berüchtigt dafür, dass sie es nie lange bei einem Jungen aushielt und den Freund alle paar Wochen wechselte. Sie verliebte sich schnell und kam genauso schnell wieder drüber hinweg.

„Ich hab noch keinen gefunden, der es wert ist, treu zu sein", sagte sie jetzt.

Alle schauten schnell zu ihr hin. Das Kinn auf die Fäuste gestützt, fragte Sue: „Nicht einmal Stefan?"

Bonnie hätte es wissen müssen. Das Licht war gedämpft, als einziges Geräusch drang das sanfte Rascheln der Trauerweiden von draußen herein. Bei dieser Stimmung war es unvermeidlich, dass sich das Gespräch über kurz oder lang zu Stefan hinwenden würde – und zu Elena.

Stefan Salvatore und Elena Gilbert waren bereits so etwas wie eine Legende in Fell's Church, eine Art moderne Romeo und Julia. Als Stefan neu in den Ort gekommen war, waren alle Mädchen heiß auf ihn gewesen. Und Elena, das schönste, beliebteste und unnahbarste Mädchen der ganzen Schule, hatte ihn ebenfalls gewollt. Erst nachdem es ihr gelungen war, ihn zu bekommen, hatte sie die Gefahr bemerkt. Stefan war nicht das, was er vorgab zu sein. Er verbarg ein Geheimnis, das viel schwärzer war, als man es sich vorstellen konnte. Und er hatte einen Bruder, Damon, der noch geheimnisvoller und gefährlicher war als er selbst. Elena war zwischen die Fronten geraten. Sie liebte Stefan, wurde jedoch gleichzeitig von Damons Wildheit unwiderstehlich angezogen. Am Ende war sie gestorben, um beide zu rächen und ihre Liebe zu sühnen.

„Stefan, vielleicht. Wenn man Elena ist", murmelte Bonnie und gab an diesem Punkt nach. Die Atmosphäre hatte sich geändert. Sie war ganz still und ein wenig traurig. Genau richtig für mitternächtliche Geständnisse.

„Ich kann immer noch nicht glauben, dass sie nicht mehr da ist", sagte Sue leise. Sie schüttelte den Kopf und schloss die Augen. „Sie war so viel lebendiger als alle anderen."

„Ihre Flamme brannte heller." Meredith starrte auf das rosagoldene Muster, das die Lampe an die Decke warf. Ihre Stimme war ruhig, aber eindringlich. Es kam Bonnie so vor, als würden diese Worte Elena besser beschreiben, als sie es je zuvor gehört hatte.

„Es gab Zeiten, da habe ich sie gehasst. Aber ich konnte sie niemals ignorieren", gab Caroline zu. Ihre grünen Augen verengten sich bei dieser Erinnerung. „Sie war einfach nicht der Typ, den man links liegen lässt."

„Etwas habe ich aus ihrem Schicksal gelernt", meinte Sue nachdenklich. „Der Tod kann jeden von uns blitzschnell und unvorbereitet treffen. Man darf sein Leben nicht mit unnützen Dingen vergeuden, weil man nie weiß, wie viel Zeit einem noch bleibt."

„Sechzig Jahre oder sechzig Minuten", stimmte Vickie schüchtern zu. „Jede von uns könnte heute Nacht sterben." Bonnie wurde immer unruhiger. Sie rutschte hin und her. Doch bevor sie etwas sagen konnte, wiederholte Sue: „Ich kann immer noch nicht fassen, dass sie wirklich tot ist. Manchmal kommt es mir so vor, als sei sie irgendwo in der Nähe."

„Oh, mir auch", stimmte Bonnie abwesend zu. Vor ihrem geistigen Auge sah sie wieder die Szene in Warm Springs. Und einen Moment lang schien sie wirklicher als Carolines dämmriges Zimmer. „Letzte Nacht habe ich von ihr geträumt. Ich hatte das Gefühl, dass es tatsächlich Elena war und dass sie versuchte, mir etwas zu erzählen. Das lässt mich immer noch nicht los", sagte sie zu Meredith.

Die anderen sahen sie schweigend an. Früher, da hätten sie bei jeder Anspielung auf Bonnies telepathische Fähigkeiten gelacht, aber jetzt nicht mehr. Ihre Begabung war unbestritten, erstaunlich und ein wenig furchteinflößend.

„Wirklich?" stieß Vickie atemlos hervor.

„Was, glaubst du, wollte sie dir denn mitteilen?" fragte Sue.

„Keine Ahnung. Am Ende versuchte sie fast verzweifelt, mit mir in Kontakt zu bleiben, aber es gelang ihr nicht."

Bedrücktes Schweigen folgte ihren Worten. Schließlich sagte Sue zögernd, und ihre Stimme stockte dabei fast unmerklich: „Meinst du ... meinst du, es würde dir gelingen, noch einmal mit ihr Kontakt aufzunehmen?"

Diese Frage hatten sich alle bereits heimlich gestellt. Bonnie sah Meredith an. Vorhin hatte diese den Traum einfach so abgetan, doch jetzt erwiderte sie Bonnies Blick ernst.

„Ich weiß nicht", antwortete Bonnie langsam. Die Bilder des Schreckens waren noch zu frisch in ihrem Gedächtnis. „Eins ist sicher. Ich fürchte mich davor, mich in Trance fallen zu lassen und mich dem zu öffnen, was immer auch da draußen sein mag."

„Ist das der einzige Weg, mit den Toten Kontakt aufzunehmen? Was ist mit einem Ouija-Brett oder so?“ fragte Sue.

„Meine Eltern haben ein Ouija-Brett.“ Carolines Stimme klang unnatürlich laut. Plötzlich war die gedämpfte, leise Stimmung weg und eine unerklärliche Spannung hing in der Luft. Alle setzten sich gerader auf und schauten einander erwartungsvoll an. Sogar Vickies verhuschter Ausdruck zeigte ein gewisses Interesse.

„Ob es wohl klappen würde?“ Meredith wandte sich an Bonnie.

„Sollen wir überhaupt?“ zweifelte Sue laut.

„Trauen wir uns? Das ist in Wirklichkeit die Frage“, gab Meredith zu bedenken. Wieder merkte Bonnie, wie alle Blicke auf sie gerichtet waren. Sie zögerte einen letzten Moment, dann zuckte sie mit den Schultern. Prickelnde Erregung breitete sich in ihr aus.

„Warum nicht?“ sagte sie. „Was haben wir groß zu verlieren?“

„Unten an der Treppe ist ein Schrank, Vickie. Das Ouija-Brett müsste drinliegen. Auf dem obersten Regal bei den anderen Spielen“, befahl Caroline. Sie machte sich nicht die Mühe, „bitte“ zu sagen. Bonnie runzelte die Stirn und öffnete den Mund, aber Vickie war schon zur Tür hinaus.

„Du könntest ruhig etwas freundlicher sein. Was soll das? Willst du hier eine Vorstellung der bösen Stiefmutter abziehen?“

„Ach, hör auf, Bonnie“, wehrte Caroline ungeduldig ab. „Sie kann froh sein, dass sie überhaupt eingeladen wurde. Und das weiß sie genau.“

„Und ich dachte, sie wäre nur überwältigt von dem Glamour, den wir alle ausstrahlen“, bemerkte Meredith trocken.

„Außerdem ...“ begann Bonnie, als sie plötzlich unterbrochen wurde. Das Geräusch war dünn und schrill. Kein Zweifel, ein

Schrei. Ihm folgten tiefe Stille und danach eine ganze Reihe von hohen, spitzen Tönen.

Einen Moment waren die Mädchen im Schlafzimmer wie gelähmt. Dann sprangen sie aus ihren Schlafsäcken und rannten alle hinaus auf den Flur und die Stufen hinunter. Vickie stand vor dem Schrank, die Arme abwehrend gehoben, als wollte sie ihr Gesicht schützen. Als sie Meredith sah, klammerte sie sich schreiend an sie.

„Vickie, was ist geschehen?“ fragte Caroline. Sie hörte sich mehr ärgerlich als besorgt an. Die Schachteln mit den Spielen waren heruntergefallen. Monopoly-Häuschen und Trivial-Pursuit-Karten lagen überall auf dem Boden verstreut. „Warum schreist du so?“

„Es hat mich gepackt! Ich streckte die Hand nach dem obersten Regal aus, da packte mich etwas um die Taille.“

„Von hinten?“

„Nein. Von vorn. Aus dem Schrank heraus.“

Erstaunt blickte Bonnie in den offenen Wandschrank. Wintermäntel hingen dicht bei dicht und bildeten eine undurchdringliche Schicht. Einige reichten bis zum Boden. Meredith befreite sich sanft aus Vickies Umklammerung, nahm einen Stockschirm und stocherte zwischen den Mänteln herum.

„Oh, bitte ...“ begann Bonnie unwillkürlich, aber der Schirm traf nur auf Stoff und Pelz. Meredith benutzte ihn, um die Mäntel beiseite zu schieben. Dahinter war nur die nackte Holzwand. „Siehst du, keiner da!“ sagte sie in leichtem Tonfall. „Aber du weißt doch, wie das mit diesen dicken Mantelärmeln ist. Ich wette, wenn du dich weit genug zwischen sie lehnst, fühlt sich das an, als würden sich Arme um dich schließen.“

Vickie trat nach vorn, berührte einen baumelnden Ärmel und sah zu dem Regal hoch. Sie verbarg das Gesicht in den Händen. Ihr langes, seidiges Haar fiel darüber wie ein Vorhang. Einen schrecklichen Moment dachte Bonnie, sie würde in Tränen ausbrechen, dann hörte sie das Kichern.

„Oh, und ich habe wirklich gedacht ... Nein, bin ich blöd. Wartet, ich räume alles auf."

„Später", erklärte Meredith fest. „Gehen wir ins Wohnzimmer." Bonnie warf skeptisch einen letzten Blick auf den Schrank. Sie setzten sich alle um den großen Wohnzimmertisch. Nur wenige Lichter brannten, um die passende Stimmung zu erzeugen. Bonnie legte ihre Fingerspitzen leicht auf das Stückchen Plastik, auch Planchette genannt, das zum Spiel gehörte. Sie hatte zwar noch nie ein Ouija-Brett benutzt, aber sie wusste, wie man es machte. Das Plastikdreieck bewegte sich mit der Spitze auf die Buchstaben des Brettes zu und überlieferte so eine Nachricht. Vorausgesetzt, die Geister waren bereit, Kontakt aufzunehmen.

„Wir müssen es alle berühren", meinte sie und beobachtete, wie die anderen gehorchten. Meredith' Finger waren elegant und schlank, die von Sue zierlich mit ovalen Nägeln. Carolines lange Nägel waren leuchtend pink lackiert, die von Vickie bis aufs Blut abgebissen.

„Jetzt schließt die Augen und konzentriert euch", sagte Bonnie leise. Angespanntes, leises Aufseufzen war zu hören, als die Freundinnen wieder gehorchten. Die Stimmung ließ keine kalt.

„Denkt an Elena. Stellt sie euch vor. Wenn sie da draußen ist, wollen wir sie zu uns heranziehen."

Das große Zimmer war nun völlig still. Hinter der Schwärze ihrer geschlossenen Lider sah Bonnie hell goldenes Haar und Augen wie dunkelblaue Edelsteine.

„Komm, Elena", flüsterte sie. „Sprich mit mir."

Die Planchette bewegte sich.

Keins der Mädchen konnte das bewirkt haben. Sie alle übten von verschiedenen Punkten Druck aus. Trotzdem glitt das kleine Dreieck geschmeidig über das Brett. Bonnie hielt die Augen weiter geschlossen. Als die Bewegung innehielt, sah sie hin. Die Spitze zeigte auf das Wort „ja".

Vickie stieß ein leises Schluchzen aus. Bonnie schaute zu den anderen. Caroline atmete hastig, die grünen Augen zu Schlitzen verengt. Meredith war blass geworden. Sue hatte als Einzige von ihnen die Augen noch fest geschlossen. Alle erwarteten nun, dass Bonnie wusste, wie es weiterging.

„Konzentriert euch weiter", sagte sie. Sie fühlte sich überrumpelt von den Geschehnissen und kam sich ein wenig blöd dabei vor, ins Leere zu sprechen. Aber sie war die Expertin. Sie musste es tun.

„Bist du es, Elena?"

Das Dreieck beschrieb einen kleinen Kreis und kehrte zum „Ja" zurück.

Plötzlich begann Bonnies Herz heftig zu klopfen. Sie bekam Angst, ihre Finger würden so sehr zittern, dass ihr die Planchette entglitt. Das Plastik unter ihren Fingerspitzen fühlte sich jetzt anders an. Es war wie elektrisiert, als ob eine übernatürliche Macht hindurchfließen würde. Jetzt kam Bonnie sich nicht mehr dumm vor. Ihre Augen füllten sich mit Tränen. Meredith' Augen glänzten ebenfalls verdächtig.

„Wie können wir überhaupt sicher sein?" warf Caroline laut und misstrauisch ein. Sie spürt nichts, dachte Bonnie. Was das Übernatürliche angeht, ist sie total unterentwickelt. Das Dreieck schob sich wieder über das Brett. Es berührte die Buchstaben so schnell, dass Meredith kaum nachkam, die Botschaft auszusprechen. Auch ohne Zeichensetzung war sie ganz deutlich.

CAROLINE STELL DICH NICHT SO AN DU KANNST FROH SEIN DASS ICH ÜBERHAUPT NOCH MIT DIR SPRECHE

„Typisch Elena", kommentierte Meredith trocken.

„Es klingt wie sie, aber ..."

„Ach, halte den Mund, Caroline“, unterbrach Bonnie sie. „Elena, ich bin ja so froh ...“ Ihr Hals war wie zugeschnürt, und sie machte einen neuen Ansatz.

BONNIE WIR HABEN KEINE ZEIT HÖR AUF HERUMZUSCHNIEFEN UND KOMM ZUR SACHE

Auch das war typisch Elena. Bonnie schniefte ein letztes Mal und machte weiter. „Ich habe letzte Nacht von dir geträumt.“

TEE

„Ja.“ Bonnies Herz schlug schneller denn je. „Ich wollte mit dir reden, und dann haben wir den Kontakt verloren.“

BONNIE KEINE TRANCE KEINE TRANCE KEINE TRANCE

„Okay.“ Das beantwortete ihre Frage. Sie war erleichtert.

SCHLECHTE EINFLÜSSE STÖREN UNSERE UNTERHALTUNG HIER DRAUSSEN GIBT ES BÖSE DINGE SEHR BÖSE

„Was? Sag mir, Elena. Was ist es?“

KEINE ZEIT Das Plastikteil jagte hektisch von Buchstabe zu Buchstabe, als könnte Elena ihre Ungeduld kaum zügeln.

ER IST IM MOMENT BESCHÄFTIGT DESHALB KANN ICH REDEN ABER ES BLEIBT NICHT VIEL ZEIT HÖR ZU WENN WIR FERTIG SIND RENNT SCHNELL AUS DEM HAUS IHR SEID IN GROSSER GEFAHR

„Gefahr?“ wiederholte Vickie und machte den Eindruck, als wollte sie gleich aufspringen und wegrennen.

WARTET HÖRT ERST ZU DIE GANZE STADT IST IN GEFAHR

„Was sollen wir tun?“ fragte Meredith sofort.

IHR BRAUCHT HILFE ER IST VIEL MÄCHTIGER ALS ICH IHR MÜSST EINEN ZAUBERSPRUCH AUSSCHICKEN DER JEMANDEN HER HOLT DIE ERSTE ZUTAT DAZU IST H...

Ohne Vorwarnung wurde das Dreieck von den Buchstaben weggerissen und raste wie wild auf dem Brett herum. Es deutete völlig sinnlos auf die am Rand aufgemalte Sonne, auf den Mond und das Markenzeichen des Spielherstellers.

„Elena!“

Die Planchette jagte zurück zu den Buchstaben.

NOCH EINE MAUS NOCH EINE MAUS NOCH EINE MAUS

„Was ist passiert?“ Sue hatte die Augen wild aufgerissen. Bonnie bekam Angst. Das Plastikdreieck pulsierte förmlich vor Energie. Vor böser, wilder Energie, wie kochender, schwarzer Teer, der unter ihren Fingerspitzen brannte. Doch sie fühlte auch einen vibrierenden silbernen Faden, Elenas Energie. Sie bekämpfte das Böse. „Festhalten!“ schrie sie verzweifelt. „Zieht eure Hände nicht weg!“

MAUSSCHLAMMTÖTEDICH, schrieb das Plastikdreieck wie entfesselt. BLUTBLUTBLUTBLUT ... und dann ... BONNIE RENN RAUS ER IST DA, RENN RENN RENN. Die Planchette zuckte auf, flog unter Bonnies Finger hervor, und ehe sie sie wieder packen konnte, zuerst über das Brett, dann durch die Luft, als hätte sie jemand mit wütender Kraft weggeschleudert. Vickie schrie. Meredith sprang auf. In diesem Moment gingen alle Lichter aus. Das Haus versank in pechschwarzer Finsternis.

3. KAPITEL

Vickies Kreischen geriet völlig außer Kontrolle. Bonnie schluckte hart. Panik stieg in ihr auf.

„Vickie, um Himmels willen, hör auf! Komm, wir müssen raus hier!“ Meredith musste schreien, um überhaupt verstanden zu werden. „Es ist dein Haus, Caroline. Wir fassen uns jetzt bei den Händen und du führst uns zur Vordertür.“

„Okay.“ Caroline machte einen ziemlich gefassten Eindruck. Das ist der Vorteil, wenn man keine Fantasie besitzt, dachte Bonnie. Man konnte sich einfach nicht vorstellen, welch schreckliche Dinge auf einen zukamen.

Sie fühlte sich besser, als sie Meredith’ kühle, schlanke Hand in der ihren spürte. Blind suchte sie mit der anderen Hand und erwischte Caroline. Carolines lange Fingernägel bohrten sich in ihre Handfläche.

Bonnie konnte überhaupt nichts sehen. Inzwischen hätten sich ihre Augen an die Dunkelheit gewöhnen müssen, aber es war so finster, dass nicht einmal die Umrisse der Möbel zu erkennen waren. Caroline begann, die Mädchen anzuführen. Auch von der Straße fiel kein Licht herein. Der Strom musste überall ausgefallen sein. Caroline lief gegen ein Möbelstück und fluchte. Bonnie stieß unweigerlich mit ihr zusammen.

Am Ende der Schlange wimmerte Vickie leise. „Halte durch, Vickie. Halte durch. Wir schaffen es“, tröstete Sue sie. Sie kamen in der Dunkelheit nur langsam voran. Plötzlich fühlte Bonnie Kacheln unter ihren Füßen. „Wir sind auf dem Flur“, sagte Caroline. „Bleibt einen Moment hier stehen, während ich mich zur Tür taste.“ Ihre Hand glitt aus Bonnies Griff.

„Caroline ... lass mich nicht los. Wo bist du? Caroline, gib mir deine Hand!“ rief Bonnie und streckte suchend ihre Hand aus wie eine Blinde.

Plötzlich schlang sich etwas Feuchtes, Großes um ihre Finger. Es war eine Hand. Aber sie gehörte nicht Caroline. Bonnie schrie auf.

Vickie folgte ihrem Beispiel und kreischte laut. Die heiße, verschwitzte Pranke riss Bonnie nach vorn und versuchte, sie von den anderen zu trennen. Bonnie trat um sich und wehrte sich verzweifelt. Ohne Erfolg. Da spürte sie Meredith' Arme um ihre Taille. Meredith zog Bonnie mit aller Kraft in die andere Richtung. Bonnie konnte sich mit einem Ruck aus dem Griff des Unbekannten losmachen.

Und dann rannte sie nur noch blindlings fort. Undeutlich registrierte sie, dass Meredith neben ihr war. Sie merkte gar nicht, dass sie immer noch wie am Spieß schrie, bis sie mit einem Sessel zusammenstieß, der ihre wilde Flucht fürs Erste beendete.

„Ruhig, Bonnie. Ganz ruhig." Meredith hatte sie an den Schultern gepackt und schüttelte sie wie eine Stoffpuppe. Beide waren inzwischen hinter der Rückenlehne des Sessels zu Boden geglitten.

„Etwas hatte mich ... es hat mich gepackt, Meredith!" keuchte Bonnie verzweifelt.

„Ich weiß. Sei leise. Es ist immer noch da", warnte Meredith sie. Bonnie verbarg das Gesicht an ihrer Schulter, um weitere Schreie zu unterdrücken. Was war, wenn „es" hier mit ihnen im Zimmer war?

Die Sekunden schlichen dahin und um sie herum herrschte tiefe Stille. Egal, wie sehr Bonnie sich anstrengte, alles, was sie hörte, war ihr eigenes Atmen und das dumpfe Klopfen ihres Herzens.

„Hör zu. Wir sollten versuchen, die Hintertür zu finden. Im Moment sind wir im Wohnzimmer. Wenn ich es richtig in Erinnerung habe, ist die Küche der nächste Raum dahinter. Auf jeden Fall müssen wir hier raus", flüsterte Meredith. Bonnie wollte gerade schon ergeben nicken, da riss sie plötzlich den Kopf hoch. „Wo ist Vickie?" fragte sie heiser.

„Keine Ahnung. Ich musste ihre Hand loslassen, um dich von diesem Wesen wegzuzerren. Komm, bewegen wir uns."

Bonnie hielt sie zurück. „Warum hat sie aufgehört zu schreien?"

Meredith überlief eine Gänsehaut. „Ich weiß es nicht."

„Oh, nein! Wir können sie nicht zurücklassen, Meredith."

„Wir müssen!"

„Wir können es nicht! Ich hab Caroline praktisch gezwungen, sie einzuladen. Nur wegen mir ist sie hier. Wir müssen sie mitnehmen."

Es gab eine kleine Pause. „Einverstanden. Aber du suchst dir die merkwürdigsten Momente aus, um Nächstenliebe zu zeigen, Bonnie!"

Eine Tür schlug zu. Die beiden Mädchen zuckten zusammen. Dann hörten sie ein Knarren. Wie Schritte auf einer Treppe, dachte Bonnie. Kurz darauf hob jemand die Stimme.

„Vickie, wo bist du? Tu's nicht, Vickie! Nein!"

„Das war Sue!" Bonnie sprang auf. „Es kam von oben."

„Verdammt! Warum haben wir bloß keine Taschenlampe?" fluchte Meredith leise.

Bonnie wusste, warum sie sich darüber so aufregte. Es war zu dunkel, um aufs Geratewohl im Haus herumzurennen. Die ganze Stimmung war furchteinflößend. Die Angst beherrschte sie völlig. Bonnie drohte in der endlosen Finsternis zu ersticken, wie in einem Grab. Sie brauchte Licht, Licht!

Auf keinen Fall würde sie noch einmal blind in dieser Schwärze herumtasten und so von allen Seiten verwundbar sein. Nein, das brachte sie nicht fertig. Aber Vickie brauchte dringend ihre Hilfe.

Bonnie entfernte sich mit weichen Knien ein Stückchen vom Sessel weg.

„Komm schon." Ihr Atem ging in kurzen, hastigen Stößen. Meredith trat zu ihr, und zusammen gingen sie zögernd Schritt für Schritt in die Dunkelheit.

Bonnie erwartete jeden Moment, dass die widerliche, schwitzige Pranke wieder nach ihr greifen würde. Ihre Haut prickelte vor böser Vorahnung, und besonders die Hand, die sie ausgestreckt hatte, um sich den Weg zu ertasten.

Dann machte sie den Fehler, sich an den Traum zu erinnern. Sofort überwältigte sie der Gestank nach verwesendem Fleisch. Sie stellte sich vor, durch eine Masse von Würmern waten zu müssen, und erinnerte sich an Elenas Gesicht, grau und kahl, mit eingeschrumpften Lippen, die über den gelben, langen Zähnen zurückgezogen waren. Wenn dieses Ding sie packen würde ...

Ich kann nicht weiter. Ich kann nicht. Ich kann nicht. Bonnie brach der kalte Schweiß aus. Vickie, tut mir Leid. Aber ich kann nicht weitergehen. Bitte, lass mich hier stehen bleiben. Den Tränen nah, klammerte sie sich an Meredith. Da kamen von oben die schrecklichsten Laute, die sie je gehört hatte.

Zuerst ein flehendes Rufen. Das war Sue: „Vickie! Vickie! Nein!“ Dann lautes Krachen, das Splittern von Glas, als würden hundert Fenster auf einmal zerbrechen. Und über all dem lag ein nicht enden wollender Schrei, ein Ausdruck entsetzlicher Angst. Todesangst.

Plötzlich ... Stille.

„Was war das? Was ist geschehen, Meredith?“

„Etwas Schlimmes.“ Meredith’ Stimme klang angespannt und halb erstickt. „Etwas ganz Schlimmes. Lass mich los, Bonnie. Ich muss nachsehen.“

„Nicht allein. Kommt nicht in Frage“, sagte Bonnie fest. Sie fanden die Treppe und tasteten sich die Stufen hoch. Oben angekommen, hörte Bonnie ein Geräusch, das sie erschaudern ließ. Das leise, helle Klirren von fallenden Glassplittern. Und dann ging das Licht wieder an.

Es geschah zu plötzlich. Das grelle Licht erleuchtete den Flur und Bonnie schrie unwillkürlich auf. Als sie sich zu Meredith umdrehte, entfuhr ihr beinahe ein zweiter Schrei. Meredith’ schwarzes, langes Haar war vollkommen verwirrt. Ihre Wangenknochen traten scharf hervor. Ihr Gesicht war bleich und wirkte wie ausgezehrt vor Angst. Klirr, klirr ...

Im hellen Licht war alles noch schlimmer. Meredith ging zur letzten Tür auf dem Flur. Von dort kam das Geräusch. Bonnie folgte ihr und wusste mit einem Mal ganz genau, dass sie nicht sehen wollte, was sich in dem Zimmer befand.

Meredith zog die Tür mit einem Ruck auf. Sie blieb einen Moment wie erstarrt auf der Schwelle stehen, dann rannte sie ins Zimmer. Bonnie wollte ihr folgen.

„Oh, mein Gott. Komm keinen Schritt weiter, Bonnie!"

Bonnie dachte nicht daran, Meredith' Rat zu folgen. Sie stürzte ins Zimmer und hielt abrupt inne. Auf den ersten Blick sah es so aus, als wäre die ganze Seite des Hauses verschwunden.

Die großen Flügelfenster, die das Schlafzimmer mit dem Balkon verbanden, schienen explodiert zu sein, als hätte eine Bombe eingeschlagen. Das Holz war zersplittert, das Glas zertrümmert. Kleine Stücke Glas hingen noch unsicher an den Resten der Rahmen. Sie klirrten leise, wenn sie hinunterfielen.

Die durchsichtigen, weißen Schlafzimmervorhänge blähten sich in das gähnende Loch. Davor stand Vickie. Sie hatte beide Hände in die Hüften gestützt und war völlig bewegungslos.

„Vickie? Alles in Ordnung?" Bonnie war so froh, sie lebendig zu sehen, dass es fast wehtat. „Vickie?"

Vickie drehte sich weder um noch antwortete sie. Bonnie ging vorsichtig um sie herum und schaute ihr ins Gesicht. Vickie starrte vor sich hin. Ihre Pupillen waren auf Stecknadelgröße zusammengezogen. Sie atmete mit leise pfeifenden Tönen. Ihre Brust hob und senkte sich hektisch.

„Ich bin die Nächste. Ich bin die Nächste", flüsterte sie immer wieder. Aber sie schien nicht zu Bonnie zu sprechen. Ja, sie schien Bonnie nicht einmal zu sehen.

Erschaudernd wandte Bonnie sich ab. Meredith stand draußen auf dem Balkon. Sie drehte sich um, als Bonnie die Vorhänge beiseite schob, und versuchte, ihr die Sicht zu versperren.

„Schau nicht hin. Schau nicht da runter." Wohin, da runter?

Plötzlich verstand Bonnie. Sie drängte sich an Meredith vorbei. Meredith packte sie am Arm, um sie vom Rand des schwindelerregenden Abgrunds fernzuhalten.

Die Brüstung des Balkons war genauso zerschmettert wie die großen Fenster. Bonnie konnte bis auf den Boden des erleuchteten Gartens sehen. Dort lag eine schiefe Gestalt wie eine zerbrochene Puppe, die Glieder verrenkt, den Hals in einem merkwürdigen Winkel gebogen. Blondes Haar war auf dem grünen Rasen ausgebreitet wie ein Fächer. Sue Carlton ...

„Es tut mir Leid, Meredith. Ich glaube nicht, dass sie im Moment in der richtigen Verfassung dazu ist."

Bonnie hörte die Stimme ihres Vaters an der Haustür, während sie gerade lustlos den Süßstoff in ihrer Tasse Kamillentee umrührte. Sofort legte sie den Löffel hin. Auf keinen Fall hatte sie Lust, noch eine Minute länger in der Küche zu sitzen. Sie musste raus.

„Ich bin gleich wieder zurück, Dad."

Meredith sah beinahe so schlecht aus wie in der Nacht zuvor. Das Gesicht war spitz, die Haare hingen kraftlos, unter ihren Augen lagen dunkle Schatten. Ihr Mund war zu einer dünnen Linie zusammengepresst.

„Wir fahren nur ein bisschen durch die Gegend", beruhigte Bonnie ihren Vater. „Vielleicht treffen wir ein paar der anderen Kids. Schließlich hast du selbst behauptet, dass keine Gefahr besteht."

Was sollte er jetzt noch sagen? Mr. McCullough sah auf seine zierliche Tochter hinab. Sie schob ihr trotziges Kinn vor, das sie von ihm geerbt hatte, und erwiderte seinen Blick entschlossen.

Sie wollte unbedingt mit Meredith reden. Er hob die Hände. „Es ist fast vier Uhr. Sei zurück, bevor es dunkel wird."

„Sie sind so was von inkonsequent", sagte Bonnie auf dem Weg zu Meredith' Auto. Kaum eingestiegen, verriegelten die Mädchen die Türen hinter sich.

Während Meredith den Gang einschaltete, warf sie Bonnie einen düsteren, zustimmenden Blick zu. „Deine Eltern glauben dir also auch nicht."

„Oh, sie glauben alles, was ich ihnen erzählt habe. Außer den wichtigen Sachen. Wie können sie nur so dumm sein?"

Meredith lachte kurz. „Du musst es mal von ihrem Standpunkt aus betrachten. Sie haben eine Leiche, die keinerlei Spuren von Gewaltanwendung aufweist. Die Verletzungen stammen eindeutig von dem Sturz. Der Stromausfall ist leicht durch eine Panne beim Elektrizitätswerk zu erklären. Sie finden uns völlig hysterisch vor. Wir geben Antworten, die sich ziemlich merkwürdig anhören müssen. Wer hat es getan? Ein Monster mit verschwitzten Händen. Woher wissen wir das? Unsere tote Freundin Elena hat es uns durch das Ouija-Brett erklärt. Ist es da ein Wunder, dass sie Zweifel haben?"

„Ja. Wenn sie vorher noch nie so etwas mitgemacht hätten." Bonnie hieb mit der Faust auf das Armaturenbrett.

„Aber sie haben es! Glauben die etwa, wir haben die wilden Hunde erfunden, die die Stadt beim Winterball im letzten Jahr angefallen haben? Glauben sie, Elena ist durch eine Märchengestalt getötet worden?"

„Sie vergessen bereits", antwortete Meredith leise. „Du hast es selbst vorausgesagt. Der Alltag ist wieder eingekehrt, und jeder in Fell's Church atmet auf. Allen kommt es vor, als seien sie aus einem Albtraum erwacht. Und das Letzte, was sie wollen, ist, dass er von Neuem beginnt."

Bonnie schüttelte nur den Kopf.

„Sie gehen den einfachsten Weg. Okay, ein paar dumme Mädchen haben sich beim Spiel mit dem Ouija-Brett gegenseitig so hochgeschaukelt, dass sie beim Stromausfall total ausflippten und dann wie kopflos durch die Gegend rannten. Eins von ihnen hat solche Angst bekommen und war so verwirrt, dass es sich durch ein geschlossenes Fenster gestürzt hat."

Die beiden schwiegen, dann fügte Meredith hinzu: „Ich wünschte, Alaric wäre hier."

Normalerweise hätte Bonnie ihr einen Stoß in die Rippen versetzt und Augen zwinkernd gesagt: „Ich auch!" Alaric war einer coolsten Typen, die sie kannte, auch wenn er schon zweiundzwanzig war. Jetzt drückte sie nur mitfühlend Meredith' Arm. „Kannst du ihn nicht irgendwie erreichen?"

„In Russland? Ich weiß noch nicht einmal, wo er sich da überhaupt aufhält."

Bonnie biss sich auf die Lippen. Dann setzte sie sich mit einem Ruck auf. Meredith fuhr gerade die Lee Street entlang. Auf dem Parkplatz der High School hatten sich eine Menge Schüler versammelt.

Die beiden Freundinnen tauschten einen Blick, dann nickte Meredith. „Versuchen können wir's ja", meinte sie. „Schauen wir mal, ob sie klüger sind als ihre Eltern."

Bonnie sah die erstaunten Gesichter, während das Auto langsam in den Parkplatz bog. Als sie ausstiegen, wichen die anderen zurück und bildeten eine Gasse.

Im Mittelpunkt der Menge stand Caroline. Sie hatte die Arme wie schützend vor der Brust verschränkt und warf immer wieder verwirrt ihr langes Haar zurück.

„Wir werden nicht mehr in dem Haus übernachten, bis es repariert ist", erklärte sie gerade und erschauderte in ihrem weißen Pullover. „Daddy sagt, wir werden uns eine Wohnung in Heron mieten, bis alles vorbei ist."

„Was für einen Unterschied macht das? Er kann dir auch bis Heron folgen, da bin ich ganz sicher", warf Meredith ein. Caroline drehte sich um, aber sie mied Meredith' Blick.

„Wer?" fragte sie vage.

„Oh, Caroline. Nicht du auch noch!" Bonnie explodierte fast.

„Ich möchte nur weg von hier", verteidigte sich Caroline. Sie hob die Augen, und eine Sekunde lang konnte Bonnie erkennen, wie verängstigt sie war. „Ich halte das nicht mehr aus."

Wie um ihren Worten Nachdruck zu verleihen, drehte sie sich um und ging.

„Lass sie, Bonnie. Es hat keinen Zweck", sagte Meredith.

„Wie kann sie nur!" Bonnie schäumte vor Wut. Wenn Caroline, die die Wahrheit kannte, sich so verhielt, was konnten sie dann schon groß von den anderen Kids erwarten?

Die Antwort war unschwer in den Gesichtern ringsum zu erkennen. Alle sahen verschreckt aus, so verschreckt, als würden sie und Meredith eine ansteckende Krankheit anschleppen.

„Ich habe noch gestern Nachmittag mit Sue gesprochen", sagte Deanna Kennedy, eine enge Freundin von Sue. Sie stand etwas abseits und machte einen offeneren Eindruck als die anderen. „Sie war so aufgekratzt, so glücklich. Sie kann nicht tot sein!" Deanna begann zu schluchzen. Ihr Freund legte den Arm um sie. Ein paar der anderen Mädchen begannen ebenfalls zu weinen. Die Jungen scharrten verlegen mit den Füßen.

Bonnie fühlte leise Hoffnung aufkeimen. „Und sie ist nicht die Letzte, die sterben wird", fügte sie hinzu. „Elena hat uns gewarnt, dass die ganze Stadt in Gefahr ist. Elena sagte ..." Ohne es zu wollen, merkte Bonnie, wie ihre Stimme schwand. Sie sah, wie sich die Blicke abwandten, als sie Elenas Namen erwähnte. Meredith hatte Recht gehabt. Sie hatten alles, was im letzten Winter passiert war, bereits verdrängt. Sie glaubten ihr nicht mehr. Bonnie konnte es nicht fassen.

„Was ist denn los mit euch!“ schrie sie. „Denkt ihr tatsächlich, Sue hätte sich freiwillig vom Balkon gestürzt?“

„Es geht das Gerücht ...“ begann Deannas Freund und zuckte verlegen mit den Schultern. „Also, ihr habt bei der Polizei ausgesagt, dass Vickie Bennett mit im Zimmer war, stimmt’s? Wir wissen alle, dass Vickie nicht ganz richtig ... Ist auch egal. Jetzt ist sie jedenfalls wieder völlig durchgedreht. Und ihr habt Sue rufen hören, ‚nein, Vickie, nein!‘.“

Bonnie fühlte sich, als hätte man ihr einen Schlag in den Magen versetzt. „Ihr glaubt im Ernst, dass Vickie ...? Sagt mal, spinnt ihr oder was? Hört mir mal gut zu. Jemand hat in diesem Haus meine Hand gepackt. Das war nicht Vickie. Und Vickie hatte nichts damit zu tun, dass Sue vom Balkon geworfen wurde.“

„Sie ist gar nicht kräftig genug dazu“, erklärte Meredith kühl. „Selbst in dicken Wintersachen wiegt sie kaum mehr als fünfzig Kilo.“

Jemand in der Menge murmelte etwas davon, dass Irre oft übermenschliche Kräfte entwickeln. „Vickie ist schon seit längerem ein Fall für den Psychiater.“

„Elena hat uns gesagt, dass es ein Mann ist!“ schrie Bonnie und verlor endgültig ihre Selbstbeherrschung. Die anderen runzelten die Stirn, einige erschauderten, aber Bonnie hatte sie immer noch nicht überzeugt. Dann entdeckte sie plötzlich einen Rettungsanker. „Matt! Rede du mit ihnen!“

Matt Honeycutt stand am Rand der Menge. Er hatte die Hände in die Taschen geschoben und den Kopf gesenkt. Jetzt schaute er hoch. Bonnie sah den Blick in seinen blauen Augen und holte tief Luft. Er war nicht hart und verschlossen wie bei den anderen, sondern voller Hoffnungslosigkeit, was genauso schlimm war. Matt zuckte mit den Schultern, ohne die Hände aus den Taschen zu nehmen.

„Okay, ich glaube dir", sagte er. „Welchen Unterschied macht das schon? Es wird doch alles beim Alten bleiben." Bonnie war zum ersten Mal in ihrem Leben sprachlos. Gut, seit Elenas Tod war Matt nicht mehr er selbst. Aber das ...

„Jedenfalls glaubt er uns", warf Meredith schnell ein, um aus diesem Moment Kapital zu schlagen. „Was müssen wir tun, um den Rest von euch zu überzeugen?"

„He, nimm doch Kontakt zu Elvis auf, Schätzchen", spottete eine heisere Stimme, die Bonnies Blut sofort in Wallung brachte. Tyler. Tyler Smallwood. Er trug einen superteuren Iceberg-Pullover und grinste wie ein Affe.

„Das ist zwar nicht so heiß wie eine Botschaft aus dem Jenseits von unserer toten Ex-Königin der High School, aber immerhin ein Anfang", fügte er noch Kaugummi kauend hinzu.

Matt hatte immer behauptet, dass dieses Grinsen geradezu danach schrie, Tyler eins auf die Nase zu geben. Aber Matt, der einzige Junge in der Schule, der es mit Tyler aufnehmen konnte, starrte völlig abwesend zu Boden.

„Halt die Klappe, Tyler", fuhr Bonnie ihn an. „Du weißt nicht, was in diesem Haus passiert ist."

„Und du anscheinend auch nicht. Wenn du dich nicht wie ein Feigling im Wohnzimmer verkrochen hättest, hättest du alles mit eigenen Augen gesehen. Vielleicht würde dir dann jemand glauben."

Bonnie lag eine scharfe Antwort auf der Zunge. Sie starrte Tyler an, öffnete den Mund, überlegte es sich aber anders. Tyler wartete.

Als sie schwieg, grinste er wieder breit und zeigte sein Raubtiergebiss. „Also, ich wette, Vickie war's." Er blinzelte Dick Carter verschwörerisch zu. Dick war Vickies Exfreund. „Sie ist 'ne richtige kleine Wildkatze, stimmt's, Dick? Sie könnte es gewesen sein." Er wandte sich zum Gehen und warf noch lässig einen Satz über die Schulter zurück. „Oder dieser Salvatore ist wieder in der Stadt."

„Du Widerling!" schrie Bonnie. Selbst Meredith stimmte ein.

Natürlich brach bei der bloßen Erwähnung von Stefans Namen die Hölle los. Tyler wusste das genau. Alle redeten aufgeregt und alarmiert durcheinander. Besonders die Mädchen waren völlig aus dem Häuschen.

Das war das Ende der Versammlung. Einige hatten schon vorher verstohlen versucht, sich aus dem Staub zu machen. Jetzt liefen alle ohne Hemmungen auseinander.

Bonnie schaute ihnen wütend nach.

„Nehmen wir einmal an, sie hätten dir geglaubt. Was sollten sie deiner Meinung nach tun?" Matt war neben Bonnie getreten, ohne dass sie es gemerkt hatte.

„Ich weiß es nicht. Jedenfalls irgendwas anderes, statt lammfromm darauf zu warten, das nächste Opfer zu werden."

Sie versuchte, in sein Gesicht zu sehen. „Matt? Geht's dir gut?"

„Keine Ahnung? Und dir?"

Bonnie dachte kurz nach.

„Nein. Ich meine, eigentlich bin ich überrascht, dass ich es so einigermaßen wegstecke. Als Elena starb, war ich ein Wrack. Aber ich war nie eng mit Sue befreundet, und außerdem ... ich weiß nicht." Frustriert hieb sie mit der Faust in die Luft. „Ach, es ist einfach alles zu viel."

„Du bist ganz schön sauer!"

„Ja, das bin ich." Plötzlich verstand Bonnie die Gefühle, die sie den ganzen Tag bewegt hatten. „Der Mord an Sue war nicht nur schlimm, er war eine perverse und böse Tat. Wer immer es getan hat, darf nicht einfach ungestraft davonkommen. Denn wenn die Welt so wäre, ein Ort, an dem das ohne Strafe geschehen kann ..., wenn das die Wahrheit ist ..." Sie konnte den Satz nicht beenden.

„Dann was? Dann willst du hier nicht mehr leben? Und wenn die Welt nun wirklich so ist?"

Matts Blick war entsetzlich verloren und bitter. Bonnie war geschockt. Aber sie riss sich zusammen. „Ich werde es nicht zulassen. Und du auch nicht."

Er schaute sie an, als sei sie ein Kind, das darauf besteht, dass es den Weihnachtsmann gibt.

Meredith meldete sich zu Wort. „Wenn wir erwarten, dass die anderen uns ernst nehmen, sollten wir erst mal bei uns selbst anfangen. Elena hat mit uns Kontakt aufgenommen.

Sie wollte, dass wir etwas tun. Also sollten wir herausfinden, was sie von uns will."

Matts Gesicht hatte sich bei der Erwähnung von Elenas Namen schmerzlich verzogen. Du armer Kerl, du liebst sie noch immer, dachte Bonnie. Ob du sie jemals vergessen kannst? Laut sagte sie: „Wirst du uns helfen, Matt?"

„Ja", erwiderte er leise. „Aber ich weiß immer noch nicht, was ihr eigentlich vorhabt."

„Wir wollen dieses Monster stoppen, bevor es noch jemanden tötet", erklärte Bonnie. Zum ersten Mal wusste sie genau, dass das ihr Ziel war.

„Allein? Denn ihr seid allein, darüber müsst ihr euch im Klaren sein."

„Wir waren allein", korrigierte ihn Meredith. „Genau das wollte Elena uns sagen. Sie drängte uns, einen Zauberspruch auszusprechen, der Hilfe herbeiholt."

„Ein leichter Spruch mit nur zwei Zutaten." Bonnie erinnerte sich an ihren Traum. Sie wurde immer aufgeregter. „Und sie hat behauptet, dass sie mir die Zutaten bereits genannt hat. Aber das hat sie nicht getan."

„Letzte Nacht warnte sie uns, dass böse Einflüsse ihre Mitteilung verzerren würden." Meredith überlegte. „Genau das scheint auch in deinem Traum passiert zu sein. Glaubst du wirklich, dass Elena mit dir Tee getrunken hat?“

„Ja.“ Bonnie war sich ganz sicher. „Okay, ich weiß, dass wir in Wirklichkeit kein lauschiges Plauderstündchen in Warm Springs verbracht haben. Aber Elena hat mir diese Botschaft geschickt. Ungefähr in der Mitte hat jemand anders sich eingemischt und versucht, sie zu vertreiben. Elena hat dagegen angekämpft. Ganz am Ende ist es ihr für eine Minute gelungen, die Kontrolle zurückzubekommen.“

„Okay. Das bedeutet, wir müssen uns auf den Anfang des Traums konzentrieren, als Elena noch mit dir geredet hat. Es kann jedoch sein, dass auch diese Botschaft bereits durch die bösen Einflüsse gestört war und anders rübergekommen ist, als Elena es beabsichtigt hatte. Vielleicht ist es weniger etwas, das sie gesagt, sondern etwas, das sie getan hat ...“

Bonnies Hand flog plötzlich hoch. Sie berührte ihre Locken. „Haar!“ rief sie.

„Was?“

„Haar! Ich hab sie gefragt, wer sie frisiert. Wir haben darüber geredet, und sie hat gesagt ‘Das Haar ist sehr wichtig’.

Und, Meredith, als sie uns letzte Nacht versuchte zu sagen, was wir brauchen, war der erste Buchstabe ein ‚H‘.“

„Das ist es!“ Meredith’ dunkle Augen blitzen vor Aufregung. „Jetzt müssen wir nur noch das andere herauskriegen.“

„Ich weiß es. Ich weiß es!“ Bonnie lachte vor überströmender Freude. „Sie hat es mir gesagt, direkt, nachdem wir über das Haar geredet hatten. Ich fand es ein bisschen komisch. ‚Blut ist auch wichtig‘.“

Meredith schloss die Augen, als sich die Puzzleteilchen zu einem Bild zu formen begannen. „Und gestern Abend lautete eine Botschaft auf dem Ouija-Brett ‚Blutblutblut‘. Ich dachte, sie käme von dem anderen, der uns bedroht, aber das stimmte wohl nicht." Sie öffnete die Augen wieder. „Bonnie, glaubst du, dass wir damit richtig liegen? Oder müssen wir uns auch mit Schlamm, Mäusen und Tee beschäftigen?"

„Das sind die Zutaten", sagte Bonnie fest. „Sie ergeben einen Sinn, wenn man jemanden zu sich rufen will. Ich bin sicher, ich kann das Ritual für diesen Zauber in einem meiner alten, keltischen Zauberbücher finden. Wir müssen nur noch überlegen, wen wir eigentlich rufen sollen ..." Plötzlich kam ihr ein Gedanke, und ihre Stimme brach ab.

„Ich habe mich schon gefragt, wann dir dieser Punkt endlich auffällt." Matt sprach zum ersten Mal seit langer Zeit.

„Jetzt weißt du, wer es ist, oder?"

4. KAPITEL

Meredith warf Matt einen ironischen Blick zu. „Hmm", sagte sie. „Na, Bonnie, was glaubst du, wen würde Elena wohl in Zeiten der Gefahr rufen?"

Bonnie unterdrückte schuldbewusst ein Grinsen, als sie Matts Ausdruck sah. Es war nicht fair, ihn damit aufzuziehen. „Elena warnte uns, dass der Killer zu stark für uns sei und wir deshalb Hilfe brauchen würden", erklärte sie Matt.

Matt nickte langsam. Bonnie konnte nicht erraten, was er fühlte. Er und Stefan waren einmal die besten Freunde gewesen, selbst noch, als Elena Stefan statt Matt gewählt hatte. Aber das war gewesen, bevor Matt herausgefunden hatte, was Stefan war und zu welchen Gewaltausbrüchen er fähig war. In seiner Wut und Trauer über Elenas Tod hatte Stefan Tyler Smallwood und fünf seiner Kumpane beinahe getötet. Konnte Matt das vergessen? Konnte er den Gedanken ertragen, dass Stefan nach Fell's Church zurückkam? Matt ließ sich nichts anmerken. Meredith redete deshalb weiter. „Also müssen wir alle etwas Blut und ein paar Haare spenden. Ein oder zwei Locken würdest du doch nicht vermissen, oder, Bonnie?“

Bonnie war so abwesend, dass sie die Frage fast überhört hätte. Sie schüttelte den Kopf. „Nein, nein. Es ist nicht unser Blut und Haar, das wir brauchen, sondern das von der Person, die wir rufen sollen.“

„WAS? Aber das ist doch völlig unmöglich. Wenn wir Stefans Blut und seine Haare hätten, bräuchten wir ihn nicht herzuholen.“

„Darüber habe ich mir noch keine Gedanken gemacht“, gab Bonnie zu. „Bei so einem Zauberspruch besorgt man sich im Allgemeinen die Sachen vorher und benutzt sie dann, wenn man denjenigen zurückrufen will. Was machen wir jetzt, Meredith? Damit ist die Sache gestorben, fürchte ich.“

Meredith dachte angestrengt nach. „Warum sollte Elena etwas Unmögliches von uns verlangen?“

„Elena hat ’ne Menge unmöglicher Dinge von uns verlangt“, erwiderte Bonnie düster. „Schau mich nicht so an, Matt. Du weißt es genau. Sie war keine Heilige.“

„Kann sein. Aber das hier ist machbar“, erwiderte Matt knapp. „Ich weiß einen Ort, an dem wir Stefans Blut finden können. Und wenn wir Glück haben, ein paar Haare dazu. In der Krypta.“

Bonnie zuckte zusammen, aber Meredith nickte nur.

„Natürlich“, sagte sie. „Als Stefan gefesselt war, hat er stark geblutet. Und bei diesem Kampf hat er sicher auch ein paar Haare verloren. Wenn man da unten alles so gelassen hat ...“

„Unwahrscheinlich, dass jemand nach Elenas Tod in der Gruft war“, warf Matt ein. „Die Polizei hat ihre Untersuchungen gemacht, und das war’s. Aber es gibt nur einen Weg, es herauszufinden.“

Ich habe mich geirrt, dachte Bonnie. Ich habe mir Sorgen gemacht, dass Matt es nicht verkraftet, wenn Stefan zurückkommt. Und jetzt tut er alles, um uns zu helfen, ihn zu holen.

„Matt, ich könnte dich küssen", stieß sie hervor.

Einen Moment konnte sie das Aufleuchten in seinen Augen nicht deuten. Es war Überraschung, aber noch etwas mehr. Plötzlich überlegte Bonnie, was er wohl machen würde, wenn sie ihn tatsächlich küsste.

„Wie die Lady wünscht", erwiderte er schließlich mit einem ironischen Schulterzucken, als ergäbe er sich in sein Schicksal. Zum ersten Mal an diesem Tag wirkte er etwas fröhlicher.

Meredith jedoch hatte nur ihre Aufgabe im Kopf. „Okay, gehen wir. Wir haben eine Menge zu tun und wollen doch nicht ausgerechnet in der Krypta von der Dunkelheit überrascht werden, oder?"

Die Gruft befand sich unter der Ruine der alten Kirche, die auf dem Friedhofshügel stand. Es ist früh am Nachmittag, es bleibt noch lange hell, sagte Bonnie sich immer wieder, während sie den Hügel hinaufstiegen. Trotzdem überlief sie eine Gänsehaut. Der moderne Friedhof auf der einen Seite war schon schlimm genug, aber der alte auf der anderen Seite wirkte auch im hellen Sonnenlicht unheimlich. Er war übersät mit halbverfallenen Grabsteinen, die an die vielen jungen Männer erinnerten, die im amerikanischen Bürgerkrieg gefallen waren. Man brauchte keine telepathische Begabung zu haben, um ihre Anwesenheit zu spüren.

„Ruhelose Geister", murmelte Bonnie.

„Hmm?" fragte Meredith, als sie über den Trümmerhaufen stieg, der einst eine Wand der zusammengefallenen Kirche gewesen war. „Schaut, der Deckel zur Gruft ist noch offen. Das ist prima. Wir hätten es nämlich niemals geschafft, ihn hochzustemmen."

Bonnie betrachtete nachdenklich die weißen Marmorstatuen, die den Deckel schmückten. Honoria Fell lag dort neben ihrem Mann, die Hände über der Brust gefaltet. Ihr Ausdruck war sanft und zugleich ein wenig wehmütig wie immer. Aber Bonnie wusste, dass von dort keine Hilfe mehr kommen würde. Honorias Pflichten als Beschützerin der Stadt, die sie gegründet hatte, waren erfüllt.

So hat Elena die ganze Verantwortung, dachte Bonnie grimmig und schaute in die rechteckige Öffnung. Der Eingang zur Krypta. Eisenstiegen führten hinab in die Dunkelheit. Selbst mit der Hilfe von Meredith' Taschenlampe war es schwierig, in den unterirdischen Raum hinunterzuklettern. Drinnen war es muffig und still. Die Wände waren mit poliertem Stein verkleidet. Bonnie erschauderte.

„Da", sagte Meredith leise.

Matt hatte den Strahl der Taschenlampe auf das Eisengitter gerichtet, das den Vorraum von der eigentlichen Krypta trennte. Der Boden war an einigen Stellen schwarz von geronnenem Blut. Bonnie wurde schwindlig, als sie die Pfützen und Rinnsale sah.

„Wir wissen, dass Damon am schlimmsten verletzt war."

Meredith ging nach vorn. Sie schien ganz ruhig, doch Bonnie hörte die Angespanntheit in ihrer Stimme. „Also muss er sich auf dieser Seite befunden haben, wo das meiste Blut ist. Stefan sagte, Elena war in der Mitte. Das bedeutet, Stefan selbst muss ... hier gewesen sein." Sie beugte sich hinunter.

„Ich mach's", sagte Matt rau. „Du hältst die Taschenlampe."

Mit einem Plastikmesser aus Meredith' Auto kratzte er an den verkrusteten Steinen. Bonnie schluckte. Sie war froh, dass sie nur Tee im Magen hatte. Von Blut zu reden, war eine Sache. Aber direkt damit konfrontiert zu werden ... besonders, wenn es von einem Freund stammte, der gefoltert worden war ...

Bonnie wandte den Blick ab. Sie betrachtete die Steinwände. Ihre Gedanken schweiften zu Katherine. Beide, Stefan und sein älterer Bruder Damon, hatten sich in Katherine verliebt. Das war im Florenz des fünfzehnten Jahrhunderts geschehen. Aber sie hatten nicht gewusst, dass das schöne Mädchen kein menschliches Wesen mehr war. Ein Vampir in ihrem deutschen Heimatdorf hatte sie verwandelt, um ihr das Leben zu retten, als sie tödlich erkrankt war. Katherine wiederum hatte die beiden Brüder zu Vampiren gemacht.

Und dann, erinnerte sich Bonnie, hatte Katherine ihren eigenen Tod vorgetäuscht, damit Damon und Stefan aufhörten, um ihretwillen gegeneinander zu kämpfen. Aber es hatte nicht geklappt. Die Brüder hassten einander noch mehr als zuvor. Und Katherine wiederum hasste die beiden, weil sie unversöhnlich waren. Sie war zu dem Vampir zurückgekehrt, der sie geschaffen hatte. Während die Jahre vergingen, wurde sie so böse wie er. Bis sie schließlich nur noch eins wollte. Nämlich, die Brüder zerstören, die sie einst geliebt hatte. Sie lockte die beiden nach Fell's Church, um sie zu töten. In dieser Gruft war es ihr beinahe gelungen. Elena hatte es verhindert. Und dafür mit dem Leben bezahlt.

„Fertig", sagte Matt. Bonnie blinzelte und kehrte in die Gegenwart zurück. Matt hatte sich aufgerichtet. Er hielt eine Papierserviette in der Hand, auf der Flocken von Stefans getrocknetem Blut lagen. „Jetzt zum Haar."

Sie streiften mit den Fingern über den Boden, fanden Staub, Teile von Blättern und Dinge, die Bonnie lieber nicht näher betrachten wollte. Zwischen dem Unrat lagen lange Strähnen von hellblondem Haar. Elenas – oder Katherines, dachte Bonnie. Die beiden hatten einander sehr geglichen. Und da waren kürzere, gelockte, schwarze Haare. Sie gehörten Stefan.

Es war langwierig und mühsam, alles zu durchsuchen und die

richtigen Haare in einer anderen Serviette zu sammeln. Matt machte die meiste Arbeit. Am Ende waren sie müde und schmutzig. Das Licht, das durch die rechteckige Öffnung fiel, hatte inzwischen den bläulichen Ton der Abenddämmerung angenommen. Doch Meredith lächelte triumphierend.

„Wir haben's geschafft", sagte sie. „Tyler möchte, dass Stefan zurückkommt. Okay, wir erfüllen ihm seinen Wunsch."

Und Bonnie, die, noch immer in Gedanken verloren, nur halb abwesend bei der Suche geholfen hatte, erstarrte.

Sie hatte über alles Mögliche nachgegrübelt, über andere Dinge, die nichts mit Tyler zu tun hatten. Doch bei der Erwähnung seines Namens fiel ihr etwas ein. Etwas, das ihr schon auf dem Parkplatz aufgefallen war, das sie dann aber in der Hitze des Streits wieder vergessen hatte. Meredith' Worte hatten es zurückgeholt. Plötzlich war alles ganz klar. Woher konnte er es wissen? fragte sie sich, und ihr Herz klopfte wie wild.

„Bonnie? Was ist los?"

„Meredith", sagte sie leise. „Hast du der Polizei erzählt, dass wir im Wohnzimmer waren, als alle anderen mit Sue nach oben gegangen sind?"

„Nein. Ich glaube, ich habe nur erwähnt, dass wir unten waren. Warum?"

„Weil ich es auch nicht getan habe. Und Vickie konnte nichts sagen, denn sie ist wieder völlig weggetreten. Sue ist tot. Caroline war zu dieser Zeit schon draußen. Aber Tyler wusste es. Erinnere dich, er sagte, wenn du dich nicht im Wohnzimmer wie ein Feigling versteckt hättest, ‚hättest du gesehen, was passiert ist'. Wie konnte er das wissen?"

„Bonnie, wenn du damit behaupten willst, dass Tyler der Mörder ist, vergiss es. Zunächst mal, er ist viel zu dumm, um so eine Sache einzufädeln", erwiderte Meredith.

„Da ist noch etwas, Meredith. Letztes Jahr beim Schulball hat

Tyler meine nackte Schulter berührt. Das verfolgt mich heute noch." Bonnie erschauderte. „Seine Hand war riesig, heiß und widerlich feucht. Genau wie die Pranke, die mich gestern Nacht gepackt hat."

Aber Meredith schüttelte weiter den Kopf, und selbst Matt schien nicht überzeugt zu sein.

„Elena hätte in dem Fall nur ihre Zeit verschwendet, uns zu bitten, Stefan zurückzuholen", erklärte er. „Mit ein paar wohlgezielten Schlägen kann ich Tyler leicht fertig machen."

„Denk doch mal nach, Bonnie", fügte Meredith hinzu. „Besitzt Tyler etwa die telepathischen Kräfte, ein Ouija-Brett zu bewegen oder in deine Träume einzudringen? Hat er sie?"

Er hatte sie natürlich nicht. Was das Übernatürliche anging, war Tyler genauso ein Holzkopf wie Caroline. Das konnte Bonnie nicht leugnen. Aber sie konnte ihr ungutes Gefühl ebenso wenig unterdrücken. Es ergab einfach keinen Sinn, doch irgendwie wusste sie, dass Tyler letzte Nacht im Haus gewesen war.

„Wir beeilen uns lieber", drängte Meredith. „Es wird langsam dunkel, und dein Vater wird sonst ganz schön sauer werden, Bonnie."

Auf der Heimfahrt schwiegen alle. Tyler ging Bonnie nicht aus dem Kopf. Bei ihr zu Hause schmuggelten sie die Papierservietten nach oben und begannen, Bonnies Bücher über Druiden und keltische Zauberkunst zu durchsuchen. Schon bevor sie entdeckt hatte, dass ihre Vorfahren keltische Magier gewesen waren, hatte Bonnie sich für die Druiden interessiert. In einem ihrer Bücher fand sie das Ritual für den Zauberspruch, der eine bestimmte Person herbeiholt.

„Wir müssen Kerzen kaufen", sagte sie. „Und destilliertes Wasser. Am besten, du holst gleich ein paar Flaschen", wandte sie sich an Meredith. „Halt, und Kreide, um einen Kreis auf den Fußboden zu malen. Fehlt noch ein Behälter, in dem wir ein kleines Feuer entzünden können. Aber so etwas kann ich im Haus finden. Ihr braucht euch nicht zu beeilen. Der Spruch muss um Mitternacht ausgesprochen werden."

Mitternacht war noch weit entfernt. Meredith kaufte die benötigten Sachen in einem Supermarkt und brachte sie mit zurück. Sie aßen mit Bonnies Familie zu Abend, obwohl keiner von ihnen viel Appetit hatte. Um elf Uhr hatte Bonnie den Kreis auf den Holzboden ihres Zimmers gemalt, und alle Zutaten lagen auf einer kleinen Bank innerhalb des Kreises. Punkt zwölf begann sie.

Während Matt und Meredith zusahen, entzündete sie ein kleines Feuer in einer Tonschüssel. Drei Kerzen brannten hinter der Schüssel. Genau in die Mitte einer der Kerzen hatte sie eine Nadel gesteckt. Dann entfaltete sie eine der Servietten, schüttete das getrocknete Blut in ein Glas Wasser und rührte sorgfältig um. Das Wasser färbte sich rotbraun.

Bonnie öffnete die zweite Serviette. Drei Haare warf sie ins Feuer, wo sie knisternd mit fürchterlichem Gestank verbrannten. Dann tröpfelte sie drei Tropfen des gefärbten Wassers darüber. Das Feuer zischte.

Sie blickte auf die Worte des offenen Buchs und zitierte:

„Der Teile sind drei
nun eile herbei
gerufen von mir
wir brauchen dich hier."

Sie wiederholte den Spruch dreimal. Dann setzte sie sich auf die Fersen zurück. Das Feuer brannte rauchend weiter. Die Flammen der Kerzen tanzten.

„Und jetzt?" fragte Matt.

„Keine Ahnung. Hier steht weiter, dass man warten soll, bis die mittlere Kerze bis zur Nadel heruntergebrannt ist."

„Was geschieht dann?"

„Ich fürchte, das erfahren wir erst, wenn es passiert.“

In Florenz brach gerade der Morgen an.

Stefan beobachtete, wie die junge Frau die Treppe hinunterstieg. Sie schwankte leicht und hielt sich am Geländer fest, um das Gleichgewicht zu halten. Ihre Bewegungen waren langsam und vorsichtig, wie die einer Schlafwandlerin.

Plötzlich stolperte sie und packte das Geländer fester. Stefan trat hinter sie und stützte sie am Ellbogen.

„Alles in Ordnung?“

Sie sah ihn mit verschwommenem Blick an. Sie war sehr hübsch und in teuren Kleidern nach dem letzten Modeschrei gekleidet. Ihr langes, kunstvoll verwirrtes Haar war blond. Eine Touristin. Noch bevor sie ein Wort gesprochen hatte, wusste er, dass sie Amerikanerin war.

„Ja ... ich glaube schon ...“ brachte sie stockend hervor.

„Wie kommen Sie nach Hause? Wo wohnen Sie?“

„In der Via dei Conti, nahe bei der Medici-Kapelle. Ich habe ein Auslandsstipendium bekommen.“

Verdammt! Das war offensichtlich doch keine Touristin, eine Studentin. Das bedeutete, sie würde die Story von dem attraktiven Italiener, den sie letzte Nacht getroffen hatte, ihren Freundinnen erzählen.

Von dem Typen mit den dunklen Augen schwärmen, der sie zu seiner eleganten Wohnung in der Via Tornabuoni gebracht und ihr ein wunderbares Abendessen mit köstlichem Wein serviert hatte. Und dann, beim Mondschein, vielleicht in dem mit Blumen bepflanzten Innenhof, hatte er sich nah zu ihr hin gebeugt, ihr tief in die Augen geschaut ...

Stefan wandte den Blick von den zwei roten, punktförmigen Wunden am Hals des Mädchens ab. Er hatte diese Male schon so oft gesehen – warum besaßen sie immer noch die Macht, ihn aus der Fassung zu bringen? Doch genau das taten sie: sein Magen drehte sich um, es wurde ihm beinahe übel.

„Wie heißen Sie?"

„Rachael. Mit zwei a." Sie buchstabierte es ihm.

„Okay, Rachael. Schau mich jetzt an. Du wirst zurück in deine Pension gehen und dich an nichts von letzter Nacht erinnern. Du weißt nicht mehr, wohin du gegangen bist oder wen du getroffen hast. Und du hast auch mich nie gesehen. Wiederhole es."

„Ich werde mich an nichts von letzter Nacht erinnern", sagte sie gehorsam und sah Stefan wie hypnotisiert in die Augen. Stefans geheime Kräfte waren nicht so stark, wie sie es gewesen wären, wenn er menschliches Blut getrunken hätte, aber für das hier reichten sie. „Ich weiß nicht, wohin ich gegangen bin oder wen ich getroffen habe. Und ich habe auch dich nie gesehen."

„Gut. Hast du genug Geld, um zurückzukommen? Hier, das wird reichen." Stefan drückte Rachael eine Handvoll zerknitterter Lire-Scheine in die Hand und führte sie nach draußen. Als er sie sicher in einem Taxi verstaut hatte, ging er wieder hinein und stürmte direkt in Damons Schlafzimmer.

Damon hatte es sich nahe beim Fenster bequem gemacht und schälte eine Orange. Er war noch nicht einmal angezogen und wenig erfreut, Stefan zu sehen.

„Höfliche Leute klopfen an", sagte er.

„Wo hast du sie getroffen?" Stefan kam sofort zur Sache.

Als Damon ihn verständnislos anstarrte, fügte er hinzu: „Das Mädchen. Rachael."

„Hieß sie so? Ich glaube, ich habe sie gar nicht danach gefragt. Bei Gilli. Oder war's vielleicht bei Mario? Jedenfalls in einer Bar. Warum?"

Stefan unterdrückte mühsam seinen Ärger. „Ihr Name ist nicht das Einzige, worum du dich nicht gekümmert hast. Du hast zum Beispiel auch nicht daran gedacht, sie zu beeinflussen, damit sie dich vergisst. Willst du eigentlich geschnappt werden, Damon?“

Damon lächelte und spielte mit der Orangenschale. „Mich wird man niemals schnappen, kleiner Bruder.“

„Was willst du denn tun, wenn sie dir auf die Schliche kommen? Wenn das Gerücht umgeht, dass in der Via Tornabuoni ein blutsaugendes Monster haust? Sie alle töten? Oder warten, bis sie die Tür eintreten, und dann in der Dunkelheit verschwinden?“

Damon sah ihn herausfordernd an. Er lächelte immer noch.

„Warum nicht?“

„Verdammt!“ schrie Stefan. „Jetzt hör mir mal zu, Damon. Das muss aufhören!“

„Ich bin richtig gerührt, wie du dich um meine Sicherheit sorgst.“

„Das ist nicht fair. Ein Mädchen gegen seinen Willen ...“

„Das siehst du falsch. Sie war sehr, sehr willig.“

„Hast du ihr denn erzählt, was du in Wirklichkeit tun wirst? Hast du sie denn vor den Folgen gewarnt, die entstehen können, wenn man mit einem Vampir das Blut austauscht? Vor den Albträumen, den schrecklichen Visionen? War sie auch dazu bereit?“ Da Damon offensichtlich nicht antworten wollte, fuhr Stefan fort: „Du weißt, das geht gegen jede Ehre.“

„Natürlich weiß ich das.“ Damon reckte sich lässig wie ein schwarzer Panter.

„Und es ist dir egal.“ Stefan wandte den Blick ab.

Damon warf gelangweilt die Orange fort. Sein Tonfall war weich und einschmeichelnd. „Kleiner Bruder, die Welt wimmelt nur so von ‚ehrlosen‘ Menschen. Warum entspannst du dich nicht endlich und kommst auf die Seite der Sieger? Das macht viel mehr Spaß, glaub mir.“

Stefan fühlte, wie wieder Ärger in ihm aufstieg. „Wie kannst du das sagen? Hast du denn nichts von Katherine gelernt? Sie hatte die Seite der Sieger gewählt."

„Katherine ist zu schnell gestorben", erwiderte Damon. Er lächelte wieder, doch seine Augen waren kalt wie Eis. „Und alles, woran du jetzt noch denken kannst, ist Rache."

Stefan spürte, wie sich ein tonnenschweres Gewicht auf seine Brust senkte. „Rache und dein eigenes Vergnügen."

„Was gibt es denn sonst? Vergnügen, das ist doch das Einzige, was wirklich Bedeutung hat, kleiner Bruder – Vergnügen und Macht. Und du bist von Natur aus genauso ein Jäger wie ich. Außerdem habe ich dich nicht eingeladen, mir nach Florenz zu folgen. Da du es hier so schrecklich findest, warum gehst du nicht einfach wieder weg?" fügte er hinzu und zuckte lässig mit den Schultern.

Das Gewicht auf Stefans Brust wurde plötzlich fast unerträglich, aber er wich Damons Blick nicht aus. „Du weißt genau, warum", sagte er leise. Und endlich hatte er die Genugtuung, dass Damon die Augen als Erster abwandte.

Stefan hörte noch Elenas Worte. Sie hatte damals bereits im Sterben gelegen. Ihre Stimme war schwach gewesen, aber klar zu verstehen. „Ihr müsst euch umeinander kümmern, Stefan. Versprich mir, dass ihr euch umeinander kümmert." Er hatte es ihr versprochen, und er würde sein Wort halten. Was immer auch passierte.

„Du weiß genau, warum ich nicht wegkann", wiederholte er. „Du kannst so tun, als wäre es dir egal. Du kannst der ganzen Welt etwas vormachen, aber mir nicht." Es wäre anständig gewesen, die Sache an diesem Punkt auf sich beruhen zu lassen, aber Stefan war nicht in der Stimmung dazu.

„Das Mädchen, das du aufgegabelt hast, diese Rachael", fuhr er brutal fort, „das Haar war okay, aber ihre Augen hatten die falsche Farbe. Elenas Augen waren blau." Er drehte sich auf dem

Absatz um und wollte Damon allein lassen, damit er darüber nachdenken konnte. Wenn Damon so etwas überhaupt tat. Doch Stefan kam nicht bis zur Tür.

„Es ist soweit“, rief Meredith, den Blick fest auf die Kerzenflamme und die Nadel gerichtet.

Bonnie holte tief Luft. Etwas öffnete sich vor ihren Augen wie ein silberner Faden, ein silberner Tunnel, durch den sie Kontakt aufnehmen konnte. Sie raste ihn entlang, ohne eine Möglichkeit, anzuhalten oder die Geschwindigkeit zu kontrollieren. Oh, mein Gott, dachte sie. Wenn ich nun ankomme, und es ist nicht ...

Der Blitz in Stefans Kopf war völlig geräuschlos, ohne Licht und so kräftig wie ein Donnerschlag. Zur gleichen Zeit fühlte er ein heftiges Ziehen, einen unwiderstehlichen Drang, jemandem zu folgen. Das war nicht wie Katherines geschicktes, kaum merkbares Unterfangen, ihn in eine bestimmte Richtung zu drängen, sondern eher wie ein lautloser Schrei. Ein Befehl, dem er sich nicht entziehen konnte.

In dem Blitz spürte er eine Gegenwart, aber er konnte kaum glauben, wer das war.

Bonnie?

Stefan! Du bist es! Es hat funktioniert!

Bonnie, was hast du getan?

Elena hat es mir befohlen. Ehrlich, Stefan, das stimmt. Wir sind in Gefahr, und wir brauchen ...

Ende. Die Kommunikation brach zusammen, wurde schwächer und verschwand schließlich ganz. Das Zimmer vibrierte noch vom Nachhall der mächtigen Kraft, die freigesetzt worden war.

Stefan und Damon starrten einander sprachlos an.

Bonnie atmete erleichtert aus, es war ihr gar nicht aufgefallen, dass sie so lange den Atem angehalten hatte. Sie öffnete die Augen und konnte sich nicht daran erinnern, sie geschlossen zu haben. Sie lag auf dem Rücken. Matt und Meredith beugten sich besorgt über sie.

„Was ist passiert? Hat es geklappt?“ fragte Meredith aufgeregt und griff nach Bonnies Arm.

„Ja.“ Bonnie ließ sich von den beiden hoch helfen. „Ich habe mit Stefan gesprochen. Jetzt können wir nur abwarten, ob er kommt oder nicht.“

„Hast du Elena erwähnt?“ wollte Matt wissen.

„Ja.“

„Dann kommt er.“

5. KAPITEL

Montag, der 8. Juni, 11 Uhr 15

Liebes Tagebuch,

ich kann heute Nacht gar nicht schlafen, also werde ich etwas schreiben. Den ganzen Tag habe ich darauf gewartet, dass etwas passiert. Schließlich soll der ganze Aufwand für den Zauberspruch auch etwas bringen.

Aber nichts ist passiert. Ich war den ganzen Tag zu Hause, denn Mom wollte nicht, dass ich zur Schule gehe. Sie war ganz aus dem Häuschen darüber, dass Matt und Meredith am Sonntag so lange geblieben sind, und wollte, dass ich mich einmal richtig ausruhe. Doch jedes Mal, wenn ich mich hinlege, sehe ich Sues Gesicht vor mir.

Sues Vater hat die Trauerrede bei Elenas Beerdigung gehalten. Ich frage mich, wer das für Sue am Mittwoch machen wird.

Ich muss endlich aufhören, über diese Dinge nachzugrübeln. Ich sollte doch versuchen, etwas zu schlafen. Wenn ich die Kopfhörer aufsetze und etwas Musik höre, werde ich vielleicht abgelenkt und kann Sue endlich für eine Weile vergessen.

Bonnie legte das Tagebuch zurück in die Nachttischschublade und holte ihr kleines Radio heraus. Sie wechselte die Sender und starrte mit schweren Augen an die Decke. Durch das Knistern der atmosphärischen Störungen hindurch hörte sie die Stimme eines Discjockeys. „Und hier ist ein goldener Oldie für alle Fans der Fünfziger Jahre: ‚Diana' von Paul Anka ..." Bonnie schlief ein.

Das Eiscremesoda, das vor Bonnie stand, war ihre Lieblingssorte: Erdbeere. Die Musicbox spielte ‚Diana', und die Theke war blitzsauber. Aber Elena hätte selbst in den fünfziger Jahren niemals einen solch steifen Petticoat unter dem Rock getragen. „Keinen Petticoat", sagte Bonnie und deutete darauf. Elena sah von ihrer Eiscreme hoch. Ihr blondes, glänzendes Haar war zu einem Pferdeschwanz zusammengebunden. „Wer denkt sich so einen Kram überhaupt aus?" fügte Bonnie stirnrunzelnd hinzu.

„Du selbst, Dummerchen. Ich bin doch nur zu Besuch."

„Oh." Bonnie zog an ihrem Strohhalm. Träume. Es gab einen Grund, sich vor Träumen zu fürchten, aber er fiel ihr jetzt beim besten Willen nicht ein.

„Ich kann nicht lange bleiben", erklärte Elena. „Ich glaube, er weiß bereits, dass ich hier bin. Ich wollte dir nur sagen..." Sie runzelte die Stirn.

Bonnie sah sie mitfühlend an. „Kannst du dich nicht mehr erinnern?" fragte sie. Sie trank noch etwas Soda. Es schmeckte plötzlich sehr merkwürdig.

„Ich bin zu jung gestorben, Bonnie. Es gab so viel, was ich noch tun sollte, noch erreichen wollte. Und jetzt muss ich dir helfen."

„Danke."

„Das ist nicht einfach, musst du wissen. Ich habe nicht viel Macht. Es ist sehr schwer, zu dir durchzudringen, und noch schwerer, alles zusammenzuhalten."

„Schusammenschu...“, stammelte Bonnie und nickte. Sie fühlte sich merkwürdig beschwipst. Was war in dem Soda? „Die Dinge werden oft anders als vorgesehen. Das ist sein Werk, glaube ich. Er bekämpft mich andauernd. Und er beobachtet dich. Jedes Mal, wenn wir versuchen, miteinander zu reden, kommt er.“

„Ja, ja.“ Der Raum drehte sich.

„Bonnie, hörst du mir überhaupt noch zu? Er kann deine Ängste gegen dich benutzen. Auf diese Art dringt er ein.“

„Ja...“

„Lass ihn nicht herein. Erzähl es allen. Und sag Stefan...“ Elena brach abrupt ab und hob eine Hand zum Mund. Etwas fiel in ihre Eiscreme.

Ein Zahn.

„Er ist hier.“ Elenas Stimme klang komisch und verzerrt. Bonnie starrte voll Horror auf den Zahn. Er lag mitten auf der Sahne, direkt neben ein paar Mandelsplittern. „Bonnie, sag Stefan ...“

Ein weiterer Zahn fiel hinunter und noch einer. Elena schluchzte. Sie hielt jetzt beide Hände vor den Mund. Ihr Blick war angsterfüllt und hilflos. „Bonnie, bleib ...“

Aber Bonnie stolperte bereits zurück. Alles um sie herum spielte verrückt. Das Soda sprudelte aus dem Glas. Aber es war gar kein Soda. Es war Blut. Hellrot und schaumig. Wie das Blut, das man im Todeskampf ausspuckt. Bonnie drehte sich der Magen um.

„Sag Stefan, dass ich ihn liebe.“ Das war das Nuscheln einer alten, zahnlosen Frau, und es endete in hysterischem Schluchzen. Bonnie war froh, als sie in die Dunkelheit fiel und alles vergessen konnte ...

Bonnie knabberte am Ende ihres Filzstifts, den Blick starr auf die Uhr gerichtet. Ihre Gedanken waren beim Kalender. Welcher Tag war heute eigentlich? Achja. Noch achteinhalb Tage

Schule. Und so, wie es aussah, würde es die reinste Folter werden.

Ein Typ hatte es ihr gerade ins Gesicht gesagt, als er auf der Treppe einen weiten Bogen um sie gemacht hatte. „He, nichts für ungut, aber man hat den Eindruck, deine Freunde sterben wie die Fliegen.“ Bonnie war in die Toilette geflohen und hatte geweint.

Alles, was sie jetzt wollte, war, weg von der Schule, weg von den trauerumwölkten Mienen und anklagenden, oder schlimmer noch, mitleidigen Blicken. Der Direktor hatte eine Rede gehalten, über das „schreckliche, neue Unglück“ und den „entsetzlichen Verlust“. Bonnie hatte fast körperlich gespürt, wie alle sie dabei heimlich anstarrten.

Als es zum Unterrichtsende läutete, war sie als erste zur Tür hinaus. Aber statt in die nächste Unterrichtsstunde ging sie wieder in die Toilette, wo sie bis zum nächsten Läuten wartete. Erst dann, als die Flure leer waren, traute sie sich hinaus und lief zum Fremdsprachenunterricht. Die Veranstaltungsplakate an den Wänden würdigte sie keines Blickes.

Wie wichtig war schon ein Konzert von Gun’s and Roses am Ende des Jahres, wenn sie bereits alle tot sein konnten, bevor der Monat um war?

Sie stieß fast mit jemandem zusammen, der auf dem Flur stand. Ihr Blick streifte die trendgerechten Turnschuhe, die engen Jeans, die die Muskeln betonten, und den durchtrainierten Körper. Schmale Hüften, breite Schultern. Ein Gesicht, das jeden Bildhauer in den Wahnsinn treiben konnte. Hohe Backenknochen, ein sinnlicher Mund. Dann die dunkle Sonnenbrille, das leicht zerzauste, schwarze Haar ... Bonnie starrte mit offenem Mund.

Oh, mein Gott. Ich hab ganz vergessen, wie toll er ist, dachte sie. Elena, vergib mir, aber ich werde ihn umarmen.

„Stefan“, flüsterte sie.

Dann kehrte sie mit einem Schlag in die Wirklichkeit zurück und sah sich gehetzt um. Sie waren allein. Sie griff nach Stefans Arm. „Bist du verrückt, hier aufzutauchen?“

„Ich musste dich finden. Ich dachte, es ist sehr dringend!“ „Ist es auch, aber ...“ Er schien so fehl am Platz zu sein, hier mitten auf dem Schulflur. Wie ein Zebra in einer Herde Schafe. Bonnie wollte ihn zu einem Besenschrank zerren.

Aber er blieb stehen. Und er war stärker als sie. „Bonnie, du hast gesagt, du hast mit ...“

„Du musst dich verstecken! Ich hole Matt und Meredith her, und dann können wir reden. Wenn jemand dich sieht, wirst du wahrscheinlich gelyncht. Es hat noch einen Mord gegeben.“ Stefans Miene änderte sich. Er ließ sich von Bonnie zu der Besenkammer führen und wollte noch etwas sagen, überlegte es sich dann aber anders. „Ich warte“, erwiderte er kurz.

Es dauerte nur ein paar Minuten, Meredith und Matt aus ihren Unterrichtsstunden zu holen. Sie eilten zurück zum Besenschrank und versuchten, Stefan so unauffällig wie möglich aus der Schule zu schmuggeln, was nicht ganz einfach war.

Bestimmt hat uns jemand gesehen, dachte Bonnie. Jetzt hängt alles davon ab, wer das war und was für ein Klatschmaul er ist.

„Wir müssen Stefan an einen sicheren Ort bringen. Auf keinen Fall zu einem von uns nach Hause“, erklärte Meredith gerade. Sie liefen so schnell wie möglich über den Parkplatz der High School.

„Schön, aber wohin? Wartet mal, was ist mit der Pension ...?“ Bonnie brach ab. Vor ihr auf dem Parkplatz stand ein kleines, schwarzes Auto. Ein italienisches Fabrikat, sehr sportlich und unheimlich chic. Die Fenster waren dunkel getönt, man konnte nicht hineinsehen. Dann erkannte Bonnie die Plakette mit dem Hengst hinten am Wagen.

„Oh, nein."

Stefan blickte kurz auf den Ferrari. „Der gehört Damon."

Drei Augenpaare blickten ihn geschockt an. „Damon?" stieß Bonnie ungläubig hervor. Sie hoffte, dass Stefan damit meinte, er habe sich das Auto von Damon geliehen.

Doch jetzt wurde ein Fenster heruntergelassen. Die drei sahen schwarzes, glattes Haar, das glänzte wie der Lack des Autos, eine verspiegelte Sonnenbrille und ein charmantes Lächeln, das ebenmäßige, weiße Zähne zeigte.

„Buon giorno", sagte Damon. „Wollt ihr mitfahren?"

„Oh, nein", stöhnte Bonnie. Aber sie wich nicht zurück. Stefan riss der Geduldsfaden. Er öffnete die Beifahrertür des Ferraris. „Wir fahren jetzt zur Pension. Ihr folgt uns. Parkt hinter der Scheune, damit niemand euer Auto sieht."

Meredith musste Bonnie förmlich von Damons Auto wegzerren. Es war nicht so, dass Bonnie Damon besonders mochte oder vorhatte, sich noch einmal von ihm küssen zu lassen, wie damals auf Alarics Party. Sie wusste inzwischen, dass er gefährlich war. Zwar nicht so böse wie Katherine, aber trotzdem schlecht. Er tötete mutwillig, nur so aus Spaß. Letztes Halloween hatte er den Geschichtslehrer Mr. Tanner während der Spukhausfete der Schule ermordet. Er konnte jederzeit wieder zuschlagen. Vielleicht kam Bonnie sich, wenn sie ihn ansah, deshalb immer vor wie eine kleine Maus, die von einer schwarzen Schlange hypnotisiert wird.

In Meredith' Auto wechselten die beiden Freundinnen einen vielsagenden Blick.

„Stefan hätte ihn nicht herbringen sollen", meinte Meredith.

„Vielleicht ist er einfach mitgekommen", überlegte Bonnie. Damon war nicht der Typ, der sich irgendwo hinbringen ließ.

„Warum sollte er? Bestimmt nicht, um uns zu helfen, das ist sicher."

Matt schwieg. Er schien die angespannte Atmosphäre im Auto nicht einmal zu bemerken. Er starrte nur gedankenverloren durch die Windschutzscheibe.

Der Himmel bewölkte sich.

„Matt?"

„Lass ihn in Ruhe, Bonnie", wies Meredith sie zurecht.

Na, prima, dachte Bonnie, während ihre Stimmung auf den Nullpunkt sank. Matt, Stefan und Damon. Alle drei waren wieder zusammen, und jeder war in Gedanken bei Elena.

Sie parkten hinter der alten Scheune, direkt neben Damons Sportwagen. Als sie eintraten, war Stefan allein. Er wandte sich um, und Bonnie erkannte, dass er die Sonnenbrille abgenommen hatte. Ein leichter Schauder überlief sie. Die Härchen auf ihren Armen und in ihrem Nacken stellten sich auf.

Stefan war so ganz anders als alle Jungs, mit denen sie es sonst zu tun hatte. Seine Augen waren tiefgrün, so grün wie die Eichenblätter im Frühling. Aber jetzt lagen tiefe Schatten unter ihnen.

Einen Moment herrschte Verlegenheit. Die drei standen auf der einen Seite und schauten Stefan schweigend an. Keiner schien zu wissen, was er sagen sollte.

Dann ging Meredith zu ihm und nahm seine Hand. „Du siehst erschöpft aus", meinte sie leise.

„Ich kam, so schnell ich konnte." Er umarmte sie kurz. Früher hätte er so etwas nie getan, dachte Bonnie. Er war immer sehr zurückhaltend gewesen.

Sie trat nach vorn und umarmte ihn ebenfalls. Stefans Haut unter dem dünnen T-Shirt war eiskalt. Sie musste ein Zittern unterdrücken. Als sie sich wieder von ihm löste, standen Tränen in ihren Augen. Was fühlte sie jetzt, wo Stefan wieder in Fell's Church war? Erleichterung? Trauer wegen der Erinnerungen, die er auslöste? Angst? Sie wusste nur, dass sie große Lust hatte zu weinen.

Stefan und Matt betrachteten einander. Jetzt ist es so weit, dachte Bonnie. Es war fast komisch. Beide sahen gleich müde und verletzt aus, doch beide wollten es nicht zeigen. Egal, was noch geschehen würde, Elena würde immer zwischen ihnen stehen.

Schließlich streckte Matt die Hand aus, und Stefan schüttelte sie. Beiden traten einen Schritt zurück, froh, es hinter sich zu haben.

„Wo ist Damon?" fragte Meredith.

„Er schaut sich ein wenig um. Ich dachte, wir sollten mal ein paar Minuten ohne ihn sein."

„Ein paar Jahrzehnte wäre besser", entfuhr es Bonnie, ehe sie sich zurückhalten konnte.

„Wir können ihm nicht trauen, Stefan", fügte Meredith hinzu.

„Ich glaube, ihr irrt euch. Er kann eine große Hilfe sein, wenn er will", erwiderte Stefan leise.

„Wenn er nicht gerade damit beschäftigt ist, jemanden zu ermorden", gab Meredith zurück. „Du hättest ihn nicht herbringen sollen, Stefan."

„Aber das hat er doch gar nicht getan." Die Stimme erklang hinter Bonnie und beängstigend nahe. Bonnie fuhr zusammen und suchte instinktiv Schutz bei Matt, der sie beruhigend an den Schultern packte.

Damon lächelte kurz. Auch er hatte seine Sonnenbrille abgenommen, doch seine Augen waren nicht grün. Sie waren schwarz wie ein Nachthimmel ohne Sterne. Er sieht fast noch besser aus als Stefan, dachte Bonnie verwirrt. Sie fand Matts Hand und klammerte sich daran.

„So, sie gehört jetzt zu dir, stimmt's?" fragte Damon Matt lässig.

„Nein." Aber Matt ließ Bonnie nicht los.

„Stefan hat dich also nicht mitgebracht?" fragte Meredith

kalt von der anderen Seite der Scheune her. Im Unterschied zu den anderen hatte Damon anscheinend kaum Einfluss auf sie. Sie schien sich weder vor ihm zu fürchten, noch von ihm beeindruckt zu sein.

„Nein." Damon schaute immer noch auf Bonnie. Er wendet sich nicht ab wie andere Leute, dachte sie. Er hält den Blick dorthin gerichtet, wo er will. Egal, wer mit ihm spricht. „Du warst es."

„Ich?" Bonnie sank ein wenig in sich zusammen, unsicher, wen er eigentlich meinte.

„Du. Du hast doch den Zauberspruch ausgesprochen, oder?"

„Den..." Oh, nein. Ein Bild stieg vor Bonnies geistigem Auge auf. Schwarzes Haar auf einer weißen Serviette. Sie betrachtete Damons Haar. Es war feiner und glatter als das von Stefan, aber ebenso schwarz. Anscheinend hatte Matt bei der Suche einen Fehler gemacht.

„Okay, Bonnie. Du hast nach uns geschickt, hier sind wir."

Stefans Stimme klang ungeduldig. „Was willst du?"

Sie setzten sich auf ein paar Ballen halbverschimmelten Heus. Nur Damon blieb stehen. Stefan lehnte sich mit den Händen auf den Knien nach vorn und schaute Bonnie abwartend an.

„Du hast ... du hast behauptet, dass Elena mit dir gesprochen hat." Es gab eine unmerkliche Pause, bevor er den Namen aussprach. Seine Miene war angespannt.

„Ja." Bonnie gelang es, ihn anzulächeln. „Ich hatte einen Traum. Einen sehr merkwürdigen Traum ..."

Sie erzählte ihm alles darüber, auch das, was danach geschehen war. Die Geschichte dauerte ziemlich lange. Stefan hörte aufmerksam zu. Seine grünen Augen leuchteten jedes Mal auf, wenn Elenas Name fiel. Als Bonnie von Carolines Party berichtete und wie sie Sue im Garten gefunden hatten, wich das Blut aus seinem Gesicht, aber er schwieg.

„Die Polizei kam und stellte ihren Tod fest, doch das wussten wir bereits“, schloss Bonnie. „Dann haben sie Vickie weggebracht. Die arme Vickie, sie ist total überdreht. Wir dürfen nicht mit ihr reden. Ihre Mutter hängt auf, wenn wir versuchen, sie anzurufen. Einige Leute behaupten sogar, dass Vickie es getan hat, was natürlich völliger Quatsch ist. Aber man glaubt uns nicht, dass Elena zu uns Kontakt aufgenommen hat, also schlägt man auch ihre Warnungen in den Wind.“

„Und Elena sprach von einem ER“, warf Meredith ein.

„Mehrfach sogar. Es ist ein Mann. Jemand, der über eine ungeheure telepathische Macht verfügt.“

„Ein Mann hat im Flur meine Hand gepackt“, fügte Bonnie noch hinzu. Sie erzählte Stefan von ihrem Verdacht, was Tyler betraf. Aber Meredith wies darauf hin, dass der Rest der Beschreibung nicht auf Tyler passte. Er hatte weder die Schlauheit noch die telepathische Begabung, um der zu sein, vor dem Elena sie warnte.

„Was ist mit Caroline?“ fragte Stefan. „Könnte sie etwas gesehen haben?“

„Sie war schon draußen“, erwiderte Meredith. „Sie hatte die Tür gefunden und war rausgegangen, während wir anderen noch kopflos durch das Haus rannten. Sie hat zwar die Schreie gehört, hatte jedoch zuviel Angst, um zurückzugehen. Um ehrlich zu sein, ich kann ihr keinen Vorwurf machen.“

„Also ist Vickie die einzige Zeugin.“

„Stimmt. Und Vickie schweigt.“ Bonnie nahm den Faden der Geschichte wieder auf. „Nachdem wir erkennen mussten, dass niemand uns glaubt, haben wir uns an Elenas Botschaft erinnert, was den Zauberspruch betraf. Wir haben uns gedacht, dass du es bist, den wir herholen sollen, denn Elena glaubte, dass du etwas tun könntest, um uns zu helfen. Nun ...?“

„Ich kann’s versuchen.“ Stefan stand auf, ging ein paar Schritte weg und drehte ihnen den Rücken zu. Ein paar Minuten blieb er schweigend und unbeweglich stehen. Dann wandte er sich um und schaute Bonnie in die Augen. „Bonnie“, sagte er leise, doch sehr eindringlich. „In deinen Träumen hast du direkt mit Elena gesprochen. Glaubst du, das gelingt dir wieder, wenn du dich in Trance fallen lässt?“

Bonnie war ein wenig verängstigt über das, was sie in seinen Augen las. Sie leuchteten hypnotisch grün in seinem weißen Gesicht. Plötzlich konnte sie hinter seine Maske sehen. Dahinter verbarg sich soviel Schmerz, soviel Verlangen – und eine solche Intensität, dass es fast wehtat, ihn anzuschauen.

„Ich könnte ... aber, Stefan ...“

„Dann tun wir es. Hier und jetzt. Und wir werden sehen, ob du mich mitnehmen kannst.“

Sein Blick wirkte magnetisch, nicht durch irgendwelche verborgenen Kräfte, sondern allein durch seine Willenskraft. Bonnie wollte es für ihn tun – in diesem Moment würde sie alles für ihn tun. Aber die Erinnerung an den Traum war noch zu frisch. Sie konnte diesen Schrecken nicht noch einmal ertragen. Sie konnte es einfach nicht.

„Stefan, es ist zu gefährlich. Ich könnte mich allem öffnen, und davor habe ich Angst. Wenn dieses ... dieses Wesen Macht von mir ergreift, ich weiß nicht, was dann passiert. Ich kann's nicht, Stefan. Bitte!“

Einen Moment lang fürchtete sie, dass er versuchen würde, sie zu zwingen. Sein Mund verhärtete sich, und seine grünen Augen blitzten. Aber dann erstarb langsam das Feuer in ihnen. Bonnie fühlte, wie ihr das Herz brach. „Stefan, es tut mir so Leid“, flüsterte sie.

„Also müssen wir es allein machen“, sagte er. Die Maske war wieder an ihrem Platz, aber sein Lächeln wirkte gezwungen, als würde es ihm Schmerzen bereiten.

Dann fuhr er fester fort: „Zunächst müssen wir herausfinden, wer dieser Killer ist und was er hier will. Bisher wissen wir nur, dass das Böse nach Fell's Church zurückgekehrt ist."

„Warum?" Bonnie rang die Hände. „Warum ausgerechnet hierher? Haben wir nicht schon genug durchgemacht?"

„Das alles scheint ein sehr merkwürdiger Zufall zu sein. Wieso haben gerade wir wieder das Glückslos gezogen?" sagte Meredith ironisch.

„Es ist kein Zufall." Stefan schien unsicher, wie er fortfahren sollte. „Es gibt ein paar Orte auf der Welt, die sind ... anders. Sie sind aufgeladen mit psychischer Energie, positiv oder negativ. Gut oder Böse. Einige von ihnen waren immer schon so, wie das Bermuda-Dreieck und Salisbury Plain, der Platz, an dem Stonehenge errichtet wurde. Andere sind erst so geworden. Besonders, wenn dort viel Blut vergossen wurde." Er sah Bonnie an.

„Ruhelose Geister", flüsterte sie.

„Ja. Hier hat einmal eine Schlacht getobt, stimmt's?"

„Während des Bürgerkriegs", erklärte Matt. „Dabei wurde auch die Kirche auf dem Friedhof zerstört. Es gab ein Gemetzel auf beiden Seiten. Keiner gewann, aber fast jeder, der gekämpft hat, wurde getötet. Die Wälder sind voller Gräber."

„Und der Boden wurde mit Blut getränkt. Ein Ort wie dieser zieht das Übernatürliche geradezu an. Er zieht das Böse an. Deshalb hat Katherine Fell's Church für ihre Rache gewählt. Ich habe es auch gefühlt, als ich das erste Mal herkam."

„Und jetzt ist wieder etwas über uns gekommen." Meredith war diesmal ganz ernst. „Aber wie sollen wir es bekämpfen?"

„Wir müssen erst herausfinden, mit wem wir es überhaupt zu tun haben. Ich glaube ..." Bevor Stefan den Satz beenden konnte, hörten sie ein Knarren, und helles, staubiges Sonnenlicht fiel über die Heuballen. Die Scheunentür war geöffnet worden.

Alle spannten sich an, bereit aufzuspringen und zu fliehen oder zu kämpfen. Die Gestalt jedoch, die mit einem Ellbogen die große Tür zur Seite schob, war alles andere als bedrohlich. Mrs. Flowers, die uralte Inhaberin der Pension, lächelte sie an. Sie trug ein Tablett.

„Vom vielen Reden bekommt man eine durstige Kehle. Ich dachte, ihr Kinder hättet gerne etwas zu trinken, während ihr euch unterhaltet“, sagte sie mütterlich.

Verwirrte Blicke wurden gewechselt. Woher hatte sie gewusst, dass sie überhaupt da waren? Und wieso war sie trotzdem so gelassen?“

„Bitte schön“, fuhr Mrs. Flowers fort. „Das ist Grapefruitsaft, gepresst aus Früchten aus meinem Garten.“ Sie stellte je einen Pappbecher neben Meredith, Matt und Bonnie. „Und hier sind ein paar Ingwerplätzchen. Ganz frisch gebacken.“ Sie hielt das Tablett hin. Bonnie fiel auf, dass sie Stefan und Damon nichts anbot.

„Ihr zwei könnt später in meinen Keller kommen und von meinem Brombeerschnaps probieren“, sagte sie zu den beiden. Bonnie war sicher, dass sie ihnen dabei verschwörerisch zugezwinkert hatte.

Stefan holte müde tief Luft. „Hören Sie, Mrs. Flowers...“

„Und dein altes Zimmer ist noch genauso, wie du es verlassen hast. Du kannst es benutzen, wann immer du willst. Du störst mich kein bisschen.“

Stefan schien sprachlos. „Vielen Dank. Aber ...“

„Du kannst ganz beruhigt sein. Von mir wird niemand ein Sterbenswörtchen erfahren. Ich bin keine Klatschbase. War’s nie und werde es nie sein. Wie schmeckt der Saft?“ wandte sie sich plötzlich an Bonnie.

Bonnie nahm schnell einen Schluck. „Sehr gut“, antwortete sie ehrlich.

„Wenn ihr fertig seid, werft die Becher in den Müll. Ich hab’s gern ordentlich und aufgeräumt.“ Mrs. Flowers blickte sich in der Scheune um, schüttelte den Kopf und seufzte. „Es ist eine Schande. So ein schönes Mädchen." Sie blickte Stefan eindringlich mit ihren hellwachen, schwarzen Augen an. „Sieh zu, dass du es diesmal richtig machst, mein Junge." Immer noch kopfschüttelnd, ging sie aus der Scheune.

„Na, so was!" Bonnie starrte ihr verblüfft nach. Alle anderen sahen sich sprachlos an.

„‚So ein schönes Mädchen'. Wen hat sie wohl gemeint?" brach Meredith schließlich das Schweigen. „Sue oder Elena?" Elena hatte tatsächlich im letzten Winter ungefähr eine Woche in der alten Scheune verbracht – eigentlich ohne Mrs. Flowers' Wissen. „Hast du ihr irgendwas über uns verraten?" fragte sie Damon.

„Kein Wort." Damon schien das Ganze zu amüsieren. „Sie ist eine alte Dame. Ein bisschen wirr im Kopf."

„Sie ist klüger, als wir alle glauben", mischte sich Matt ein. „Wenn ich an die Tage denke, die wir damit vergeudet haben, sie dabei zu beobachten, während sie in ihrem Keller herumwerkelte ... Haltet ihr es für möglich, dass sie von unserer Überwachung wusste?"

„Keine Ahnung", antwortete Stefan langsam. „Ich bin nur froh, dass sie auf unserer Seite ist. So haben wir wenigstens einen sicheren Ort, an dem wir bleiben können."

„Und Grapefruitsaft, vergiss das nicht." Matt grinste Stefan an. „Willst du?" Er hielt ihm seinen tropfenden Becher hin.

„Du kannst deinen Saft nehmen und ihn dir..." Aber Stefan lächelte dabei vor sich hin. Einen Moment lang sah Bonnie die beiden, wie sie vor Elenas Tod gewesen waren. Freundlich, warmherzig und so eng befreundet wie sie und Meredith. Sie fühlte einen scharfen Stich.

Aber Elena ist nicht tot, dachte sie. Sie ist mehr zugegen denn je. Sie dirigiert alles, was wir sagen und tun. Aber wie soll es jetzt bloß weitergehen? Stefan war wieder ernst geworden. „Als Mrs.

Flowers hereinkam, wollte ich gerade sagen, dass wir am besten sofort anfangen. Und zwar bei Vickie."

„Sie wird uns nicht sehen wollen", warf Meredith sofort ein. „Ihre Eltern halten alles von ihr fern."

„Dann müssen wir uns an den Eltern vorbeischleichen. Bist du dabei, Damon?"

„Ein Besuch bei einem weiteren schönen Mädchen? Das würde ich mir um nichts in der Welt entgehen lassen." Bonnie wandte sich alarmiert zu Stefan um.

„Keine Sorge. Ich werde auf ihn aufpassen", versicherte er ihr, als er sie aus der Scheune führte.

Bonnie hoffte es.

6. KAPITEL

Vickie wohnte in einem Eckhaus, und sie gingen durch eine Seitenstraße darauf zu. Inzwischen trieben schwere, violettblaue Wolken am Himmel. Das Licht war trübe, fast wie in einer Unterwasserlandschaft.

„Sieht ganz nach Sturm aus", meinte Matt.

Bonnie warf einen verstohlenen Blick auf Damon. Weder er noch Stefan liebten helles Licht. Und sie konnte die telepathische Kraft spüren, die er ausstrahlte. Er lächelte, ohne sie anzusehen, und sagte: „Wie wär's mit Schnee im Juni?" Bonnie unterdrückte einen Schauder.

Sie hatte Damon in der Scheune ein- oder zweimal gemustert und gemerkt, dass er der Geschichte ziemlich unbeeindruckt zuhörte. Im Gegensatz zu Stefan hatte sich sein Gesichtsausdruck weder bei Elenas Namen noch als sie von Sues Tod erzählte im Mindesten verändert. Was hatte er wirklich für Elena empfunden? Er hatte schon einmal einen Schneesturm heraufbeschworen und sie frierend darin zurückgelassen. Was fühlte er jetzt? Interessierte es ihn überhaupt, den Mörder zu fangen?

„Das ist Vickies Schlafzimmer“, erklärte Meredith. „Das Fenster da drüben.“

Stefan sah zu Damon. „Wie viele Leute sind im Haus?“

„Zwei. Ein Mann und eine Frau. Die Frau ist betrunken.“

Arme Mrs. Bennett, dachte Bonnie.

„Sie müssen beide schlafen“, sagte Stefan.

Gegen ihren Willen war Bonnie fasziniert von der psychischen Kraft, die jetzt von Damon ausging. Ihre eigene Begabung war zuvor nie stark genug gewesen, diese Macht ganz zu erfassen. Doch jetzt war sie es. Sie konnte sie so klar spüren, wie sie das verblassende violette Licht sah und den Duft der Blumen vor Vickies Fenster roch.

Damon zuckte mit den Schultern. „Sie schlafen.“

Stefan klopfte leise gegen das Fenster.

Es gab keine Antwort, jedenfalls kam es Bonnie so vor.

Aber Damon und Stefan sahen einander an.

„Sie ist schon halb in Trance“, erklärte Damon.

„Sie hat Angst. Ich werde es machen. Sie kennt mich“, erwiderte Stefan. Er legte seine Fingerspitzen auf das Glas. „Vickie. Ich bin’s. Stefan Salvatore. Ich bin hier, um dir zu helfen. Komm, lass mich rein.“

Seine Stimme war ruhig. Auf der anderen Seite des Fensters war es totenstill. Doch nach einem Moment bewegten sich die Vorhänge, und ein Gesicht erschien.

Bonnie stöhnte unwillkürlich auf. Vickie war kaum wiederzuerkennen. Ihr langes, hellbraunes Haar war total verfilzt, ihre Haut kalkweiß. Tiefe, schwarze Ringe lagen unter den Augen. Der Blick war starr und glasig. Ihre Lippen trocken und aufgesprungen. Ein grauenhafter Anblick.

„Sie sieht aus, als wollte sie die verrückte Ophelia im ‚Hamlet‘

spielen“, flüsterte Meredith. „Alles passt. Sogar das Nachthemd.“

„Sie scheint besessen zu sein“, flüsterte Bonnie nervös zurück.

„Vickie, mach das Fenster auf“, sagte Stefan nur.

Wie eine mechanische, aufgezogene Puppe öffnete Vickie das Fenster. „Kann ich reinkommen?“ fragte Stefan.

Vickies tote Augen streiften die Gruppe draußen. Einen Moment dachte Bonnie, sie würde niemanden erkennen. Aber dann blinzelte sie und sagte langsam: „Meredith ... Bonnie ... Stefan? Du bist zurück. Was machst du hier?“

„Bitte mich herein.“ Stefans Tonfall war hypnotisch.

„Stefan ...“ Es gab eine lange Pause. „Komm herein.“

Sie trat zurück, als er eine Hand auf das Fensterbrett legte und ins Zimmer sprang. Matt folgte ihm, dann Meredith. Bonnie, die einen Mini trug, blieb draußen bei Damon. Sie wünschte, sie hätte heute morgen zur Schule Jeans angezogen, aber da konnte sie ja noch nicht wissen, was der Tag bringen würde.

„Du solltest nicht hier sein“, sagte Vickie erstaunlich ruhig zu Stefan. „Er wird kommen, um mich zu holen. Dann erwischt er dich auch.“

Meredith legte einen Arm um sie.

„Wer?“ fragte Stefan kurz.

„Er. Er erscheint in meinen Träumen. Er hat Sue getötet.“

Vickies gleichgültiger Tonfall war erschreckender, als jede Hysterie es sein konnte.

„Vickie, wir sind gekommen, um dir zu helfen“, erklärte Meredith sanft. „Alles wird jetzt wieder gut. Wir werden nicht zulassen, dass er dir wehtut. Das verspreche ich dir.“

Vickie drehte sich mit einem Ruck um und starrte sie an. Sie musterte Meredith, als hätte diese sich plötzlich in ein Wesen aus dem All verwandelt. Dann warf sie den Kopf zurück und lachte.

Es klang schrecklich. Ein heiserer Ausbruch von Freude, der mehr an ein abgehacktes Husten erinnerte. Vickie hörte nicht auf, bis Meredith sich am liebsten die Ohren zugehalten hätte. Schließlich befahl Stefan: „Vickie, lass das."

Das Lachen endete in Schluchzern. Vickie verbarg das Gesicht in den Händen. Als sie den Kopf wieder hob, war ihr Blick weniger glasig, aber sehr verängstigt. „Ihr werdet alle sterben, Stefan", warnte sie und schüttelte den Kopf. „Niemand kann ihn bekämpfen und überleben."

„Wir müssen mehr über ihn herausfinden, damit wir ihn überhaupt angreifen können. Wir brauchen deine Hilfe", erklärte Stefan eindringlich. „Erzähl mir, wie er aussieht."

„Ich kann ihn in meinen Träumen nicht erkennen. Er ist nur ein Schatten ohne Gesicht", flüsterte Vickie und zog die Schultern hoch.

„Aber in Carolines Haus, was war da?" drängte Stefan.

„Bitte, Vickie, weich nicht aus", fügte er hinzu, als das Mädchen sich jäh abwandte. „Ich weiß, dass du Angst hast. Doch das hier ist wichtig, viel wichtiger, als du vielleicht verstehen kannst. Wir können nichts unternehmen, wenn wir nicht wissen, womit wir es zu tun haben. Und du bist dic einzige, die die Informationen hat, die wir brauchen. Du musst uns helfen."

„Ich kann mich nicht erinnern..."

Stefan gab nicht auf. „Ich kann dir das Gedächtnis zurückbringen. Willst du es mich versuchen lassen?"

Sekunden schlichen dahin, dann stieß Vickie einen langen Seufzer aus und sank in sich zusammen. „Tu, was du willst", sagte sie gleichmütig. „Mir ist es egal. Es wird doch keinen Unterschied mehr machen."

„Du bist ein tapferes Mädchen. Jetzt sieh mich an, Vickie. Ich möchte, dass du dich entspannst. Schau mich an und entspann dich." Stefans Stimme senkte sich zu einem beruhigenden Murmeln. Ein paar Minuten ging das so weiter, dann senkten sich Vickies Augenlider.

„Komm." Stefan führte sie zum Bett. Er setzte sich neben sie und sah ihr ins Gesicht. „Vickie, du bist jetzt ganz ruhig und entspannt. Nichts, woran du dich erinnern wirst, wird dir wehtun", tröstete er sie. „Jetzt möchte ich, dass du zurückgehst zur Samstagnacht. Du bist oben im Elternschlafzimmer von Carolines Haus. Sue Carson ist bei dir und noch jemand. Ich möchte, dass du siehst ..."

„Nein!" Vickie wand sich, als versuchte sie, jemandem zu entkommen. „Nein! Ich kann nicht ..."

„Vickie, beruhige dich. Er wird dir nichts tun. Er kann dich nicht sehen, aber du ihn. Höre auf mich."

Während Stefan sprach, wurde Vickies Wimmern leiser. Aber sie schlug immer noch um sich und wand sich.

„Du musst ihn sehen. Hilf uns, ihn zu bekämpfen. Wie sieht er aus?"

„Wie der Teufel!"

Es war fast ein Schrei. Meredith setzte sich an Vickies andere Seite und nahm ihre Hand. Sie schaute aus dem Fenster zu Bonnie, die mit den Schultern zuckte und mit weit aufgerissenen Augen den Blick erwiderte. Bonnie hatte keine Ahnung, wovon Vickie sprach.

„Erzähl uns mehr", fuhr Stefan ruhig fort.

Vickie verzog den Mund. Ihre Nasenflügel blähten sich. Sie presste die Worte einzeln hervor, als bereiteten sie ihr große Schmerzen. „Er trägt... einen alten Regenmantel. Der Mantel flattert im Wind um seine Beine. Er hat den Sturm heraufbeschworen. Sein Haar ist blond. Fast weiß. Es steht von seinem Kopf ab. Seine Augen sind blau ... elektrisch blau." Vickie fuhr sich mit der Zunge über die Lippen und schluckte hart. „Blau ist die Farbe des Todes."

Am Himmel grollte der Donner. Draußen sah Damon kurz hoch und runzelte mit verengten Augen die Stirn.

„Er ist groß. Und er lacht. Lachend greift er nach mir. Aber Sue schreit ‚nein, nein!' und versucht, mich wegzuziehen. Also packt er sie statt dessen. Das Fenster ist zerschmettert, und der Zugang zum Balkon ganz frei. Sue weint ‚nein, bitte nicht'. Und dann beobachte ich ihn ... Ich sehe zu, wie er sie über den Balkon ..." Vickie rang nach Atem. Ihre Stimme wurde immer höher und aufgeregter.

„Vickie, es ist alles gut. Du bist in Wirklichkeit nicht dort. Du bist in Sicherheit."

„Oh, bitte nicht! Sue! Sue! Sue!"

„Vickie, bleib bei mir. Hör zu. Ich brauche noch eine Information. Sieh ihn an. Sag mir, ob er einen blauen Edelstein trägt ..."

Aber Vickie warf den Kopf hin und her und schluchzte mit jedem Moment hysterischer. „Nein, nein! Ich bin die Nächste! Ich bin die Nächste!" Plötzlich sprangen ihre Augen auf, als sie von selbst aus der Trance erwachte. Ihr Atem ging in kurzen, keuchenden Stößen. Dann fuhr ihr Kopf herum.

Ein Bild an der Wand klapperte.

Dann der bambusgerahmte Spiegel. Parfumfläschchen und Lippenstifte auf der Kommode darunter klirrten und rollten durcheinander. Mit einem Knallen wie Popcorn, das in der Pfanne röstet, wurden die Ohrringe von ihrem Gestell geschleudert. Ein Strohhut flog vom Haken und segelte mitten durchs Zimmer. Fotos, die im Rahmen des Spiegel gesteckt hatten, flatterten zu Boden. Kassetten und CDs purzelten klappernd nacheinander aus dem Regal wie Karten in einem Kartenspiel.

Meredith war aufgesprungen. Matt hatte die Fäuste geballt.

„Mach, dass es aufhört! Mach, dass es aufhört!" schrie Vickie.

Aber es war noch nicht zu Ende. Matt und Meredith schauten sich fassungslos um, während sich immer neue Dinge dem wilden Tanz anschlossen. Alles, was beweglich war, rüttelte, schwankte und klapperte. Geradeso, als läge das Zimmer im Zentrum eines Erdbebens.

„Aufhören, aufhören!“ Vickie hielt sich die Ohren zu.

Über dem Haus erklang ein lauter Donnerschlag. Bonnie fuhr heftig zusammen, als sie den Blitz über den Himmel zucken sah. Instinktiv suchte sie etwas, an das sie sich klammern konnte. Der Blitz leuchtete grell auf, und ein Poster an Vickies Wand zerriss. Bonnie unterdrückte einen Schrei und hielt sich noch mehr fest.

So plötzlich, wie es gekommen war, erstarb jedes Geräusch wieder.

Vickies Zimmer war zur Ruhe gekommen. Nur die Fransen der Deckenlampe schwankten noch leicht. Das Poster hatte sich in zwei unregelmäßige Stücke zusammengerollt. Langsam nahm Vickie die Hände von den Ohren.

Meredith und Matt sahen sich mit weichen Knien um. Bonnie schloss die Augen und murmelte etwas, das wie ein Gebet klang. Erst als sie die Lider wieder öffnete, erkannte sie, woran sie sich festgehalten hatte. Sie fühlte das kühle Leder. Es war Damons Arm.

Trotzdem war er nicht vor ihr zurückgewichen, und er schüttelte sie auch jetzt nicht ab. Er lehnte sich nur leicht nach vorn und musterte von draußen das Zimmer sorgfältig. „Schaut auf den Spiegel“, sagte er.

Alle taten es. Bonnie hielt unwillkürlich die Luft an und grub ihre Finger tiefer in seinen Arm. Sie hatte es noch nicht gemerkt. Es musste passiert sein, als das Chaos im Zimmer ausgebrochen war.

Die Worte auf dem Glas waren mit Vickies dunkelrotem Lippenstift geschrieben worden.

Gute Nacht, mein Schatz.

„Oh Gott“, flüsterte Vickie.

Stefan wandte sich vom Spiegel ab und Vickie zu. Bonnie merkte, dass sein ganzes Auftreten sich verändert hatte. Er war entspannt, aber gleichzeitig gefasst. Es schien so, als hätte er eine persönliche Herausforderung angenommen.

Er nahm etwas aus seiner Hosentasche und entfaltete es. In dem Päckchen lagen Ableger von einer Pflanze mit langen, grünen Blättern und winzigen lila Blüten.

„Das ist Eisenkraut. Frisches Eisenkraut", sagte er ruhig. Seine Stimme klang gleichmäßig und eindringlich. „Ich habe es außerhalb von Florenz gepflückt. Dort blüht es jetzt." Er nahm Vickies leblose Hand und drückte das Päckchen hinein. „Ich möchte, dass du das immer bei dir behältst. Leg es in jedes Zimmer des Hauses. Versteck es irgendwie in den Kleidern deiner Eltern. Solange du das bei dir trägst, kann er deinen Verstand nicht übernehmen. Er kann dir Angst machen, aber er kann dich zu nichts zwingen. Zum Beispiel, ihm ein Fenster oder eine Tür aufzumachen. Hör mir jetzt zu, Vickie, denn das ist sehr wichtig."

Vickie zitterte am ganzen Leib. Ihr Gesicht war angstverzerrt. Stefan nahm ihre beiden Hände und zwang sie, ihn anzusehen. Er sprach langsam und deutlich.

„Wenn ich Recht habe, kann er nicht ins Haus, wenn du ihn nicht einlädst. Rede mit deinen Eltern. Erkläre ihnen, es sei sehr wichtig, dass sie keinen Fremden ins Haus bitten. Besser noch, ich werde Damon bitten, ihnen diesen Vorschlag sofort einzugeben." Er schaute zu Damon, der leicht mit den Schultern zuckte und nickte. Damon sah aus, als sei er mit seinen Gedanken ganz woanders. Verlegen nahm Bonnie die Hand von seinem Arm.

Vickies Kopf war über das Eisenkraut gebeugt. „Er wird es schaffen, irgendwie hereinzukommen", sagte sie leise mit entsetzlicher Sicherheit.

„Nein, Vickie. Hör mir zu. Von jetzt an werden wir dich überwachen. Wir werden auf ihn warten."

„Es hat keinen Zweck. Ihr könnt ihn nicht aufhalten.“ Sie begann gleichzeitig zu lachen und zu weinen.

„Wir werden es jedenfalls versuchen.“ Stefan blickte zu Meredith und Matt, die nickten. „Gut. Von diesem Moment an wirst du nie mehr allein sein. Einer oder mehrere von uns werden immer vor dem Haus sein und aufpassen.“

Vickie schüttelte nur den Kopf. Meredith drückte tröstend ihren Arm und zog sich mit Matt auf Stefans stumme Geste hin zum offenen Fenster zurück.

Stefan trat zu ihnen. Leise sagte er: „Ich möchte sie nicht ohne Schutz lassen, aber ich selbst kann im Moment unmöglich bleiben. Ich muss noch etwas erledigen, und dabei muss mich eins der Mädchen begleiten. Auf der anderen Seite möchte ich weder Meredith noch Bonnie hier allein zurücklassen.“ Er wandte sich an Matt. „Könntest du ...?“

„Ich bleibe“, warf Damon ein.

Alle sahen ihn erstaunt an.

„Das ist doch die nächstliegende Lösung, oder?“ Damon schien amüsiert. „Außerdem, was soll einer von ihnen deiner Meinung nach gegen ihn ausrichten?“

„Sie können mich rufen. Ich kann ihre Gedanken von weit her empfangen.“ Stefan gab nicht nach.

„Nun“, sagte Damon cool. „Ich kann dich auch rufen, kleiner Bruder, sollte ich in Schwierigkeiten kommen. Außerdem langweilt mich dein Detektivspiel sowieso schon. Also kann ich genauso gut hier bleiben.“

„Vickie braucht Schutz und keinen, der sie verführt“, erwiderte Stefan kalt.

Damons Lächeln war unwiderstehlich. „Sie verführen?“ Er deutete auf das Mädchen, das mit dem Eisenkraut auf seinem Schoß leicht hin- und herschwankte. Vom verfilzten Haar bis zu den nackten Füßen bot Vickie keinen schönen Anblick. „Glaub mir, Bruderherz. Da kann ich jederzeit etwas Besseres finden." Einen Moment hatte Bonnie den Eindruck, als habe er ihr bei diesem Satz einen schnellen Blick zugeworfen. „Du hast immer behauptet, dass du mir so gern einmal vertrauen würdest", fügte Damon hinzu. „Jetzt bekommst du die Chance, deine Worte wahr zu machen."

Die beiden Brüder sahen sich an. Mit jeder Sekunde wurde das Schweigen zwischen ihnen spannungsgeladener. Jetzt konnte Bonnie die Ähnlichkeit zwischen ihnen erkennen. Das eine Gesicht war ernst und angespannt, das andere reglos und leicht ironisch. Doch beide waren fast unmenschlich schön.

Stefan atmete tief aus. „Nun gut", sagte er schließlich leise. Bonnie, Matt und Meredith sahen ihn verblüfft an, doch er schien es nicht zu merken. Er sprach zu Damon, als wären sie ganz allein. „Du bleibst hier, vor dem Haus, wo dich niemand sehen kann. Ich werde zurückkommen und dich ablösen, wenn ich meine Aufgabe erledigt habe."

Meredith hatte die Augenbrauen erstaunt hochgezogen, aber sie gab keinen Kommentar ab. Matt auch nicht. Bonnie versuchte, ihre unguten Gefühle zu unterdrücken. Stefan wird schon wissen, was er tut, sagte sie sich. Hoffentlich.

„Bleibt nicht zu lange weg", entließ Damon sie. Und damit blieben die beiden zurück. Damon, im Schatten des Walnussbaums verborgen, und Vickie, die immer noch auf dem Bett saß und sich hin- und herwiegte.

Im Auto fragte Meredith: „Wohin jetzt?"

„Ich hab da so eine Vermutung. Der will ich nachgehen", erklärte Stefan kurz.

„Dass der Täter ein Vampir ist?" fragte Matt vom Rücksitz her, wo er neben Bonnie saß.

Stefan sah ihn scharf an. „Ja."

„Deshalb hast du Vickie eindringlich verboten, jemanden hereinzubitten“, fügte Meredith hinzu, die auch ihr Wissen kundtun wollte. Vampire, erinnerte sich Bonnie, können keinen Ort betreten, an dem Menschen leben, ohne eingeladen zu werden. „Und deshalb wolltest du wissen, ob der Mann einen blauen Stein trug.“

„Ein Amulett gegen das Tageslicht“, erklärte Stefan und hielt seine rechte Hand hoch. Am dritten Finger befand sich ein Silberring mit einem Lapislazulistein. „Ohne den würden wir im hellen Sonnenschein sterben. Wenn der Mörder ein Vampir ist, muss er so einen Stein bei sich haben.“ Instinktiv berührte Stefan kurz etwas unter seinem T-Shirt. Bonnie wusste, was es war.

Elenas Ring. Stefan hatte ihn ihr zunächst geschenkt, nach ihrem Tod aber zurückgenommen und trug ihn jetzt an einer Kette um den Hals. Damit ein Teil von ihr immer bei ihm war. Bonnie warf einen Blick auf Matt. Er hatte die Augen geschlossen.

„Wie wollen wir herausfinden, ob es sich wirklich um einen Vampir handelt?“ wollte Meredith wissen.

„Ich weiß nur einen Weg. Es ist nicht gerade angenehm, aber es muss getan werden.“

Bonnies Mut sank. Wenn Stefan bereits Bedenken hatte, würde ihr der Vorschlag schon gar nicht gefallen. „Also, was ist es?“ fragte sie ohne große Begeisterung.

„Ich muss mir Sues Leiche ansehen.“

Tiefes Schweigen war die Antwort. Sogar Meredith, die normalerweise kaum aus der Fassung zu bringen war, sah geschockt aus. Matt wandte sich ab und legte die Stirn gegen das kühle Autofenster.

„Du machst doch Spaß, oder?“ Bonnie war entgeistert.

„Ich wünschte, es wäre so.“

„Aber, um Himmels willen, Stefan. Das können wir unmöglich machen. Man wird uns gar nicht lassen. Wie stellst du dir das vor? Ich meine, was sollen wir sagen? ‚Entschuldigen Sie bitte vielmals, aber wir müssen diese Leiche nach Bisswunden untersuchen'?"

„Bonnie, halt den Mund!" entgegnete Meredith scharf.

„Tut mir Leid, ich kann nicht anders." Entnervt ließ Bonnie sich in den Sitz zurückfallen. „Es ist eine schreckliche Idee. Und außerdem hat die Polizei die Leiche bereits untersucht. Außer den Spuren des Sturzes hat man keine Zeichen von Gewaltanwendung gefunden."

„Die Polizei wusste nicht, worauf sie achten sollte." Stefans Tonfall war hart. Er rief Bonnie etwas ins Gedächtnis zurück, was sie gerne vergaß. Stefan war einer von ihnen. Einer der Jäger. Er hatte schon vorher Tote gesehen. Und vielleicht sogar selbst getötet.

Er trinkt Blut, dachte Bonnie und erschauderte.

„Was ist, seid ihr noch dabei, oder nicht?"

Bonnie versuchte sich auf dem Rücksitz unsichtbar zu machen. Meredith hielt mit beiden Händen das Steuer so fest umklammert, dass ihre Knöchel weiß hervortraten. Es war Matt, der sprach. Er wandte sich vom Fenster ab. „Wir haben wohl keine andere Wahl, stimmt's?" fragte er müde.

„Sue ist in der Kapelle des Beerdigungsinstituts aufgebahrt. Man kann von sieben bis zehn Uhr zu ihr, um Abschied von ihr zu nehmen", fügte Meredith leise hinzu.

„Wir können keine Zeugen brauchen. Also werden wir warten, bis geschlossen ist", entschied Stefan.

„Das ist das Schrecklichste, das ich jemals tun musste", flüsterte Bonnie entmutigt. Die Kapelle war dunkel und kalt.

Stefan hatte das Schloss mit einem dünnen, biegsamen Stück Metall aufgebrochen.

Der Boden der Aufbahrungshalle war mit dicken Teppichen belegt, die Wände mit dunklem Eichenholz verkleidet. Die ganze Umgebung musste schon in hellem Licht deprimierend sein.

Jetzt im Dunkeln wirkte sie erstickend und war voller grotesker Schatten. Es schien, als würden sich hinter den vielen großen Blumengebinden Monster verbergen. „Ich will nicht hier bleiben“, stöhnte Bonnie.

„Bringen wir's hinter uns, okay?“ stieß Matt mit zusammengepressten Zähnen hervor.

Als er die Taschenlampe einschaltete, blickte Bonnie überallhin, nur nicht dorthin, worauf ihr Lichtstrahl gerichtet war. Sie wollte den Sarg nicht sehen, nein. Sie betrachtete eins der Blumengebinde, ein Herz aus rosa Rosen.

Draußen grollte der Donner wie ein schlafendes Tier.

„Ich mach den Deckel auf ... so“, sagte Stefan gerade. Obwohl sie sich fest vorgenommen hatte, es nicht zu tun, schaute Bonnie doch hin.

Der Sarg war weiß und innen mit hellrosa Satin ausgeschlagen. Sues blondes Haar hob sich leuchtend davon ab, wie das Haar einer schlafenden Prinzessin im Märchen. Aber Sue schlief nicht. Sie war zu bleich, zu still. Wie eine Wachspuppe. Bonnie schlich sich näher heran. Wie hypnotisiert sah sie in Sues Gesicht.

Deshalb ist es hier drin so kalt, dachte sie standhaft. Damit das Wachs nicht schmilzt. Es half ein wenig.

Stefan berührte den Kragen von Sues hochgeschlossener Bluse. Er öffnete den ersten Knopf.

„Stefan, bitte!“ flüsterte Bonnie aufgebracht.

„Was glaubst du, weshalb wir hier sind?“ antwortete Stefan zischend. Aber seine Finger hielten am zweiten Knopf inne. Bonnie wartete eine Minute, dann traf sie eine Entscheidung.

„Mach mal Platz.“ Als Stefan sich nicht sofort bewegte, gab sie ihm einen Schubs. Meredith trat nah zu ihr, und sie formten eine Barriere zwischen Sue und den Jungen.

Die beiden Freundinnen blickten einander verstehend an.

Wenn sie Sue wirklich ausziehen mussten, würden die Jungen hinausgehen müssen.

Bonnie plagte sich mit den winzigen Knöpfen ab, während Meredith die Taschenlampe hielt. Sues Haut fühlte sich so wächsern und kalt unter ihren Fingerspitzen an, wie sie aussah. Sie faltete die Bluse zurück und enthüllte einen weißen Spitzenunterrock. Dann zwang sie sich, Sues hellblondes Haar von ihrem Hals wegzustreichen. Das Haar war steif von Haarspray.

„Keine Löcher", sagte sie, während sie Sues Hals betrachtete. Sie war stolz, dass ihre Stimme einigermaßen fest klang.

„Nein." Stefan war dicht hinter sie getreten. Er runzelte die Stirn. „Aber etwas anderes. Schaut euch das an." Sanft deutete er an Bonnie vorbei auf einen Schnitt. Er war bleich und blutlos wie die Haut darum herum, doch als feine Linie zu erkennen, die sich vom Schlüsselbein zur Brust zog. Über dem Herzen zeichneten Stefans lange Finger in der Luft ihre Spur nach. Bonnie erstarrte, bereit, die Hand zurückzuschlagen, sollte er Sue wirklich anfassen.

„Was ist das?" fragte Meredith verwirrt.

„Ein Rätsel." Seine Stimme klang merkwürdig. „Wenn ich ein solches Mal bei einem Vampir sehen würde, würde es bedeuten, dass er einem Menschen sein Blut gegeben hat. So wird es gemacht. Die menschlichen Zähne können unsere Haut nicht durchdringen, deshalb fügen wir uns einen Schnitt zu, wenn wir mit jemandem Blut austauschen wollen. Aber Sue war kein Vampir."

„Ganz bestimmt nicht!" erklärte Bonnie mit Nachdruck. Sie versuchte, das Bild zu vertreiben, das sich ihr aufdrängte. Elena, die sich über eine Wunde auf Stefans Brust beugte und saugte, trank ...

Sie erschauderte und merkte, dass sie unwillkürlich die Augen geschlossen hatte. „Musst du noch etwas sehen?“ fragte sie und öffnete sie wieder.

„Nein. Das ist alles.“

Bonnie machte die Knöpfe wieder zu. Sie ordnete Sues Haar. Dann, während Meredith und Stefan den Deckel wieder auf den Sarg legten, ging sie schnell aus der Aufbahrungshalle zur Tür nach draußen. Dort blieb sie stehen, die Arme fest um sich geschlungen.

Eine Hand berührte leicht ihren Ellbogen. Es war Matt. „Du bist härter, als es den Anschein hat“, sagte er.

„Na, ja ...“ Sie versuchte, lässig mit den Schultern zu zucken. Und dann weinte sie plötzlich. Weinte heftig.

Matt legte seine Arme um sie. „Ich weiß“, murmelte er. Seine Stimme war so trostlos, wie sie sich fühlte.

„Ihre Frisur war voller Haarspray“, schluchzte sie. „Sue hat nie in ihrem Leben Haarspray benutzt. Es ist schrecklich.“ Irgendwie schien das das Schlimmste von allem zu sein.

Matt hielt sie einfach fest.

Nach einer Weile wurde Bonnie ruhiger. Sie merkte, dass sie sich fast schmerzhaft fest an Matt geklammerte hatte, und lockerte ihren Griff. „Ich hab dein ganzes Hemd vollgeheult“, entschuldigte sie sich schniefend.

„Das macht nichts.“

Etwas in seiner Stimme ließ sie einen Schritt zurücktreten. Sie musterte ihn. Er sah genauso aus wie auf dem Parkplatz der High School. Verloren ... und völlig hoffnungslos.

„Matt, was ist los?“ flüsterte sie. „Bitte!“

„Ich habe es dir bereits gesagt“, antwortete er. Er schien in die Ferne zu blicken. „Sue liegt da drinnen, tot. Sinnlos ermordet. Du hast es auch selbst schon gesagt, Bonnie. Was für eine Welt ist das, die so etwas geschehen lässt? Die zulässt, dass ein Mädchen wie Sue aus Spaß umgebracht wird, Babys in Afghanistan verhungern oder kleine Seehunde lebendig gehäutet werden? Wenn das unsere Welt ist, was zählt dann überhaupt noch? Es ist doch alles bald vorbei." Er hielt inne und schien in die Gegenwart zurückzukehren. „Verstehst du, wovon ich rede?"

„Ich bin nicht so sicher." Bonnie zweifelte daran, ob sie es überhaupt verstehen wollte. Matts Vision war zu furchteinflößend. Aber ihr Verlangen, ihn zu trösten, diesen verlorenen Blick aus seinen Augen zu vertreiben, war übermächtig.

„Matt, ich ..."

„Wir sind fertig", verkündete Stefan hinter ihnen.

Als Matt sich nach ihm umsah, schien sich sein hoffnungsloser Blick noch zu vertiefen. „Manchmal denke ich, wir sind alle fertig." Er entfernte sich von Bonnie, erklärte jedoch nicht, was er mit seinem Satz meinte. „Komm, gehen wir."

7. KAPITEL

Stefan näherte sich dem Eckhaus zögernd. Fast schien er Angst davor zu haben, was er vorfinden könnte. Halb erwartete er, dass Damon inzwischen seinen Wachposten aufgegeben hatte. Vermutlich war er ein Idiot gewesen, sich überhaupt auf Damon zu verlassen.

Doch als er den hinteren Garten erreicht hatte, sah er eine kaum wahrnehmbare Bewegung im Schatten des alten Walnussbaums. Sein Blick, durch das Jagen trainiert und viel schärfer als der eines Menschen, entdeckte eine dunkle Gestalt, die sich gegen den Stamm lehnte.

„Du hast dir aber Zeit gelassen."

„Ich musste die anderen erst sicher nach Hause bringen. Und etwas essen."

„Tierblut", sagte Damon verächtlich, und betrachtete den

kleinen runden Fleck auf Stefans T-Shirt. „Dem Geruch nach ein Kaninchen. Das erscheint auch irgendwie passend, stimmt's?“

„Damon ... ich habe auch Bonnie und Meredith Eisenkraut gegeben.“

„Eine weise Vorsichtsmaßnahme.“ Damon lächelte spöttisch und zeigte seine spitzen, weißen Zähne.

Der gewohnte Ärger stieg wieder in Stefan auf. Warum musste Damon immer so schwierig sein? Ein Gespräch mit ihm war wie ein Trip durch vermintes Land.

„Okay, ich bin jetzt weg“, fuhr Damon fort und schwang seine Lederjacke lässig über die Schulter. „Ich hab selbst noch was zu erledigen.“ Er warf Stefan ein letztes, unverschämtes Lächeln über die Schultern zu. „Brauchst meinetwegen nicht aufzubleiben.“

„Damon!“ Er drehte sich noch einmal halb um, schien jedoch nicht zuzuhören. „Das letzte, was wir in dieser Stadt brauchen können, ist ein Mädchen, das ‚Vampir‘ schreit oder die typischen Anzeichen zeigt. Die Leute hier haben viel mitgemacht. Sie sind nicht dumm“, warnte ihn Stefan.

„Ich werde daran denken.“ Der Tonfall war ironisch, klang aber fast wie ein Versprechen.

„Und, Damon?“

„Was ist noch?“

„Danke.“

Das war zuviel. Damon fuhr herum. Sein Blick war kalt. Seine Augen waren die eines Fremden. „Erwarte nichts von mir, kleiner Bruder.“ Seine Stimme klang gefährlich. „Denn du wirst dich jedes Mal irren. Und glaube nur nicht, dass du mich manipulieren kannst. Diese drei Menschen mögen dir folgen, aber ich nicht. Ich habe meine eigenen Gründe, warum ich in dieser Stadt bin.“

Er war verschwunden, bevor Stefan antworten konnte. Jeder

weitere Satz wäre sowieso zwecklos gewesen. Damon hörte nie auf etwas, das Stefan sagte. Er nannte ihn ja noch nicht einmal beim Namen. Es war immer dieses spöttische „kleiner Bruder".

Und jetzt ist Damon abgehauen, um zu beweisen, wie unzuverlässig er ist, dachte Stefan. Wunderbar. Er würde etwas Schlimmes anstellen, nur um Stefan zu zeigen, wozu er in der Lage war.

Müde lehnte sich Stefan gegen den Walnussbaum und ließ sich daran zu Boden gleiten, um den Nachthimmel zu betrachten. Er versuchte, über das Problem nachzudenken, über das, was er heute erfahren hatte. Über die Beschreibung, die Vickie ihm von dem Mörder gegeben hatte. Groß, blond, mit blauen Augen, dachte er. Das sollte ihn an jemanden erinnern. Jemanden, den er zwar nicht getroffen, von dem er jedoch gehört hatte ...

Es war sinnlos. Er konnte sich nicht auf das Puzzle konzentrieren. Er war zu erschöpft, zu einsam und brauchte dringend Trost. Und die nackte Wahrheit war, dass es keinen Trost mehr für ihn gab.

Elena, er seufzte innerlich, du hast mich angelogen. Sie hatte darauf bestanden, es ihm fest versprochen. „Was auch geschieht, Stefan. Ich werde bei dir sein. Sag mir, dass du mir glaubst." Und völlig unter ihrem Bann hatte er hilflos geantwortet: „Oh, Elena. Ich glaube dir. Was immer auch geschieht, wir werden zusammen bleiben."

Doch sie hatte ihn verlassen. Zugegeben, nicht aus freien Stücken. Aber was machte das am Ende schon aus? Sie hatte ihn allein gelassen und war fortgegangen.

Es gab Zeiten, da wollte er nur eins: ihr folgen. Denk an etwas anderes, egal, an was, schalt er sich. Aber es war zu spät. Einmal losgelassen, umschwirrten ihn Bilder von Elena. Zu schmerzhaft, um sie zu ertragen, und zu schön, um sie zu verdrängen.

Der erste Kuss ... der Schock der schwindelerregenden Süße,

als ihr Mund seinen traf. Voller Furcht hatte er gemerkt, wie seine Schutzbarrieren eine nach der anderen von ihr niedergerissen wurden. All seine Geheimnisse, seine Widerstände und Tricks, die er anwandte, um andere auf Armeslänge von sich fernzuhalten. Elena hatte sie alle weggefegt und seine Verletzlichkeit enthüllt.

Seine Seele.

Und am Ende wusste er, dass er genau das gewollt hatte. Er wollte, dass Elena ihn so sah, wie er war. Ohne die Mauern und Masken, hinter denen er sich sonst immer verbarg. Sie sollte wissen, was er war.

Furchteinflößend? Ja. Als sie sein wahres Ich endlich kennen lernte, als sie ihn überraschte, wie er das Blut dieses Vogels trank, war er schamerfüllt zurückgewichen. Er war sicher, dass sie sich voller Horror über seinen blutigen Mund von ihm abwenden würde. Und voller Ekel.

Aber in ihrem Blick hatte er in dieser Nacht nur Verständnis gelesen. Verzeihen. Liebe.

Ihre Liebe hatte ihn geheilt.

Und da wusste er, dass sie sich niemals mehr trennen konnten.

Andere Erinnerungen stiegen auf, und Stefan hielt sie fest, obwohl der Schmerz ihn fast zerriss. Ekstase. Das Gefühl von Elena, weich und willig in seinen Armen. Ihr Haar, das seine Wange streifte, leicht wie der Flügel eines Schmetterlings. Die Form ihrer sinnlichen Lippen, ihr Geschmack. Das unglaubliche Mitternachtsblau ihrer Augen.

Alles verloren. Für immer aus seiner Welt verschwunden. Aber Bonnie hatte Elena erreicht. Elenas Geist, ihre Seele, musste irgendwo in der Nähe geblieben sein.

Wenn es jemand konnte, dann sollte es ihm gelingen, sie zu rufen. Er besaß die speziellen Kräfte. Und er hatte mehr Rechte, sie zu sehen, als sonst jemand.

Er wusste, wie es getan wurde. Schließ deine Augen. Stell dir die Person vor, die du zu dir ziehen willst. Das war einfach. Er konnte Elena immer noch sehen, riechen, schmecken. Dann rufe sie, lass dein Verlangen tief in die Leere vordringen. Öffne dich und mache deine Not fühlbar.

Das war noch einfacher. Die Gefahr war ihm egal. Er sammelte all seine Sehnsüchte, seine Schmerzen und schickte sie suchend aus wie ein Gebet.

Und fühlte ... nichts.

Nur die Leere, seine eigene Einsamkeit und das Schweigen. Seine Kräfte waren anderer Natur als die von Bonnie. Er konnte das einzige Wesen, das er liebte und das ihm etwas bedeutete, nicht erreichen.

Er hatte sich noch nie in seinem Leben so allein gefühlt.

„Du willst was?“ fragte Bonnie ungläubig.

„Aufzeichnungen über die Geschichte von Fell's Church. Besonders über die Gründer“, antwortete Stefan. Sie saßen alle in Meredith' Auto, das in unauffälliger Entfernung vor Vickies Haus geparkt war. Es war die Abenddämmerung des darauf folgenden Tages, und sie waren alle gerade von Sues Beerdigung zurückgekommen. Alle – außer Stefan.

„Es hat etwas mit Sue zu tun, stimmt's?“ Meredith' intelligente dunkle Augen forderten Stefan heraus. „Du glaubst, du hast das Geheimnis gelöst.“

„Vielleicht“, gab er zu. Er hatte den ganzen Tag nachgedacht. Die Schmerzen der letzten Nacht hatte er verdrängt, und jetzt hatte er sich wieder unter Kontrolle. Obwohl er Elena nicht erreichen konnte, musste er ihr Vertrauen in ihn rechtfertigen – er konnte tun, was sie von ihm verlangte. Und in der Arbeit, in der Konzentration fand er Trost. Es lenkte ihn von seinen Gefühlen ab.

„Ich habe eine Vermutung über das, was geschehen sein

könnte. Aber es ist ein Schuss ins Blaue, und ich möchte erst darüber reden, wenn ich ganz sicher bin", fügte er hinzu.

„Warum?" wollte Bonnie wissen. Welch ein Kontrast zu Meredith, dachte Stefan. Haare rot wie Feuer und ein Temperament, das dazu passte. Das zierliche herzförmige Gesicht und die zarte weiße Haut täuschten. Bonnie war klug und einfallsreich – auch, wenn sie gerade erst dabei war, das selbst herauszufinden.

„Wenn ich mich irre, könnte ein Unschuldiger darunter leiden. Hört mal, zu diesem Zeitpunkt ist es wirklich nur so eine Idee von mir. Aber ich verspreche euch, wenn ich heute Abend irgendwelche Beweise finde, erzähle ich euch sofort alles."

„Du könntest dich an Mrs. Grimesby wenden", schlug Meredith vor. „Sie ist die Bibliothekarin der Stadt und weiß viel über die Ursprünge von Fell's Church."

„Und außerdem gibt's da ja immer noch Honoria", warf Bonnie ein. „Sie war schließlich eine der Gründerinnen." Stefan sah sie rasch an. „Ich dachte, Honoria hätte aufgehört, mit dir zu reden?"

„Ich meine ja auch nicht, richtig mit ihr zu sprechen. Sie ist weg. Aus und vorbei", sagte Bonnie verächtlich. „Aber ihr Tagebuch ist noch da. Es befindet sich in der Bibliothek direkt bei dem von Elena. Mrs. Grimesby hat es in einer Vitrine neben der Ausleihtheke ausgestellt."

Stefan war überrascht. Die Vorstellung, dass Elenas Tagebuch so offen gezeigt wurde, gefiel ihm nicht sonderlich. Aber Honorias Aufzeichnungen konnten genau das sein, was er suchte. Honoria war nicht nur eine weise Frau gewesen, sondern auch mit dem Übernatürlichen vertraut. Eine Hexe.

„Die Bibliothek ist jetzt schon geschlossen", gab Meredith zu bedenken.

„Umso besser", sagte Stefan. „Keiner wird wissen, für welche Informationen wir uns interessieren. Zwei von uns können dort einbrechen, und die anderen zwei bleiben hier. Meredith, willst du mit mir kommen?"

„Wenn du nichts dagegen hast, würde ich lieber hier bleiben. Ich bin müde", fügte sie zur Erklärung hinzu, als sie sein Gesicht sah. „So kann ich meine Wache schnell hinter mich bringen und früh nach Hause gehen. Warum nimmst du nicht Matt mit, und Bonnie bleibt hier bei mir?"

Stefan betrachtete sie immer noch skeptisch. „Gut", erwiderte er schließlich langsam. „Bist du einverstanden, Matt?"

Matt zuckte nur mit den Schultern. „Okay, das wär's dann. Könnte sein, dass wir ein paar Stunden brauchen. Ihr beide bleibt mit verriegelten Türen im Auto. Das müsste sicher genug sein."

Wenn er mit seinem Verdacht Recht hatte, würde es in nächster Zeit sowieso keine Angriffe mehr geben. Zumindest ein paar Tage lang nicht. Bonnie und Meredith würde also nichts geschehen. Trotzdem wunderte er sich, was hinter Meredith' Verhalten steckte. Einfache Müdigkeit bestimmt nicht, da war er sich ganz sicher.

„Wo ist übrigens Damon?" fragte Bonnie, als Stefan und Matt gerade aussteigen wollten.

Stefan fühlte, wie sich sein Magen verkrampfte. „Weiß ich nicht." Er hatte schon darauf gewartet, dass jemand ihn das fragen würde. Seit letzter Nacht hatte er seinen Bruder nicht mehr gesehen, und er hatte auch keine Ahnung, was Damon im Moment gerade trieb.

„Er wird schon irgendwann wieder auftauchen", sagte er und schloss Meredith' Beifahrertür. „Und genau davor habe ich die meiste Angst."

Schweigend gingen Stefan und Matt zur Bibliothek. Sie blieben im Schatten und mieden das helle Licht der Straßenlampen. Stefan konnte es sich nicht leisten, gesehen zu werden. Er war zurückgekommen, um Fell's Church zu helfen, aber er war sicher, dass die Stadt seine Hilfe nicht wollte. Er war wieder ein Fremder hier, ein Eindringling. Sie würden ihn töten, wenn er sich fangen ließ.

Das Bibliotheksschloss war leicht zu knacken. Und die Tagebücher befanden sich genau dort, wo Bonnie gesagt hatte. Stefan zwang sich, nicht die Hand nach Elenas Tagebuch auszustrecken. Es enthielt in Elenas eigener Handschrift eine Beschreibung ihrer letzten Tage. Wenn er jetzt daran dachte ... Statt dessen konzentrierte er sich auf das in Leder gebundene Büchlein daneben. Die verblichene Tinte auf den vergilbten Seiten war schwer zu lesen, doch nach ein paar Minuten hatten sich seine Augen an die dicht gedrängte, schwierige Handschrift mit ihren kunstvollen Schnörkeln gewöhnt. Es war die Geschichte von Honoria Fell und ihrem Mann.

Zusammen mit den Smallwoods und ein paar anderen Familien waren sie an diesen Ort gezogen, in die damals noch unberührte Wildnis. Sie mussten nicht nur die Gefahren der Einsamkeit und des Hungers bestehen, sondern auch der Bedrohung durch wilde Tiere trotzen. Honoria erzählte diese Erlebnisse ihres Überlebenskampfes klar und einfach, ohne in Sentimentalitäten zu verfallen.

Und genau auf diesen Seiten fand Stefan, wonach er gesucht hatte.

Sein Nacken prickelte, während er die Eintragungen sorgfältig las. Schließlich lehnte er sich zurück und schloss die Augen. Er hatte Recht gehabt. Es gab keinen Zweifel mehr. Und das bedeutete, er hatte auch richtig gelegen mit seiner Vermutung über das, was in Fell's Church jetzt geschah. Einen Moment lang überkamen ihn Übelkeit und eine so große Wut, dass er Lust hatte, um sich zu schlagen und jemanden zu verletzen. Sue. Die hübsche Sue, die Elenas Freundin gewesen war, hatte sterben müssen ... dafür. Für ein blutiges Ritual, eine Art obszöne Einführung in das Böse. Der Gedanke allein ließ Mordlust in ihm aufsteigen.

Doch dann wich der Zorn und machte einer festen Entschlossenheit Platz. Der Entschlossenheit, diese Vorgänge aufzuhalten und alles wieder in Ordnung zu bringen. Ich verspreche es dir, flüsterte er Elena in Gedanken zu. Ich werde es aufhalten. Egal, was es kostet.

Er schaute hoch und merkte, dass Matt ihn ansah. Elenas Tagebuch war in Matts Hand. Es hatte sich über seinem Daumen geschlossen. Matts Augen waren dunkelblau wie die Elenas. Zu dunkel, zu aufgewühlt, voller Trauer und Bitterkeit.

„Du hast es gefunden", sagte Matt schlicht. „Und es ist schlimm."

„Ja."

„War nicht anders zu erwarten." Matt schob Elenas Tagebuch in die Vitrine zurück und stand auf. In seiner Stimme lag fast so etwas wie Befriedigung. Der Tonfall von jemandem, der gerade seine Vermutung bestätigt sieht.

„Ich hätte dir die Mühe herzukommen, ersparen können." Matt blickte sich in der dunklen Bibliothek um und spielte mit dem Kleingeld in seiner Tasche. Ein flüchtiger Beobachter hätte seine Haltung als ganz entspannt gedeutet, doch Matts Stimme verriet ihn. Sie war heiser vor Stress. „Du denkst an das Furchtbarste, das überhaupt möglich ist, und genau das trifft dann immer ein."

„Matt ..." Plötzlich überfiel Stefan Besorgnis. Seit seiner Rückkehr nach Fell's Church war er zu beschäftigt gewesen, um sich Matt richtig anzusehen. Jetzt erkannte er, dass er unverzeihlich dumm gewesen war. Etwas war falsch, entsetzlich falsch. Matts ganzer Körper stand unter einer riesigen Anspannung, die dicht unter der Oberfläche lag. Stefan konnte die Qual erkennen, die Verzweiflung. „Matt, was ist los?“ fragte er leise. Er stand auf und trat zu ihm hin. „Ist es etwas, das ich getan habe?“

„Mir geht’s gut.“

„Du zitterst.“ Das stimmte. Kleine Schauder liefen durch seine angespannten Muskeln.

„Ich hab’s schon gesagt. Mir geht’s gut.“ Matt wandte sich ab, die Schultern wie zur Verteidigung hochgezogen. „Und, was könntest du mir schon groß antun? Außer, dass du mir die Freundin gestohlen und dann nicht verhindert hast, dass sie stirbt, meine ich natürlich.“

Der Stich traf Stefan mitten durchs Herz. Wie das Schwert, das ihn vor langer Zeit getötet hatte. Er versuchte, den Schmerz durch tiefes Atmen zu unterdrücken. Sprechen konnte er nicht. „Es tut mir Leid.“ Matts Stimme war schwer. Als Stefan zu ihm hinsah, merkte er, dass die angespannten Schultern zusammengesunken waren. „Das war gemein von mir.“

„Es ist die Wahrheit.“ Stefan wartete einen Moment und fügte dann ruhig hinzu: „Aber das ist nicht das ganze Problem, oder?“

Matt schwieg. Er starrte auf den Boden und schob etwas Unsichtbares mit der Schuhspitze hin und her. Gerade, als Stefan aufgeben wollte, stellte er eine Frage: „Wie ist die Welt wirklich?“

„Was?“

„Die Welt. Du hast eine Menge davon gesehen, Stefan. Du hast uns anderen vier oder fünf Jahrhunderte voraus, stimmt’s? Also, ist sie im Grunde ein Ort, der es wert ist, gerettet zu werden, oder nur ein Haufen Scheiße?“

Stefan schloss die Augen. „Oh.“

„Und was ist mit den Menschen? Der menschlichen Rasse? Sind wir schon die Krankheit oder nur die Symptome dafür? Nimm jemanden wie Elena, zum Beispiel.“ Matts Stimme stockte leicht, dann fuhr er fort. „Elena starb, um die Stadt für Mädchen wie Sue zu einem sicheren Ort zu machen. Und jetzt ist Sue tot. Alles beginnt von vorn. Es ist niemals vorbei. Wir können nicht gewinnen. Was lehrt dich das?“

„Matt ...“

„Was ich wirklich frage, ist, wo liegt der Sinn? Ist das ganze eine Art Witz, den ich nicht kapiere? Oder nur ein riesiger, entsetzlicher Fehler? Verstehst du mich?“

„Ja.“ Stefan setzte sich und fuhr sich mit den Fingern durchs Haar. „Wenn du eine Minute den Mund hältst, werde ich versuchen, dir zu antworten.“

Matt zog einen Stuhl heran und nahm rittlings darauf Platz. „Prima. Mach deine Sache gut.“ Sein Blick war hart und herausfordernd. Doch dahinter sah Stefan die verwirrte Verletztheit, die ihm solche Qualen bereitete.

„Ich habe eine Menge Böses gesehen, mehr, als du dir vorstellen kannst, Matt. Es wird immer ein Teil von mir sein, egal, wie sehr ich dagegen ankämpfe. Manchmal glaube ich, die ganze menschliche Rasse ist böse, und meine Rasse ist es noch mehr. Und es gibt Zeiten, da halte ich das Böse in beiden Rassen für so übermächtig, dass es mir egal ist, was mit dem Rest geschieht, der nicht so ist. Im Grunde jedoch weiß ich nicht mehr als du. Ich kann dir nicht sagen, ob es einen Punkt gibt, an dem sich alles wieder zum Guten wenden wird.“ Stefan sah gerade in Matts Augen und sprach eindringlich.

„Aber ich habe eine Gegenfrage. Und wenn schon?“

Matt starrte vor sich hin. „Und wenn schon?“

„Ja, genau das.“

„Und wenn schon, was macht es aus, wenn das Universum böse ist? Nichts, was wir tun, kann etwas daran ändern. Das willst du damit sagen?“ Matts Stimme klang immer ungläubiger.

„Ja, Matt Honeycutt.“ Stefan lehnte sich nach vorn. „Was

wirst du tun, wenn all das Schlimme, das du ausgesprochen hast, wirklich wahr ist? Wirst du aufhören zu kämpfen und mit den Haien schwimmen?“

Matt klammerte sich an die Stuhllehne. „Wovon redest du?“

„Du hast die freie Wahl. Damon behauptet das immer wieder. Du kannst dich auf die Seite der Bösen stellen. Die Seite der Gewinner. Niemand kann dir einen Vorwurf machen, denn wenn das ganze Universum so ist, warum solltest du nicht auch so sein?“

„Zum Teufel!“ Matt explodierte. Seine blauen Augen brannten. Er hatte sich halb vom Stuhl erhoben. „Das ist vielleicht Damons Art! Nur, weil alles hoffnungslos scheint, hat man noch lange nicht das Recht, den Kampf aufzugeben! Selbst, wenn ich wüsste, dass es keinen Zweck hat, würde ich es immer noch versuchen. Das ist meine Pflicht, verdammt!“

„Ich weiß.“ Stefan hatte sich zurückgelehnt und lächelte leise. Es war ein müdes Lächeln, aber es zeigte, dass er Matts Gefühle teilte. Und in diesem Moment konnte er in Matts Gesicht lesen, dass der ihn verstanden hatte.

„Ich weiß, denn mir geht es genauso“, fuhr Stefan fort. „Es gibt keine Entschuldigung aufzugeben, nur weil der Kampf bereits verloren scheint. Wir müssen es versuchen oder ... uns ausliefern.“

„Ich liefere mich niemandem aus“, stieß Matt zwischen zusammengepressten Zähnen hervor. Er sah aus, als hätte er sich das Feuer zurückerobert, das die ganze Zeit in ihm gebrannt hatte. „Nie!“

„Nie ist eine lange Zeit“, sagte Stefan. „Aber, auf Teufel komm raus, ich werde auch nicht dazu bereit sein. Keine Ahnung, ob ich es schaffe, doch ich werde es versuchen.“

„Mehr kann man nicht tun.“ Matt stand langsam auf. Die schreckliche Anspannung war von ihm gewichen, und sein Blick war klar und blau, so wie Stefan ihn kannte. „Okay", sagte er ruhig. „Du hast gefunden, wonach du gesucht hast, gehen wir also zu den Mädchen zurück."

Stefan dachte kurz nach und wechselte das Thema. „Matt, wenn ich richtig liege, werden die Mädchen noch eine ganze Weile in Sicherheit sein. Aber geh du schon mal vor und löse sie bei der Überwachung ab. Ich möchte noch etwas lesen. Von einem Autor namens Gervase of Tilbury. Er hat Anfang des zwölften Jahrhunderts gelebt."

„Das war sogar vor deiner Zeit", sagte Matt, und Stefan schenkte ihm ein schwaches Lächeln. Einen Moment sahen sie sich schweigend an.

„Gut. Wir treffen uns bei Vickie." Matt wandte sich zur Tür. Dann zögerte er und streckte seine Hand aus. „Stefan ... ich bin froh, dass du zurück bist."

Stefan packte sie. „Freut mich, das zu hören", erwiderte er nur. Doch in ihm breitete sich eine Wärme aus, die den stechenden Schmerz vertrieb. Und ein wenig von der Einsamkeit.

8. KAPITEL

Von ihrem Platz aus konnten Meredith und Bonnie gerade noch Vickies Fenster sehen. Es wäre besser gewesen, näher heranzugehen, doch dann bestand die Gefahr, dass jemand sie entdeckte.

Meredith goss den Rest Kaffee aus der Thermoskanne und trank ihn. Dann gähnte sie. Sofort schaute sie schuldbewusst zu Bonnie hinüber.

„Hast du letzte Nacht auch so schlecht geschlafen?" fragte Bonnie.

„Ja. Ich hab keine Ahnung, wieso", antwortete Meredith.

„Ob die Jungs wohl eine kleine Aussprache haben?"

Meredith warf Bonnie einen schnellen Blick zu und lächelte überrascht. Hast wohl nicht damit gerechnet, dass ich die Spannung zwischen den beiden auch erkannt habe, dachte Bonnie und grinste verstohlen.

„Hoffentlich", erwiderte die Freundin jetzt. „Es würde Matt sehr gut tun."

Bonnie nickte und lehnte sich entspannt in den Sitz zurück. Meredith' Auto war ihr noch nie so bequem vorgekommen. Als sie wieder zu Meredith hinsah, schlief diese tief und fest.

Toll, wirklich klasse. Bonnie starrte auf den Kaffeesatz in ihrem Becher und verzog das Gesicht. Sie wagte nicht, sich tiefer in den Sitz zu kuscheln. Wenn sie beide einschliefen, konnte das fatale Folgen haben. Sie grub sich die Fingernägel in die Handflächen und starrte auf Vickies erleuchtetes Fenster. Als die Bilder vor ihren Augen verschwammen und sie begann, alles doppelt zu sehen, wusste sie, dass etwas geschehen musste.

Frische Luft. Das würde helfen. Ohne sich zu bemühen, leise zu sein, entriegelte sie die Autotür und öffnete sie mit einem lauten Klicken.

Meredith atmete tief und regelmäßig weiter. Sie muss wirklich kaputt sein, dachte Bonnie und stieg aus. Vorsichtiger machte sie die Tür hinter sich zu und drückte vorher das Knöpfchen wieder herunter. Erst da fiel Bonnie ein, dass sie keinen Wagenschlüssel hatte.

Na, gut, dann musste sie Meredith eben wecken, wenn sie wieder hinein wollte. Zunächst einmal würde sie nach Vickie sehen. Die war bestimmt wach.

Der Himmel war verhangen, doch die Nacht war warm. Hinter Vickies Haus bewegten sich leicht die Blätter der alten Walnussbäume. Grillen sangen, doch ihr monotones Zirpen schien nur der Teil eines größeren Schweigens zu sein. Der Duft von Geißblatt stieg Bonnie in die Nase. Sie klopfte leise mit den Fingernägeln gegen Vickies Fenster und spähte durch einen Spalt der Vorhänge.

Keine Antwort. Auf dem Bett konnte sie einen Berg Decken erkennen, aus denen ungekämmtes, braunes Haar hervorlugte. Vickie schlief ebenfalls.

Während Bonnie dastand, schien sich die Stille ringsum zu vertiefen. Die Grillen sangen nicht mehr, und auch die Bäume waren ganz reglos. Kein Laut war zu hören. Und doch wusste sie, dass jemand da war.

Ich bin nicht allein, dachte sie.

Ihr sechster Sinn sagte es ihr mit solcher Deutlichkeit, dass sie eine Gänsehaut bekam. Da ... war ... etwas ... in der Nähe. Jemand ... beobachtete sie.

Bonnie drehte sich in Zeitlupe um, voller Angst, ein Geräusch zu machen. Wenn sie sich ganz still verhielt, würde ihr Feind sie vielleicht nicht schnappen, ja, nicht einmal bemerken. Wer immer es auch war.

Das Schweigen war bedrohlich geworden. Es summte in ihren Ohren zusammen mit dem wilden Rauschen ihres eigenen Blutes. Unwillkürlich malte sie sich aus, was sich da jede Minute schreiend auf sie stürzen konnte.

Ein Monster mit heißen, feuchten Pranken, dachte sie und starrte in die Dunkelheit des Gartens. Schwarz auf Grau, Schwarz auf Schwarz, war alles, was sie erkennen konnte. Jeder Umriss konnte etwas bedeuten, die Schatten schienen sich zu bewegen. Etwas mit heißen, verschwitzen Händen und Armen, die stark genug waren, sie zu erdrücken ... Das Knacken eines Zweiges durchzuckte sie laut wie ein Schuss. Sie fuhr herum, Augen und Ohren aufs äußerste geschärft. Doch da waren wieder nur Dunkelheit und Schweigen. Finger berührten sie im Nacken.

Bonnie fuhr erneut herum. Ihre Knie wurden weich. Sie war einer Ohnmacht nahe und hatte zuviel Angst zu schreien. Als sie erkannte, wer es war, raubte der Schock ihr alle Sinne, und ihre Muskeln versagten. Wie eine Marionette, der man die Fäden durchgeschnitten hatte, wäre sie zu Boden gesunken, wenn er sie nicht aufgefangen hätte.

„Du siehst ja richtig verschreckt aus“, sagte Damon leise.

Bonnie schüttelte den Kopf. Sprechen konnte sie nicht, und sie hatte immer noch Angst, ohnmächtig zu werden. Trotzdem versuchte sie, sich von ihm loszumachen.

Damon verstärkte seinen Griff nicht, aber er ließ sie auch nicht gehen. Und ihre Gegenwehr war genauso nutzlos wie der Versuch, eine Ziegelmauer mit bloßen Händen einzureißen. Sie gab auf und bemühte sich, ruhiger zu atmen.

„Hast du etwa Angst vor mir?“ Damon lächelte sie tadelnd an, als würden sie ein Geheimnis teilen. „Das brauchst du doch nicht.“

Wie war es Elena bloß gelungen, mit seinem teuflischen Charme fertig zu werden? Aber auch Elena hat es ja gar nicht geschafft, fiel Bonnie wieder ein. Am Ende hatte sie Damon nachgegeben. Damon hatte gewonnen und seinen Willen bekommen. Er ließ einen ihrer Arme los, um ganz leicht den Umriss ihrer Oberlippe nachzuzeichnen. „Ich sollte wohl besser gehen“, flüsterte er. „Und dir nicht länger Angst machen. Willst du das?“

Wie ein Kaninchen vor einer Schlange komme ich mir vor, dachte Bonnie. Genauso muss das Kaninchen sich fühlen. Nur glaube ich nicht, dass er mich töten wird. Aber ich könnte auch ohne sein Zutun sterben, dachte sie. Ihre Beine waren butterweich, sie hatte das Gefühl, jeden Moment in eine endlose, samtschwarze Dunkelheit zu versinken. Wärme und ein prickelndes, süßes Zittern, das ihre Glieder durchfuhr, drohten ihren Verstand zu vernebeln.

Denk an etwas anderes ... schnell! Damons unergründliche

schwarze Augen erfüllten nun ihren ganzen Horizont. Sie glaubte, Sterne in ihnen zu sehen. Denk nach! Schnell!

Elena würde das nicht gefallen, dachte sie in dem Moment, in dem seine Lippen die ihren berührten. Ja, das war es. Aber das Problem bestand darin, dass sie nicht die Kraft hatte, es auszusprechen. Die Wärme wuchs und erfüllte mit rasender Schnelligkeit ihren ganzen Körper von den Fingerspitzen bis zu den Fußsohlen. Seine Lippen waren kühl wie Seide, aber alles andere war so wunderbar warm. Sie brauchte sich nicht zu fürchten, sie konnte einfach nachgeben und sich treiben lassen. Ihre Sinne schwanden ...

„Was, zum Teufel, geht hier vor?"

Die Stimme durchschnitt die Stille und brach den Bann. Bonnie fuhr zusammen und merkte, dass sie den Kopf wieder drehen konnte. Matt stand am Rand des Gartens, die Fäuste geballt. Sein Blick war kalt wie Eis.

„Mach, dass du von ihr wegkommst."

Zu Bonnies Überraschung lockerte sich der Griff um ihre Arme. Sie trat einen Schritt zurück und richtete ein wenig atemlos ihre Bluse. Ihr Verstand arbeitete wieder.

„Es ist schon gut", sagte sie zu Matt. Ihre Stimme klang fast wieder normal. „Ich wollte nur ..."

„Geh zurück zum Auto und bleib dort."

Jetzt warte mal 'ne Minute, dachte Bonnie. Sie war froh, dass Matt gekommen war.

Die Unterbrechung war genau zum richtigen Zeitpunkt passiert. Aber er spielte sich ein bisschen zu sehr als beschützender, älterer Bruder auf.

„Hör zu, Matt ..."

„Geh!" Er starrte immer noch Damon an.

Meredith würde sich nicht so herumschubsen lassen. Und Elena mit Sicherheit auch nicht. Bonnie öffnete den Mund, um ihm zu sagen, dass er sich gefälligst selbst in das Auto setzen konnte, als ihr plötzlich etwas auffiel.

Zum ersten Mal seit Monaten sah sie, dass Matt wirklich eine Sache nahe ging. Das Licht war in seine blauen Augen zurückgekehrt. Vor diesem Ausdruck kalten, gerechtfertigten Ärgers wäre sogar Tyler Smallwood zurückgewichen. Matt war lebendig und voller Energie. Er war wieder er selbst. Bonnie biss sich auf die Lippen. Einen Moment kämpfte sie mit ihrem Stolz. Dann gab sie nach und senkte den Blick. „Danke, dass du mich gerettet hast", murmelte sie und verließ den Garten.

Matt war so wütend, dass er nicht wagte, näher an Damon heranzutreten, aus Angst, ihm einen Kinnhaken zu verpassen. Und die abschreckende Schwärze von Damons Augen sagte ihm, dass das keine gute Idee wäre.

Doch Damons Stimme war weich, fast leidenschaftslos. „Mein Durst nach Blut ist nicht nur eine Laune. Du hast gerade etwas unterbrochen, das für mich eine Notwendigkeit bedeutet. Ich tue nur, was ich tun muss."

Diese nüchterne Unbeteiligtheit war zuviel für Matt. Sie halten uns für ihre Nahrung, erinnerte er sich. Sie sind die Jäger, wir die Beute. Und Damon hatte Bonnie in seinen Klauen gehabt. Bonnie, die keiner Fliege etwas zu Leide tun konnte. Herausfordernd sagte er: „Warum suchst du dir nicht jemanden aus, der's mit dir aufnehmen kann?"

Damon lächelte, und die Luft ringsum wurde kälter. „Wie dich?"

Matt starrte ihn nur an. Er konnte fühlen, wie sich seine Kinnmuskeln verkrampften. Nach einem Moment antwortete er angespannt: „Du kannst es ja versuchen."

„Ich kann mehr tun als nur das, Matt." Damon machte einen einzigen Schritt auf ihn zu, geschmeidig wie ein jagender Panter. Unwillkürlich musste Matt an Raubkatzen denken, an ihre mächtigen Sprünge und ihre scharfen, reißenden Zähne. Er erinnerte sich daran, wie Tyler im letzten Jahr in der Quonset-Hütte ausgesehen hatte, nachdem Stefan mit ihm fertig gewesen war. Rohes Fleisch. Nur rohes Fleisch und Blut.

„Wie war doch gleich der Name eures Geschichtslehrers?" fragte Damon seidenweich. Er schien sich jetzt zu amüsieren und die Situation zu genießen. „Mr. Tanner, nicht wahr? Bei ihm war's mehr als nur ein bloßer Versuch."

„Du bist ein Mörder!" Damon nickte, ohne im Geringsten beleidigt zu sein. „Natürlich hatte er zuerst mit dem Messer auf mich eingestochen. Man könnte es auch Selbstverteidigung nennen. Ich wollte ihn nicht völlig aussaugen, doch er wurde mir lästig, und da habe ich meine Meinung geändert. Und du wirst mir jetzt ebenfalls lästig, Matt."

Matt hatte die Knie fest zusammengepresst, um zu verhindern, dass er weglief. Es war mehr als nur die Geschmeidigkeit des Panters oder die nachtschwarzen Augen, die hypnotisierend in seine blickten. Damon strahlte etwas aus, das beim menschlichen Verstand Terror verursachte. Eine Bedrohung, die direkt Matts Selbsterhaltungstrieb ansprach. Jede Faser in ihm schrie danach, alles zu tun, um dieser tödlichen Gefahr zu entkommen.

Aber genau das kam nicht in Frage. Im Moment konnte er sich nur verschwommen an das Gespräch mit Stefan erinnern. Doch eins war ihm klar. Selbst, wenn er hier sterben musste, er würde nicht fliehen.

„Sei nicht dumm", sagte Damon, als hätte er jeden von Matts Gedanken gelesen. „Dir ist noch nie mit Gewalt Blut abgenommen worden, stimmt's? Es tut weh, Matt. Glaub mir, es tut sehr, sehr weh."

Elena, erinnerte sich Matt. Das erste Mal, als sie sein Blut getrunken hatte, hatte er unheimliche Angst gehabt, und das war schon schlimm genug gewesen. Aber er hatte es damals aus freien Stücken getan. Wie würde es wohl sein, wenn man ihn dazu zwang? Ich werde nicht weglaufen.

Ich werde auch den Blick nicht abwenden.

Laut sagte er, den Blick starr auf Damon gerichtet: „Wenn du mich schon töten willst, hörst du besser auf zu reden und tust es. Denn du kannst mich zwar umbringen, aber zu nichts zwingen."

„Du bist noch dümmer als mein Bruder", zischte Damon. Mit zwei weiteren Schritten hatte er ihn erreicht. Er riss Matts T-Shirt brutal von beiden Schultern herunter. Der Hals war jetzt nackt und schrecklich verwundbar. „Ich glaube, ich muss dir eine Lektion erteilen."

Alles um ihn herum schien erstarrt zu sein. Matt konnte seine eigene Angst riechen, aber er war unfähig, sich zu bewegen. Seine Glieder waren wie gelähmt.

Es macht nichts, dachte er. Er hatte nicht aufgegeben. Und in diesem Bewusstsein würde er sterben. Damons Zähne glitzerten weiß in der Dunkelheit. Scharf wie Messer. Matt konnte den höllischen Biss schon spüren, bevor sie seine Haut berührten.

Ich werde auf keinen Fall nachgeben, dachte er und schloss die Augen.

Der Stoß traf ihn völlig unerwartet. Matt verlor das Gleichgewicht und fiel rückwärts zu Boden. Er riss die Augen wieder auf. Damon hatte ihn losgelassen und weggestoßen. Ausdruckslos starrte er auf Matt herab.

„Ich versuche, es auf eine Art zu sagen, die du verstehst, Matt. Leg dich nicht noch einmal mit mir an. Ich bin gefährlicher, als du dir jemals vorstellen kannst. Jetzt verschwinde. Das hier ist meine Wache."

Schweigend stand Matt auf. Er rieb über die Stellen des T-Shirts, die Damon zerknittert hatte. Und als er ging, rannte er weder, noch zuckte er vor Damons Blick zurück.

Ich habe gewonnen, dachte er. Ich bin immer noch am Leben, also habe ich gewonnen.

Und am Ende hatte eine Art grimmiger Respekt in Damons schwarzen Augen gelegen. Bonnie und Meredith saßen im Auto, als er zurückkam. Sie sahen beide besorgt aus.

„Du warst aber lange weg. Bist du okay?“ fragte Bonnie.

Matt wünschte sich, sie würden aufhören, ihn andauernd danach zu fragen. „Alles in Ordnung“, erwiderte er und fügte mit Nachdruck hinzu: „Ehrlich.“

Nach kurzer Überlegung entschied er, dass da noch etwas war, was er sagen sollte. „Tut mir Leid, dass ich dich vorhin im Garten so angeschrieen habe, Bonnie.“

„Ist schon okay“, erwiderte Bonnie kühl. Doch dann taute sie ein wenig auf. „Weißt du, Matt, du siehst wirklich besser aus. Fast wieder wie früher.“

„Ja?“ Er rieb wieder verlegen über sein zerknittertes T-Shirt und sah sich um. „Nun, es geht doch nichts über eine kleine Rangelei mit einem Vampir.“

„Was habt ihr gemacht? Habt ihr den Kopf gesenkt und seid aus verschiedenen Richtungen quer durch den Garten wie zwei wilde Stiere aufeinander zugerannt?“ fragte Meredith. „So etwas Ähnliches. Damon will übrigens jetzt Vickies Wache übernehmen.“

„Traust du ihm?“ Meredith’ Tonfall war nüchtern. Matt dachte einen Moment nach. „Um die Wahrheit zu sagen, ja. Es ist merkwürdig, aber ich glaube nicht, dass er sie verletzen wird. Und wenn der Killer wirklich auftauchen sollte, wird er eine schöne Überraschung erleben. Damon brennt darauf zu kämpfen. Wir können genauso gut zurück zur Bibliothek und zu Stefan.“

Stefan war von draußen nicht in der Bibliothek zu sehen. Doch als das Auto ein paar Mal langsam daran vorbeigefahren war, löste er sich aus der Dunkelheit. Er hatte ein dickes Buch bei sich.

„Einbruch und Diebstahl öffentlichen Eigentums", bemerkte Meredith. „Ich frage mich, wie viel man dafür heutzutage kriegt."

„Ich habe es nur geborgt", sagte Stefan und sah richtig gekränkt aus. „Dazu sind Bibliotheken doch schließlich da, oder? Und ich habe das, was ich brauche, aus dem Tagebuch kopiert."

„Das heißt, du hast es gefunden? Du hast's tatsächlich rausgekriegt?" rief Bonnie aufgeregt. „Schnell, zurück zur Pension."

Stefan war leicht überrascht, als er hörte, dass Damon aufgetaucht war und sich vor Vickies Haus postiert hatte, aber er gab keinen Kommentar dazu ab. Matt erzählte ihm nicht ausführlich, wie sich Damons Auftritt genau abgespielt hatte, und er merkte, dass auch Bonnie dazu schwieg.

„Ich bin jetzt fast sicher über das, was in Fell's Church vorgeht.

Und ich habe die Hälfte des Puzzles auf jeden Fall gelöst", begann Stefan, sobald sie in seinem Zimmer im Dachgeschoss der Pension waren. „Aber es gibt nur einen Weg, es zu beweisen, und nur einen, die andere Hälfte des Puzzles zu lösen. Ich brauche Hilfe, und ich bitte nur schweren Herzens darum." Er sah bei diesen Worten Bonnie und Meredith an. Sie tauschten einen Blick und schauten zu Stefan zurück.

„Dieser Kerl hat eine Freundin von uns getötet", erklärte Meredith. „Und eine andere treibt er in den Wahnsinn. Wenn du unsere Hilfe brauchst, bekommst du sie."

„Egal, was es uns kostet", fügte Bonnie hinzu.

„Es ist etwas Gefährliches, nicht wahr?" Matt konnte sich nicht zurückhalten. Als ob Bonnie nicht schon genug durchgemacht hatte ...

„Es ist gefährlich, das möchte ich euch nicht vorenthalten", erwiderte Stefan ehrlich. „Aber es ist unsere einzige Chance. Die Sache ist ein bisschen kompliziert, also fange ich am besten ganz von vorn an. Wir müssen uns zurückversetzen in die Gründertage von Fell's Church ..." Er redete bis spät in die Nacht.

Donnerstag, 11. Juni, sieben Uhr morgens

Liebes Tagebuch,

ich konnte gestern Nacht nichts mehr schreiben, weil ich so spät nach Hause gekommen bin. Mom hat sich wieder schrecklich aufgeregt. Sie würde hysterisch werden, wenn sie wüsste, was ich tatsächlich mache. Ich hänge rum mit Vampiren und plane etwas, bei dem ich mein Leben aufs Spiel setze. Bei dem wir alle unser Leben aufs Spiel setzen. Stefan hat einen Plan, wie wir dem Mörder von Sue eine Falle stellen können. Das erinnert mich an einige von Elenas Plänen ... und genau das macht mir Angst. Sie hörten sich immer ganz wunderbar an, aber oft gingen sie auch entsetzlich schief.

Wir haben darüber geredet, wer den gefährlichsten Job machen soll, und uns für Meredith entschieden. Mir passt das gut. Schließlich ist sie stärker und athletischer als ich und behält in schwierigen Situationen immer einen kühlen Kopf. Aber es hat mich ein bisschen gestört, wie schnell alle für Meredith gestimmt haben, besonders Matt.

Ich bin ja schließlich auch keine totale Versagerin. Ich weiß, ich bin nicht so schlau wie die anderen, nicht so sportlich und erst recht nicht so cool, wenn ich unter Druck gesetzt werde. Aber ich bin auch keine komplette Idiotin. Für etwas bin ich auch gut.

Na, ja, macht nichts. Wir werden den Plan nach den Prüfungsfeierlichkeiten durchziehen. Alle sind dabei, außer Damon, der auf Vickie aufpassen muss. Es ist schon komisch, aber inzwischen hat er unser Vertrauen. Sogar meins. Trotz der Sache, die er mir letzte Nacht antun wollte, glaube ich nicht, dass er zulässt, dass jemand Vickie verletzt. Ich habe nicht mehr von Elena geträumt. Wenn es noch einmal passierte, würde ich sicher schreiend ausflippen. Oder niemals mehr schlafen. Mehr kann ich einfach nicht ertragen. Okay, ich höre jetzt wohl besser auf. Hoffentlich haben wir bis Sonntag das Rätsel gelöst und den Killer gefasst. Ich vertraue Stefan.

Ich hoffe nur, dass ich mich noch erinnern kann, welche Rolle ich zu spielen habe.

9. KAPITEL

„... und damit, Ladies und Gentlemen, begrüßen Sie die Schüler der Abschlussklasse von '93."

Bonnie warf mit allen anderen ihre Kappe in die Luft, die jeder aus der Klasse als Beweis für das Erreichen des Klassenziels bekommen hatte. Wir haben es geschafft, dachte sie. Obwohl noch einige Arbeiten geschrieben werden müssen. Matt, Meredith und ich sind bei der Abschlussfeier. Es hatte im letzten Jahr Zeiten gegeben, da hatte sie ernsthaft daran gezweifelt. Bonnie hatte geglaubt, dass die Feier wegen Sues Tod düster und lustlos ausfallen würde. Statt dessen herrschte aufgeregte Hektik. Als ob jeder feiern wollte, dass er noch lebte ... bevor es zu spät war.

Es gab ein regelrechtes Getümmel, als die Eltern heranstürmten und die Abschlussklasse der Robert E. Lee High School nach allen Richtungen auseinander stob. Alle johlten und waren völlig aus dem Häuschen. Bonnie fing ihre Kappe auf und schaute lächelnd in die Videokamera ihrer Mutter. Benimm dich normal, das ist wichtig, sagte sie sich. Sie hatte Elenas Tante Judith und Robert Maxwell, den Mann, den Judith vor kurzem geheiratet hatte, am Rand der Menge erspäht. Robert hielt Elenas kleine

Schwester Margaret an der Hand. Als sie Bonnie entdeckten, lächelten sie tapfer. Aber Bonnie sah sie mit Unbehagen auf sich zukommen.

„Oh, Miss Gilbert – ich meine natürlich, Mrs. Maxwell, – das wäre doch nicht nötig gewesen“, sagte sie, als Tante Judith ihr einen kleinen Strauß rosa Rosen gab.

Tante Judith lächelte durch die Tränen in ihren Augen. „Das wäre ein ganz spezieller Tag für Elena gewesen“, sagte sie. „Ich möchte, dass es jetzt auch ein ganz besonderer Tag für dich und Meredith wird.“

„Oh, Tante Judith.“ Ganz impulsiv umarmte Bonnie die ältere Frau. „Es tut mir alles so Leid“, flüsterte sie. „Sie wissen, wie sehr.“

„Wir vermissen sie alle“, erwiderte Tante Judith. Dann zog sie sich zurück, lächelte wieder, und die drei gingen ihrer Wege. Bonnie wandte sich mit einem Kloß im Hals von ihnen ab und schaute wieder auf die wild feiernde Menge.

Da war Ray Hernandez, der Junge, mit dem sie letztes Jahr zum großen Schulball gegangen war. Er lud alle für diesen Abend zu einer Party bei sich zu Hause ein. Da war auch Tylers Freund Dick Carter, der sich wie immer zum Narren machte. Tyler lächelte verwegen, während sein Vater ein Foto nach dem anderen von ihm machte. Matt hörte unbeeindruckt einem Talentjäger von der James-Mason-Uni zu, der ihn für sein Footballteam anwerben wollte. Meredith stand daneben. Sie hielt einen Strauß roter Rosen in der Hand und sah nachdenklich aus.

Vickie war nicht da. Ihre Eltern hatten sie zu Hause gehalten mit der Begründung, sie sei nicht in der Lage auszugehen. Caroline fehlte ebenfalls. Sie war in ihrer neuen Wohnung in Heron geblieben. Ihre Mutter hatte Bonnie erklärt, dass Caroline mit einer Grippe im Bett liege. Bonnie kannte die Wahrheit. Caroline hatte einfach Angst.

Und vielleicht hat sie damit Recht, dachte Bonnie und ging auf Meredith zu. Caroline könnte die einzige von ihnen sein, die die nächste Woche lebend überstand.

Sieh normal aus, benimm dich normal. Sie hatte Meredith' Gruppe erreicht. Meredith wand die rote Quaste ihrer Kappe um den Stiel ihres Blumenstrauß und drehte ihn nervös mit ihren langen, eleganten Fingern hin und her.

Bonnie sah sich schnell um. Gut. Das war der richtige Ort, und jetzt war der richtige Zeitpunkt. „Pass auf, du machst ihn kaputt", sagte sie laut.

Meredith' nachdenklicher, trauriger Blick veränderte sich nicht. Sie starrte weiter auf die Quaste und zupfte daran herum. „Es ist total unfair, dass wir diese Dinger kriegen und Elena nicht. Total unfair!" beschwerte Meredith sich.

„Ich weiß, das ist schrecklich." Bonnie achtete darauf, dass sie völlig unbekümmert klang. „Ich wünschte, wir könnten es ändern. Aber wir sind völlig machtlos."

„Es ist alles verkehrt." Meredith fuhr fort, als habe sie Bonnie nicht gehört. „Wir stehen hier im Sonnenschein, feiern, und sie liegt dort unter ihrem Grabstein."

„Ich weiß, ich weiß", versuchte Bonnie sie zu beruhigen.

„Nun reg dich nicht auf, Meredith. Warum denkst du nicht an etwas anderes? Hör mal, warum gehen wir nach dem Festessen mit den Eltern nicht zu Rays Party? Wir sind zwar nicht eingeladen, aber das macht nichts."

„Nein!" erwiderte Meredith überraschend heftig. „Ich will zu keiner Party. Wie kannst du nur überhaupt daran denken? Wie kannst du nur so oberflächlich sein, Bonnie?"

„Nun, irgendwas müssen wir doch tun ..."

„Wie kannst du nur so reden? Ich sag dir, was ich tun werde. Nach dem Abendessen gehe ich auf den Friedhof. Ich werde die hier auf Elenas Grab legen. Sie ist diejenige, die sie verdient hat.“ Meredith’ Knöchel traten weiß hervor, während sie die Kappe in ihrer Hand schüttelte.

„Nun spiel nicht verrückt, Meredith. Du kannst da nicht hin. Besonders nicht bei Nacht. Das ist doch der helle Wahnsinn. Matt würde dasselbe sagen.“

„Ich frage Matt aber nicht nach seiner Meinung. Ich frage niemanden. Das ist ganz allein meine Sache.“

„Das kannst du nicht tun. Mensch, Meredith, ich dachte immer, du hättest genug Verstand ...“

„Und ich hab immer geglaubt, dass du wenigstens ein bisschen sensibel bist. Aber anscheinend verdrängst du jeden Gedanken an Elena. Kommt das etwa daher, weil du auf ihren Exfreund scharf bist?“

Bonnie haute ihr eine runter.

Es war ein guter, harter Schlag, hinter dem eine Menge Energie steckte. Meredith holte scharf Luft und legte ihre Hand auf die gerötete Wange. Alle ringsum starrten sie an. „Das war’s dann wohl, Bonnie McCullough“, sagte Meredith nach einem Moment. Tödliche Entschlossenheit lag in ihrer Stimme. „Ich werde nie mehr mit dir reden.“ Sie drehte sich auf dem Absatz um und ging weg.

„Nie ist mir noch viel zu früh!“ schrie Bonnie hinter ihr her. Alle wandten sich hastig ab, als Bonnie sich umsah. Aber es gab keinen Zweifel daran, dass sie und Meredith die letzten Minuten im Mittelpunkt des Interesses gestanden hatten. Bonnie biss sich von innen auf die Wangen, um nicht loszulachen. Sie ging zu Matt, der den Talentsucher abgewimmelt hatte.

„Na, wie war ich?“ flüsterte sie.

„Toll!“

„Meinst du, die Ohrfeige, das war zuviel? Wir hatten das nicht geplant. Ich habe einfach impulsiv gehandelt. Vielleicht war das zu offensichtlich ...“

„Was? Nein, es war alles super, wirklich.“ Matt sah gedankenverloren aus. Aber es lag nicht mehr der dumpfe, in sich gekehrte Ausdruck auf seinem Gesicht.

„Was ist los? Hast du einen Fehler in unserem Plan entdeckt?“ fragte Bonnie ängstlich.

„Nein, nein. Hör zu, Bonnie. Mir macht da etwas zu schaffen. Du hattest doch Mr. Tanner bei der Halloween-Party im Spukhaus gefunden, stimmt's?“

Bonnie war überrascht. Unwillkürlich erschauderte sie vor Abscheu. „Nun, ich war die Erste, die gemerkt hat, dass er wirklich tot ist und nicht nur seine Rolle spielt. Wie, um alles in der Welt, kommst du jetzt gerade darauf?“

„Weil du mir vielleicht eine Frage beantworten kannst. Hätte Mr. Tanner Damon mit dem Opfermesser verletzen können?“

„Was?“

„Wäre es möglich gewesen?“

„Ich ...“ Bonnie blinzelte und runzelte die Stirn. Dann zuckte sie mit den Schultern. „Ich glaube schon. Erinnerst du dich, die Szene sollte ein Druidenopfer darstellen, und das Messer, das wir benutzt haben, war echt. Wir wollten erst eine Attrappe nehmen, aber da Mr. Tanner die ganze Zeit genau daneben liegen sollte, dachten wir, es könnte schon nichts passieren. Tatsächlich ...“ Die Falten auf Bonnies Stirn vertieften sich. „Ich glaube, als ich die Leiche fand, war das Messer an einer anderen Stelle. Aber das hätte ja eins der Kids getan haben können. Warum willst du das wissen, Matt?“

„Es war nur etwas, was Damon zu mir sagte.“ Matt starrte weiter in die Ferne. „Ich hab mich gefragt, ob es die Wahrheit sein könnte.“

„Oh.“ Bonnie wartete auf eine weitere Erklärung. Als keine kam, fuhr sie schließlich fort: „Wenn das geklärt ist, kommst du dann bitte zur Erde zurück? Und könntest du dich vielleicht überwinden, mich in den Arm zu nehmen? Nur, um zu zeigen, dass du auf meiner Seite stehst und auf keinen Fall heute Nacht mit Meredith bei Elenas Grab auftauchen wirst?"

Matt schnaubte verächtlich, aber der abwesende Blick schwand aus seinen Augen. Einen kurzen Moment legte er seinen Arm um sie und drückte sie an sich.

Alles schon einmal da gewesen, dachte Meredith, als sie vor dem Eingangstor des Friedhofs stand. Das Problem war, sie konnte sich nicht erinnern, an welche ihrer vorherigen Erfahrungen auf dem Friedhof sie diese Nacht erinnerte. Es waren so viele gewesen.

Eigentlich hatte hier alles angefangen. Hier hatte Elena geschworen, nicht zu ruhen, bis Stefan ihr gehörte. Sie hatte Bonnie und Meredith mit einem Blutschwur dazu gebracht, ihr dabei zu helfen. Mit Blut besiegelt, wie passend, dachte Meredith jetzt.

Und hier hatte Tyler versucht, Elena nach dem Schulball zu vergewaltigen. Stefan hatte sie gerettet, und das war der Anfang für beide gewesen. Der Friedhof hatte schon eine Menge gesehen.

Er war sogar Zeuge gewesen, als die ganze Gruppe im letzten Dezember im Gänsemarsch den Hügel zur Kirchenruine hoch marschiert war, um Katherines Schlupfwinkel zu suchen. Sieben von ihnen waren in die Gruft hinuntergestiegen: Meredith selbst, Bonnie, Matt, und Elena mit Stefan, Damon und Alaric. Aber nur sechs waren heil wieder herausgekommen. Als man Elena hochgeholt hatte, war es, um sie zu begraben. Dieser Friedhof war der Anfang und das Ende gewesen. Und heute Nacht würde es vielleicht ein weiteres Ende geben. Meredith stieß seufzend das Tor auf und ging entschlossen los.

Ich wünschte, du wärst hier bei mir, Alaric, dachte sie. Warum musst du gerade jetzt so weit weg sein? Ich könnte deinen Optimismus gebrauchen, deine Kenntnisse, was das Übernatürliche betrifft; und deine Muskelkraft wäre auch nicht zu verachten.

Elenas Grab lag natürlich auf dem neuen Friedhof, wo das Gras noch gemäht wurde und die Gräber mit Blumen geschmückt waren. Der Grabstein war sehr schlicht und hatte nur eine kurze Inschrift.

Meredith bückte sich und legte ihren Rosenstrauß davor. Dann fügte sie langsam die schwarzrote Quaste ihrer Kappe hinzu. Im Dämmerlicht sahen beide Farben gleich aus. Wie getrocknetes Blut. Sie kniete sich nieder, faltete die Hände – und wartete.

Der Friedhof um sie herum war fast unnatürlich still. In der Dunkelheit sanft schimmernd, erstreckten sich die Reihen der weißen Grabsteine rechts und links von ihr. Meredith lauschte auf jedes Geräusch.

Und dann hörte sie etwas. Schwere Schritte. Den Kopf gebeugt, blieb sie ganz ruhig und tat, als hätte sie nichts bemerkt.

Die Schritte kamen jetzt näher heran und gaben sich keine Mühe, leise zu sein.

„Hallo, Meredith."

Meredith sah sich schnell um. „Oh, du bist's, Tyler. Du hast mich erschreckt. Ich dachte, es wäre ... na, ist auch egal."

„Ja?" Tyler grinste breit. „Tut mir Leid, dass ich dich enttäuscht habe. Aber hier bin nur ich. Du und ich und niemand sonst."

„Was machst du überhaupt auf dem Friedhof, Tyler? Keine heiße Party in Sicht?"

„Dasselbe könnte ich dich fragen." Tylers Blick glitt zu dem Grabstein und der Quaste. Sein Gesicht verdüsterte sich. „Ich glaube, ich kenne die Antwort. Du bist wegen ihr gekommen. ‚Elena Gilbert, ein Licht in der Dunkelheit'", las er spöttisch vor.

„Das stimmt", erwiderte Meredith ruhig. „Elena bedeutet ‚Licht', musst du wissen. Und sie war tatsächlich von Dunkelheit umgeben. Die Dunkelheit hätte sie fast besiegt, doch am Ende hat Elena gewonnen."

„Vielleicht." Tylers Kiefer mahlten, er kniff die Augen zusammen. „Aber weiß du, Meredith, mit der Dunkelheit, das ist so eine komische Sache. Sie ist tiefer und dichter, als man sich vorstellen kann."

„Wie heute Nacht." Meredith schaute zum Himmel. Er war klar und mit winzigen Sternen gesprenkelt. „Heute Nacht ist es sehr dunkel, Tyler. Doch früher oder später wird die Sonne aufgehen."

„Ja, aber zuerst kommt der Mond." Tyler kicherte plötzlich, als läge darin ein Witz, den nur er verstehen konnte. „He, Meredith. Kennst du schon die Familiengrabstätte der Smallwoods? Komm, ich zeig sie dir. Es ist nicht weit."

Genau, wie er sie Elena gezeigt hat, dachte Meredith. Irgendwie genoss sie dieses Wortgefecht, aber sie verlor trotzdem nie aus den Augen, warum sie hergekommen war. Mit klammen Fingern tastete sie in ihrer Jackentasche nach dem Eisenkrautzweiglein. „Kann schon sein, Tyler. Aber ich bleibe lieber hier."

„Bist du wirklich sicher? Ein Friedhof kann ein gefährlicher Ort sein, wenn man ganz allein ist."

Ruhelose Geister, dachte Meredith. Sie schaute ihn gerade an. „Ich weiß."

Er grinste schon wieder und zeigte seine kräftigen Zähne. „Außerdem kannst du den Grabstein von hier sehen, wenn du gute Augen hast. Schau dorthin, zum alten Friedhof. Nun, erkennst du etwas Rotschimmerndes in der Mitte?"

„Nein." Über den Bäumen im Osten hing ein bleicher Schein. Meredith hielt den Blick darauf gerichtet.

„Nun komm schon, Meredith. Schau genau hin! Du gibst dir gar keine Mühe. Wenn der Mond erst aufgegangen ist, wirst du es besser sehen."

„Tyler, ich kann nicht länger meine Zeit hier verschwenden. Ich gehe."

„Nein, das tust du nicht!" fuhr er sie an. Und während sich ihre Finger über dem Eisenkraut zur Faust schlossen, fügte er schmeichlerisch hinzu: „Ich meine natürlich, du kannst doch nicht gehen, bevor ich dir nicht die Geschichte dieses Grabsteins erzählt habe. Das ist eine tolle Sache. Also, der Stein ist aus rotem Marmor, als einziger auf dem ganzen Friedhof. Und die Kugel auf seiner Spitze – siehst du sie? – die muss ungefähr eine Tonne wiegen. Aber sie bewegt sich. Sie dreht sich immer, wenn ein Smallwood sterben muss. Mein Großvater hat das nicht geglaubt. Er hat genau in die Mitte der Vorderseite einen Kratzer gemacht. Jeden Monat hat er es überprüft. Dann kam der Tag, an dem der Kratzer sich auf der Rückseite befand. Die Kugel hatte sich einmal genau um ihre Achse gedreht. Er bemühte sich nach Kräften, sie wieder umzudrehen. Vergebens. Sie war zu schwer. Und in dieser Nacht ist er in seinem Bett gestorben. Sie haben ihn unter dem Grabstein begraben."

„Wahrscheinlich hat er vor Überanstrengung einen Herzinfarkt bekommen", sagte Meredith leichthin, aber ihre Handflächen prickelten.

„Du bist schon eine! Immer so cool. Immer beherrscht. Es braucht 'ne Menge, dich zum Schreien zu bringen, oder?"

„Ich gehe jetzt, Tyler. Ich habe genug."

Er ließ sie ein paar Schritte gehen, dann sagte er: „In dieser Nacht bei Caroline, da hast du geschrieen, nicht?"

Meredith drehte sich um. „Woher weißt du das?"

Tyler verdrehte die Augen. „Ein bisschen Verstand könntest du mir schon zugestehen, okay? Ich weiß viel, Meredith. Zum Beispiel weiß ich, was in deiner Tasche ist."

Meredith' Finger erstarrten. „Was meinst du damit?"

„Eisenkraut, Meredith. Verbena officinalis. Ich habe einen

Freund, der kennt sich mit solchen Dingen aus.“ Tyler starrte sie an, sein Grinsen wurde breiter. Er beobachtete ihr Gesicht, als wäre es seine Lieblingsfernsehsendung. Wie eine Katze mit einer Maus spielt, holte er zum nächsten Schlag aus. „Und ich weiß auch, wofür man es benutzt.“ Er sah sich übertrieben nach allen Seiten um und legte einen Finger auf die Lippen. „Psst, nicht weitersagen. Gegen Vampire“, flüsterte er. Dann legte er den Kopf zurück und lachte schallend. Meredith trat noch einen Schritt zurück. „Du glaubst, das kann dir helfen? Ich werde dir mal ein Geheimnis verraten.“

Meredith schätzte mit ihrem Blick die Entfernung zwischen sich und dem Weg ab. Ihr Gesichtsausdruck blieb ganz ruhig, doch innerlich zitterte sie heftig. Plötzlich hatte sie Zweifel, ob sie die Sache durchstehen würde.

„Du wirst nirgendwo hingehen, Baby.“ Tyler machte einen Satz auf sie zu und packte ihr Handgelenk. Seine Hand war riesig, heiß und verschwitzt.

„Du wirst hier bleiben und eine Überraschung erleben.“ Sein Körper war nun gebeugt, den Kopf vorgereckt. Auf seinen Lippen lag ein lüsternes Grinsen.

„Lass mich los, Tyler. Du tust mir weh!“ Panik durchfuhr Meredith. Aber Tyler packte nur härter zu und quetschte ihr Handgelenk unbarmherzig zusammen.

„Es ist ein Geheimnis, Baby. Keiner sonst kennt es.“ Tyler zog sie näher an sich heran. Sein heißer Atem streifte ihr Gesicht. „Du bist gewappnet gegen Vampire hergekommen. Aber ich bin kein Vampir.“

Meredith’ Herz schlug wie wild. „Lass mich gehen!“

„Erst möchte ich, dass du dort hinüberschaust. Du kannst den Grabstein jetzt sehen“, sagte er und drehte sie so, dass ihr nichts anderes übrig blieb, als hinzusehen.

Und er hatte Recht, sie konnte ihn erkennen, ein rotes Monument mit einer glänzenden Kugel auf der Spitze. Nein ... keine Kugel. Der marmorne Ball glich ... er glich ...

„Jetzt schau nach Osten. Was siehst du dort, Meredith?“ fuhr Tyler fort. Seine Stimme war heiser vor Aufregung. Es war der Vollmond. Er war aufgegangen, während Tyler mit ihr geredet hatte, und hing jetzt über dem Hügel, kreisrund und enorm angeschwollen. Ein riesiger, roter Ball. Und genauso sah der Grabstein aus. Wie ein Vollmond, der vor Blut triefte.

„Du kamst her, geschützt gegen Vampire“, zischte Tyler hinter ihr. Seine Stimme wurde noch heiserer. „Aber die Smallwoods sind keine Vampire. Wir sind etwas anderes.“ Und dann heulte er.

Keine menschliche Kehle konnte ein solches Geräusch hervorbringen. Es war nicht die Nachahmung eines Tieres, es war echt. Ein bösartiges Knurren, das höher und höher wurde. Meredith' Kopf fuhr herum. Sie starrte Tyler ungläubig an. Was sie sah, war so schrecklich, dass ihr Verstand sich weigerte, es zu erfassen ...

Sie schrie.

„Ich hab dir gesagt, es würde eine Überraschung geben. Wie gefällt sie dir?“ stieß Tyler hervor. Er konnte kaum noch sprechen mit dem Tiermaul, zwischen dessen großen gefährlichen Zähnen die Zunge hervorhing. Sein Gesicht hatte nichts Menschliches mehr. Es besaß jetzt eine Schnauze und kleine, gelbe Augen mit geschlitzten Pupillen. Sein rotblondes Haar bedeckte Gesicht, Hals, Hände, den ganzen Körper. Ein Pelz. Tyler war zum Werwolf geworden. „Du kannst hier oben schreien, soviel du willst, niemand wird dich hören“, fügte er hinzu.

Jeder Muskel in Meredith' Körper war erstarrt im verzweifelten Bemühen, Tyler zu entkommen. Es war eine Reflexbewegung, die sie nicht steuern konnte. Sein Atem war heiß und stank wie der eines Tieres. Die Nägel, die er in ihr Handgelenk bohrte, waren abgesplitterte schwarze Krallen. Sie hatte nicht mehr die Kraft zu schreien.

„Neben Vampiren gibt es auch andere Geschöpfe, die nach Blut dürsten. Und ich möchte deins kosten. Doch zunächst werden wir zwei ein wenig Spaß haben."

Obwohl er noch auf zwei Beinen stand, war sein Körper gebeugt und merkwürdig verzerrt. Sie konnte sich nur schwach wehren, als er sie auf den Boden zwang. Meredith war ein kräftiges Mädchen, aber er war viel stärker als sie. Die Muskeln unter seinem Hemd wölbten sich, als er sie festhielt.

„Du warst dir immer zu schade für mich, stimmt's? Nun, jetzt wirst du herausfinden, was dir entgangen ist."

Ich kann nicht mehr atmen. Meredith' Gedanken überschlugen sich. Sein Arm lag quer über ihrer Kehle und schnürte ihr die Luft ab. Graue Schleier stiegen vor ihren Augen auf. Wenn sie jetzt die Besinnung verlor ..."

„Du wirst dir wünschen, du würdest so schnell sterben wie Sue." Tylers Gesicht war über ihr, geschwollen und rot wie der Mond. Seine andere Hand hielt mühelos ihre Arme über ihrem Kopf fest. „Kennst du das Märchen von Rotkäppchen und dem bösen Wolf?"

Das Grau wurde zu Schwarz, das gesprenkelt war mit kleinen Blitzen. Wie Sterne, dachte Meredith. Ich sinke in ein Meer von Sternen ...

„Tyler, nimm deine Hände weg! Lass sie los! Sofort!" schrie Matt. Tylers siegessicheres Knurren wurde zu einem überraschten Winseln. Sein Arm über Meredith' Hals lockerte sich, und frische Luft strömte in ihre Lungen.

Schritte erklangen um sie herum. „Auf diese Gelegenheit habe ich schon lange gewartet." Matt packte das rotblonde Haar und riss den Kopf zurück. Dann krachte seine Faust in Tylers neugewachsene Schnauze. Blut floss aus der feuchten Tiernase.

Das Geräusch, das Tyler von sich gab, ließ Meredith das Blut in den Adern gefrieren. Er sprang Matt an und drehte sich noch in der Luft mit ausgefahrenen Krallen. Matt wurde von dem Angriff zu Boden geschleudert. Tyler warf sich auf ihn. Du musst ihm helfen! Schwindlig versuchte Meredith aufzustehen. Sie schaffte es nicht. Ihr ganzer Körper zitterte unkontrolliert. Doch jemand anders riss Tyler von Matt zurück. So leicht, als würde der riesige Kerl nicht mehr wiegen als eine Puppe.

„Wie in alten Zeiten, Junge, stimmt's?“ Stefan setzte Tyler auf die Füße und sah ihn herausfordernd an.

Tyler überlegte kurz und versuchte dann wegzulaufen. Er war schnell und bewegte sich geschickt wie ein Tier zwischen den Grabsteinen hin und her. Doch Stefan war schneller und schnitt ihm den Weg ab.

„Meredith, bist du verletzt? Meredith?“ Bonnie kniete neben ihr. Meredith nickte – sie konnte immer noch nicht sprechen – und ließ zu, dass Bonnie ihren Kopf sanft anhob. „Ich wusste, wir hätten ihn früher stoppen sollen, ich wusste es.“ Bonnie machte sich Vorwürfe.

Stefan schleppte Tyler zurück. „Ich hab immer gewusst, dass du ein Idiot bist“, sagte er und stieß Tyler gegen einen Grabstein. „Aber ich hatte keine Ahnung, dass du derart verblödet bist. Ich dachte, du hättest inzwischen gelernt, keine Mädchen mehr auf Friedhöfen anzufallen. Aber, nein. Und du musstest natürlich auch damit angeben, was du Sue angetan hast. Das war nicht sehr klug, Tyler.“

Meredith betrachtete die beiden. So unterschiedlich, dachte sie. Obwohl sie beide irgendwie Geschöpfe der Dunkelheit waren. Stefan war bleich, seine grünen Augen blitzten vor Wut und Rachegelüsten, und doch umgab ihn eine Art Würde, fast Reinheit. Er glich einem strengen Marmorengel. Tyler hingegen war nur ein gefangenes Tier. Er kauerte am Boden und atmete schwer. Seine Brust war mit Blut und Geifer befleckt. Die gelben Augen brannten vor Hass und Angst, und seine Finger bewegten sich, als wollte er mit seinen Krallen jemanden zerreißen. Ein dumpfes Geräusch kam aus seiner Kehle.

„Keine Angst, diesmal werde ich dich nicht verprügeln“, sagte Stefan. „Es sei denn, du versuchst zu fliehen. Wir werden alle in die Kirchenruine gehen und uns ein wenig unterhalten. Du erzählst doch so gern Geschichten, Tyler. Nun, ich höre dir gern zu.“

Tyler sprang ihn an, pfeilschnell schoss er vom Boden hoch zu Stefans Kehle. Aber der war auf ihn vorbereitet. Meredith nahm an, dass Stefan und Matt die nächsten Minuten genossen, ihre angestaute Angriffslust loszuwerden, doch sie genoss es nicht und schaute daher weg.

Am Ende war Tyler mit einer Nylonschnur gefesselt. Er konnte noch halbwegs gehen oder, zumindest, schlurfen. Stefan hielt ihn am Hemdrücken fest und schubste ihn unsanft den Weg zur Kirche hoch.

Drinnen stieß Stefan Tyler zu Boden, nah dem offenen Grab. „Jetzt“, begann er, „werden wir zwei uns ein wenig unterhalten. Und du wirst hilfsbereit sein, Tyler. Sonst wird es dir sehr, sehr Leid tun.“

10. KAPITEL

Meredith setzte sich auf die kniehohe Mauer der Kirchenruine und massierte ihren schmerzenden Hals. „Du hast mir gesagt, dass es gefährlich werden wird, Stefan. Aber du hast nicht erwähnt, dass ihr erst eingreift, wenn er mich schon halb erwürgt hat“, flüsterte sie heiser.

„Tut mir Leid. Ich hoffte, dass er noch etwas ausplaudert, besonders, nachdem er zugegeben hat, dass er da war, als Sue starb. Aber ich hätte nicht so lange warten dürfen."

„Ich habe überhaupt nichts zugegeben! Du kannst nichts beweisen!" meldete sich Tyler zu Wort. Das tierhafte Winseln war noch in seiner Stimme, aber inzwischen hatten sich sein Gesicht und sein Körper in ihre normale Form zurückverwandelt. Oder zumindest in seine menschliche, dachte Meredith. Die Schwellungen, Blutergüsse und das getrocknete Blut waren wohl kaum normal.

„Du stehst hier nicht vor Gericht, Tyler", sagte sie. „Dein Vater kann dir jetzt nicht helfen."

„Selbst, wenn das ein Gerichtssaal wäre, hätten wir gute Chancen, unseren Fall zu gewinnen", fügte Stefan hinzu. „Genug Beweise, um dich wegen Beihilfe zum Mord hinter Gitter zu bringen."

„Das heißt, wenn nicht jemand vorher Großmutters Teelöffel einschmilzt, um daraus eine silberne Kugel zu machen", warf Matt ein.

Tyler sah von einem zum anderen. „Aus mir kriegt ihr nichts raus."

„Tyler, du bist ein Maulheld", sagte Bonnie verächtlich.

„Du hast keine Skrupel, ein Mädchen zu Boden zu pressen und es zu bedrohen", erklärte Matt. „Aber wenn seine Freunde auftauchen, machst du dir vor Angst fast in die Hose."

Tyler starrte nur alle wütend an.

„Na, wenn er nicht reden will, dann müssen wir wohl." Stefan bückte sich und hob das dicke Buch auf, das er aus der Bibliothek mitgenommen hatte. Einen Fuß auf den Grabrand gestellt, legte er das Buch auf seine Knie und öffnete es. In diesem Moment, dachte Meredith, gleicht er auf fast beängstigende Weise Damon.

„Dieses Buch hat Gervase von Tilbury geschrieben, Tyler",

begann er. „Und zwar ungefähr 1210 nach Christi. Es handelt unter anderem von Werwölfen."

„Du kannst überhaupt nichts beweisen. Du hast nicht das kleinste Indiz ...!"

„Halt den Mund!" Stefan sah ihn an. „Ich brauche keine Beweise. Ich kann es sehen, sogar jetzt noch. Hast du vergessen, was ich bin?" Eine kurze Stille entstand, dann fuhr Stefan fort: „Als ich vor ein paar Tagen hier ankam, gab es ein Rätsel zu lösen. Ein Mädchen war tot. Aber wer war der Mörder? Und warum hat er es getan? Alle Hinweise, die ich fand, schienen sich zu widersprechen.

Es war kein normaler Mord, keine Tat, begangen von einem Irren. Ich hatte die Aussage von jemandem, dem ich vertraue – und außerdem, unabhängig davon, einen Hinweis. Kein einfacher Killer kann ein Ouija-Brett mit Telekinese beeinflussen. Ein normaler Mensch kann nicht bewirken, dass alle Sicherungen in einem Elektrizitätswerk etwa hundert Kilometer vom Tatort entfernt durchbrennen.

Nein, es musste sich um jemanden handeln, der eine enorme physische und psychische Kraft besitzt. Das, was Vickie mir erzählt hatte, hörte sich sehr nach einem Vampir an. Außer, dass Sue Carson noch ihr Blut besaß. Ein Vampir hätte zumindest etwas davon ausgesaugt. Kein Vampir kann dieser Versuchung widerstehen, besonders dann nicht, wenn er ein skrupelloser Killer ist. Das macht ihn high, und genau, um diesen berauschten Zustand zu erreichen, mordet er. Aber der Polizeiarzt hatte keine Löcher in Sues Venen gefunden, und sie hatte nur ein wenig Blut verloren. Es ergab keinen Sinn.

Und da war noch etwas anderes. Du warst in diesem Haus, Tyler. Du hast den Fehler gemacht, Bonnie anzupacken, und dann hast du dich am nächsten Tag auch noch verplappert und Dinge gesagt, die du nur wissen konntest, wenn du dabei gewesen bist.

Also, was hatten wir? Einen erfahrenen Vampir, einen bösartigen Mörder, der seine Kraft loswerden will? Oder ein High-School-Großmaul, das nicht mal zur Toilette findet, ohne über seine eigenen Füße zu stolpern? Die Beweise deuteten in beide Richtungen, und ich konnte mich nicht entscheiden. Dann habe ich mir selbst Sues Leiche angesehen. Und da gab es das größte Geheimnis überhaupt. Einen Schnitt hier." Stefans Finger zeichneten einen scharfe Linie vom seinem Schlüsselbein nach unten. „Ein typischer, ritueller Schnitt – der von Vampiren gemacht wird, wenn sie ihr eigenes Blut mit jemandem teilen wollen. Aber Sue war kein Vampir, und sie hat sich mit Sicherheit nicht selbst geschnitten. Jemand hat es ihr angetan, als sie sterbend auf dem Boden lag."

Meredith schloss die Augen und hörte, wie Bonnie neben ihr hart schluckte. Sie streckte die Hand aus, fand Bonnies Hand und klammerte sich daran fest. Doch sie hörte weiter zu. „Vampire haben es nicht nötig, ihre Opfer so zu schneiden. Sie benutzen ihre Zähne." Stefan zog leicht die Oberlippe hoch, um seine eigenen scharfen Zähne zu zeigen. „Aber wenn ein Vampir Blut braucht, das jemand anderer trinken soll, würde er ein Messer nehmen, statt zu beißen. Wenn ein Vampir jemandem den ersten und einzigen Schluck geben will, könnte er so handeln.

Und das ließ mich weiter über Blut nachdenken. Blut ist wichtig, wie du weißt. Vampiren gibt es Leben und Macht. Wir brauchen es, um zu überleben. Und es gibt Zeiten, wo die Sucht danach uns fast in den Wahnsinn treibt. Aber es taugt auch für andere Dinge. Zum Beispiel... für Einweihungsrituale. Initiationsriten und Macht. Jetzt, wo ich über diese beiden Dinge nachdachte, brachte ich sie mit dem zusammen, was mir an dir aufgefallen war, Tyler, als ich zum ersten Mal nach Fell's Church gekommen war. Kleine Begebenheiten, auf die ich jedoch gar nicht richtig geachtet hatte. Aber dann fiel mir etwas ein, das

Elena mir über eure Familiengeschichte erzählt hatte, und ich beschloss, es in Honoria Fells Tagebuch nachzuprüfen."

Stefan holte ein Blatt Papier aus den Seiten des Buchs, das er in der Hand hielt. „Und hier ist es. In Honorias eigener Handschrift. Ich habe die Seite kopiert, damit ich sie euch vorlesen kann. Das kleine Familiengeheimnis der Smallwoods – wenn ihr zwischen den Zeilen lesen könnt."

Er schaute auf das Blatt und begann:

„12. November. Kerzen gezogen, Flachs gesponnen. Roggenmehl und Salz werden knapp, aber wir werden den Winter überstehen. Letzte Nacht gab es Alarm; Wölfe haben Jacob Smallwood angegriffen, als er aus dem Wald zurückkam. Ich habe die Wunde mit Heidelbeeren und Weidenrinde behandelt, aber sie ist sehr tief, und ich befürchte das Schlimmste. Nachdem ich nach Hause gekommen war, habe ich die Runensteine geworfen. Doch ich habe nur Thomas das Ergebnis erzählt."

„Runensteine zu werfen, bedeutet, in die Zukunft zu sehen. Honoria war das, was wir heute eine Hexe nennen würden", fügte Stefan hinzu und schaute hoch.

„Sie berichtet weiter, dass es Ärger mit Wölfen in verschiedenen anderen Teilen der Siedlung gegeben hat. Es scheint, als ob die Angriffe sich plötzlich vermehrt hätten. Vor allem junge Mädchen waren die Opfer. Sie schreibt, wie sie und ihr Mann sich immer mehr Sorgen machten.

Und schließlich dies:

„20. Dezember. Wieder ein Wolfsangriff im Gebiet der Smallwoods. Wir hörten die Schreie vor ein paar Minuten, und Thomas meinte, die Zeit sei nun reif. Er hat die Kugeln gestern gegossen. Jetzt hat er sein Gewehr geladen. Wir werden hinü-

bergehen. Wenn wir heil zurückkommen, werde ich weiterschreiben.
21. Dezember. Sind letzte Nacht zu den Smallwoods gegangen. Jacob nicht mehr zu helfen. Wolf getötet. Wir werden Jacob auf dem kleinen Friedhof am Fuße des Hügels begraben. Möge seine Seele Frieden finden.“

„In der offiziellen Stadtgeschichte von Fell's Church steht, dass Thomas Fell und seine Frau zu den Smallwoods gingen und sahen, dass Jacob Smallwood von einem Wolf angegriffen wurde und dieser Wolf ihn getötet hat“, fuhr Stefan fort. „Daraufhin erschoss Thomas Fell den Wolf. Aber das stimmt nicht. Der Text sagt in Wirklichkeit, nicht der Wolf tötete Jacob Smallwood, sondern Jacob Smallwood, der Wolf, wurde getötet.“ Stefan schloss das Buch. „Er war ein Werwolf, dein Ururur-, oder was immer, -großvater, Tyler. Ein Werwolf hatte ihn angegriffen und ihn dazu gemacht. Und er hat diesen Fluch seinem Sohn vererbt, der achteinhalb Monate nach seinem Tod geboren wurde. Genau, wie dein Vater ihn dir vererbt hat.“

„Ich wusste immer, dass was an dir nicht stimmt, Tyler“, warf Bonnie ein, und Meredith öffnete endlich wieder die Augen. „Ich konnte nie richtig sagen, was es war. Aber mein sechster Sinn verriet mir, dass du irgendwie unheimlich bist.“

„Wir haben noch Witze darüber gemacht.“ Meredith war immer noch heiser. „Über deine ‚tierische‘ Anziehungskraft und deine großen Zähne. Wir wusste nur nicht, wie nahe wir an der Wahrheit waren.“

„Hellseherisch Begabte können so etwas spüren“, erklärte Stefan. „In manchen Fällen gelingt es sogar völlig normalen Menschen. Ich hätte es merken müssen, aber ich war zu sehr anderweitig beschäftigt. Trotzdem ist das keine Entschuldigung. Jemand anderes, der unheimliche Mörder, hat es sofort erkannt.

Stimmt das nicht, Tyler? Ein Mann, der einen Regenmantel trug, kam zu dir. Er war groß, hatte weißblondes Haar und blaue Augen. Er hat dir einen Handel vorgeschlagen. Im Austausch gegen ... gegen etwas wollte er dir zeigen, wie du dein Erbe zurückfordern kannst. Wie du zu einem richtigen Werwolf wirst. Denn, wie Gervase von Tilbury schreibt ..." Stefan klopfte leicht auf das Buch auf seinem Knie, „... muss ein Werwolf, der nicht selbst gebissen worden ist, sozusagen eingeweiht werden. Das bedeutet, du kannst die Veranlagung zum Werwolf dein ganzes Leben mit dir herumtragen, ohne davon zu wissen, weil sie niemals aktiviert worden ist.

Generationen von Smallwoods haben so gelebt und sind gestorben, aber der Fluch hat sie nicht getroffen, weil sie das Geheimnis, ihn zu erwecken, nicht kannten. Aber der Mann in dem Regenmantel kannte es. Er wusste, dass du töten und frisches Blut schmecken musstest. Danach konntest du dich beim ersten Vollmond verwandeln." Stefan sah hoch, und Meredith folgte seinem Blick hin zu dem weißen Mond am Himmel. Er war jetzt weiß, rein und klar und nicht länger ein dumpfroter geschwollener Ball.

Tyler dämmerte etwas. „Ihr habt mich reingelegt! Ihr habt das geplant!" schrie er wütend. „Der Kandidat hat hundert Punkte", sagte Meredith trocken, und Matt fügte hinzu: „Gratuliere."

„Ich wusste, dass du nicht widerstehen konntest, einem der Mädchen zu folgen, wenn du dachtest, es wäre allein", erklärte Stefan. „Der Friedhof war für dich der ideale Ort, einen Mord zu begehen. Niemand hätte dich gestört. Und ich wusste auch, dass du vorher mit deinen Taten angeben würdest. Ich hatte gehofft, du hättest Meredith mehr über den anderen Killer erzählt, über den Mann, der Sue tatsächlich vom Balkon geworfen hat, der sie geschnitten hat, damit du frisches Blut trinken konntest. Über den Vampir, Tyler. Wer ist er? Wo versteckt er sich?"

Tyler verzog hasserfüllt das Gesicht. „Du glaubst im Ernst, ich verrate dir das? Er ist mein Freund."

„Das ist er nicht, Tyler. Er benutzt dich nur. Und er ist ein Mörder."

„Verstrick dich nicht noch tiefer in die Sache, Tyler", fügte Matt hinzu. „Du bist bereits ein Mittäter. Heute hast du versucht, Meredith zu töten. Sehr bald wirst du nicht mehr zurückkönnen, selbst, wenn du es willst. Sei klug und höre jetzt auf. Sag uns, was wir wissen wollen."

Tyler entblößte seine Zähne. „Nie! Wie wollt ihr mich dazu zwingen?"

Die anderen tauschten Blicke. Die Atmosphäre hatte sich geändert und war spannungsgeladen, als sie sich wieder Tyler zuwandten.

„Du verstehst noch immer nichts, stimmt's?" sagte Meredith leise. „Tyler, du hast mitgeholfen, Sue zu ermorden. Sie musste sterben für ein abscheuliches Ritual, damit du dich in das Monster verwandeln konntest, das ich gesehen habe. Du wolltest mich töten und Vickie und Bonnie ebenfalls, da bin ich sicher. Glaubst du, wir haben auch nur einen Funken Mitleid mit dir? Meinst du im Ernst, wir haben dich zu einem netten Plauderstündchen hergebracht?"

Stille entstand. Der verächtliche Ausdruck wich langsam aus Tylers Gesicht. Er sah von einem zu anderen.

„Gervase von Tilbury erwähnt hier noch etwas Interessantes", fuhr Stefan fast vergnügt fort. „Es gibt außer den bereits erwähnten, traditionellen Silberkugeln noch eine andere Heilung für Werwölfe. Hör gut zu." Beim Mondschein las er aus dem Buch vor.

„‚Es wird berichtet und von guten und anerkannten Ärzten bestätigt, dass ein Werwolf, wenn ihm ein Glied abgetrennt wird, seinen ursprünglichen Körper zurückbekommt'. Gervase erzählt weiter die Geschichte von Raimbaud aus der Auvergne, einem Werwolf, der von seinem Fluch geheilt wurde, nachdem ein Schreiner ihm einen seiner Hinterläufe abgehauen hatte. Natürlich war das bestimmt entsetzlich schmerzhaft, aber Raimbaud hat dem Schreiner herzlich gedankt, dass dieser ihn für immer von dieser abscheulichen und verfluchten Gestalt befreit hat. Da Tyler uns nicht mit Informationen helfen will, sollten wir zumindest sichergehen, dass er nicht weiter herumläuft und mordet. Was meint ihr?"

„Es ist unsere Pflicht, ihn zu heilen", meldete sich Matt zu Wort. „Alles, was wir dazu tun müssen, ist, ihn von einem seiner Glieder zu befreien", stimmte Bonnie zu.

„Da fällt mir auf Anhieb das richtige Teil ein", stieß Meredith zwischen den Zähnen hervor.

Tyler quollen fast die Augen aus dem Kopf. Unter dem Schmutz und dem verkrustetem Blut war sein Gesicht ganz weiß geworden. „Ihr blufft! Das nehme ich euch nicht ab!"

„Hol die Axt, Matt", befahl Stefan. „Meredith, zieh ihm einen Schuh aus."

Tyler trat um sich, als sie herankam, und zielte auf ihr Gesicht. Matt kam hinzu und nahm seinen Kopf in den Schwitzkasten. „Mach's dir nicht schwerer, als es ohnehin schon ist, Tyler."

Der nackte Fuß war groß, seine Sohle so verschwitzt wie Tylers Handflächen. Grobe Haare sprossen auf den Zehen. Meredith bekam vor Abscheu eine Gänsehaut.

„Okay, bringen wir's hinter uns", sagte sie.

„Ihr macht doch nur Spaß!" schrie Tyler und schlug so wild um sich, dass Bonnie kommen und sich auf sein zweites Bein knien musste. „Das könnt ihr doch nicht tun! Nein!"

„Haltet ihn still", fuhr Stefan dazwischen. Zusammen streckten sie Tyler auf dem Boden aus, seinen Kopf hatte Matt gepackt, die Mädchen hielten die Beine fest. Stefan achtete darauf, dass

Tyler alles sehen konnte, was er tat. Er legte einen dicken Ast auf den Rand des offenen Grabes und hieb ihn mit der Axt mit einem Schlag durch. „Scharf genug“, erklärte er kurz. „Meredith, roll sein Hosenbein hoch. Dann schnüre etwas Kordel als Aderpresse, so fest du kannst, um seinen Knöchel. Sonst verblutet er uns nachher noch.“

„Das könnt ihr nicht tun!“ heulte Tyler. „Neeiinn!“

„Schrei, soviel du willst, Tyler. Hier oben hört dich niemand, stimmt's?“ sagte Stefan.

„Du bist kein bisschen besser als ich! Du bist auch ein Killer!“ schrie Tyler.

„Ich weiß genau, was ich bin“, erklärte Stefan kalt. „Glaub mir, Tyler, ich weiß es. Ist alles bereit? Gut. Haltet ihn ganz fest. Er wird sich aufbäumen, wenn ich es mache.“ Tylers Schreie näherten sich ihrem Höhepunkt. Matt hielt seinen Kopf so, dass er sehen konnte, wie Stefan sich hinkniete und die Axt über seinen Knöchel hielt, um die Distanz und die Kraft, die der Schlag brauchen würde, abzuschätzen. „Jetzt.“ Stefan hob die Axt hoch über den Kopf.

„Nein! Nein! Ich werde reden. Ich sage euch alles“, kreischte Tyler.

Stefan warf ihm einen Blick zu. „Zu spät.“ Die Axt fiel. Sie prallte Funken schlagend mit einem lauten Klingen vom Steinboden ab, aber das Geräusch wurde von Tylers Schreien übertönt. Es dauerte ein paar Minuten, bis Tyler merkte, dass die Schneide seinen Fuß gar nicht berührt hatte. Erst kurz vor dem Ersticken hielt er inne, um Luft zu holen, und blickte Stefan mit hervorquellenden Augen an.

„Rede.“ Stefans Stimme war eiskalt und duldete keinen Widerspruch. Leises Wimmern kam aus Tylers Kehle. „Ich kenne seinen Namen nicht“, keuchte er. „Aber er sieht so aus, wie du ihn geschildert hast. Und du hast Recht; er ist ein Vampir. Und was für einer, Mann! Ich hab gesehen, wie er einen tonnenschweren Stier bei lebendigem Leib ausgesaugt hat. Er hat mich angelogen", fügte Tyler hinzu, und das Winseln kehrte in seine Stimme zurück. „Er hat mir weisgemacht, ich würde stärker als alle werden. So stark wie er. Er hat behauptet, ich könnte jedes Mädchen haben, das ich wollte. Und auf jede Art, wie ich es wollte. Der Mistkerl hat gelogen."

„Er hat also behauptet, du könntest morden und ungestraft davonkommen", stellte Stefan nüchtern fest.

„Er wollte mir in jener Nacht Caroline verschaffen. Sie schuldete mir noch was, so wie sie mich sitzen gelassen hat. Ich wollte sie auf den Knien betteln sehen, doch irgendwie ist sie aus dem Haus gekommen. Er hat mir versprochen, ich könnte Caroline und Vickie haben. Er wollte nur Bonnie und Meredith."

„Aber du hast eben versucht, Meredith zu töten."

„Die Dinge liegen inzwischen anders, du Dummkopf. Er sagte, es wäre in Ordnung."

„Warum?" fragte Meredith Stefan leise.

„Vielleicht, weil du deine Schuldigkeit getan hast. Du hast mich hergebracht", antwortete er. Zu Tyler gewandt, fuhr er fort: „Okay, Tyler. Beweis uns, dass du mit uns zusammenarbeitest. Verrate uns, wie wir den Killer schnappen können."

„Seid ihr verrückt?" Tyler brach in ein hässliches Gelächter aus. Matt drückte seinen Arm fester auf seine Kehle. „He, du kannst mich würgen, soviel du willst. Es bleibt dennoch die Wahrheit. Er hat mir gesagt, dass er einer von den Alten ist, von den Ursprünglichen, was immer das auch bedeutet. Er hat behauptet, schon seit der Zeit der alten Pharaonen Vampire geschaffen zu haben. Und dass er einen Pakt mit dem Teufel geschlossen hat. Du kannst ihm einen Stock ins Herz rammen, und es würde nichts bewirken. Man kann ihn nicht töten." Sein Lachen wurde immer unkontrollierter.

„Wo versteckt er sich, Tyler?“ Stefan stieß die Frage aus, wie eine Maschinengewehrsalve. „Jeder Vampir braucht einen Platz, an dem er schlafen kann. Wo?“

„Er würde mich töten, wenn ich es euch sage. Er würde mich bei lebendigem Leib auffressen. Wenn ich euch erzählen würde, was er dem armen Stier angetan hat, bevor er ihn getötet hat ...“ Tylers Lachen verwandelte sich in ein Schluchzen. „Dann hilfst du uns besser, ihn zu zerstören, bevor er dich finden kann, stimmt's? Wo liegt sein schwacher Punkt? Wo ist er verwundbar?“

„Mein Gott, der arme Stier ...“ Tyler weinte.

„Und was ist mit Sue? Hast du ihretwegen auch nur eine Träne vergossen?“ Stefan hob die Axt wieder auf. „Ich glaube, du verschwendest bloß unsere Zeit.“

Die Axt wurde gehoben.

„Nein, nein. Ich rede schon. Ich werde euch etwas verraten. Hört zu, es gibt eine Holzart, die kann ihn verletzen. Nicht töten, aber verletzen. Das hat er zugegeben, aber nicht gesagt, welches Holz es ist! Ich schwöre euch, es ist die Wahrheit!“

„Das reicht nicht, Tyler“, erklärte Stefan knapp.

„Um Himmels willen ... Okay, ich kann euch sagen, wo er heute Nacht hin will. Wenn ihr schnell genug seid, könnt ihr ihn vielleicht noch aufhalten.“

„Was soll das heißen, Tyler? Los, raus mit der Sprache. Jetzt sag uns endlich, was los ist!“

„Er will zu Vickie, okay? Er sagte, heute Nacht würden wir beide eine bekommen. Das hilft euch doch, nicht wahr? Wenn ihr euch jetzt beeilt, schafft ihr es vielleicht noch.“ Stefan war erstarrt. Meredith fühlte, wie ihr Herz raste. Vickie! Sie hatten gar nicht mehr an einen möglichen Angriff auf Vickie gedacht.

„Damon bewacht sie. Das stimmt doch. Stefan? Es stimmt doch, oder?“ drängte Matt voller Angst.

„Er sollte es tun“, sagte Stefan langsam. „Ich habe ihn bei der

Abenddämmerung dort zurückgelassen. Wenn etwas passiert wäre, hätte er mich gerufen..."

„Ihr zwei ...", flüsterte Bonnie. Ihr Mund zitterte. Sie hatte die Augen weit aufgerissen. „Wir machen uns am besten sofort auf den Weg."

Die anderen starrten sie einen Moment an, dann bewegten sich alle. Die Axt fiel klirrend zu Boden, wo Stefan sie fallengelassen hatte.

„He, ihr könnt mich doch hier nicht so zurücklassen! Er wird kommen und sich an mir rächen! Kommt zurück und bindet meine Hände los!" kreischte Tyler hinter ihnen her. Niemand schenkte ihm auch nur die geringste Beachtung.

Sie rannten den Pfad hinunter und quetschten sich in Meredith' Auto. Meredith raste los, sie nahm die Kurven gefährlich knapp und überfuhr Stoppschilder wie nichts. Trotzdem wollte ein Teil von ihr nicht zu Vickies Haus zurück. Dieser Teil wollte umdrehen und einen anderen Weg nehmen. Ich bin ganz ruhig. Ich bin schließlich die, die immer ruhig ist, sagte sie sich. Aber das war bloß Fassade. Meredith wusste nur zu gut, wie gefasst man aussehen konnte, auch wenn innerlich alles zusammenbrach.

Sie bogen in die Birch Street ein, und Meredith trat hart auf die Bremse.

„Oh, Gott!" schrie Bonnie vom Rücksitz her. „Nein, nein!"

„Schnell", sagte Stefan. „Vielleicht haben wir noch eine Chance." Er machte die Tür auf und war draußen, bevor das Auto richtig angehalten hatte. Aber Bonnie auf dem Rücksitz schluchzte nur.

11. KAPITEL

Das Auto kam schlingernd hinter einem Polizeiwagen zum Stehen, der quer auf der Straße geparkt war. Überall gab es Lichter. Lichter, die blau, rot und gelb blinkten. Das Haus der Bennetts war hell erleuchtet.

„Bleib hier“, befahl Matt Bonnie knapp, stieg aus und rannte hinter Stefan her.

„Nein!“ Bonnie wollte ihn packen und zurückziehen. Der übelkeitserregende Schwindel, der sie befallen hatte, seit Tyler Vickie erwähnt hatte, drohte sie zu überwältigen. Es war zu spät. Sie hatte vom ersten Moment an gewusst, dass es zu spät war. Matt würde auch ermordet werden.

„Du bleibst im Auto, Bonnie. Verriegle die Türen. Ich gehe zu den Jungs.“ Das war Meredith.

„Nein! Ich hab's satt, mir von jedem erzählen zu lassen, dass ich im Auto bleiben soll!“ protestierte Bonnie und kämpfte mit dem Sicherheitsgurt. Endlich sprang er auf. Bonnie weinte immer noch. Vor Tränen fast blind, stolperte sie aus dem Auto und auf Vickies Haus zu. Sie hörte Meredith dicht hinter sich.

Alle Aktivität schien sich auf die Vorderseite zu konzentrieren. Menschen schrieen durcheinander, eine Frau schluchzte herzzerreißend, und aus dem Polizeifunk drangen knisternd Stimmen.

Bonnie und Meredith liefen sofort nach hinten zu Vickies Zimmer. Was war falsch an dieser Szene? Bonnies Gedanken überschlugen sich. Es war unübersehbar, Vickies Fenster war total offen ... aber das war unmöglich. Der Mittelflügel eines Erkerfensters ließ sich niemals öffnen. Wieso flatterten dann die Vorhänge heraus wie weiße Hemdzipfel?

Nicht offen, zerschmettert. Glas lag überall auf dem Kiesweg und knirschte unter den Füßen. Einige Scherben steckten noch wie grinsende Zähne in dem nackten Holzrahmen. In Vickies Haus war eingebrochen worden.

„Sie hat ihn hereingebeten!" schrie Bonnie in ohnmächtigem Zorn. „Warum hat sie das getan? Warum?"

„Bleib hier." Nervös fuhr sich Meredith mit der Zunge über die trockenen Lippen.

„Hör auf, mir das andauernd zu sagen. Ich kann das ertragen, Meredith. Ich bin total wütend, das ist alles. Ich hasse ihn!" Sie griff Meredith' Arm und zog sie nach vorn. Die gähnende Öffnung kam näher und näher. Die Vorhänge kräuselten sich im Wind. Zwischen ihnen war genug Platz, um in das Zimmer zu sehen.

Im letzten Moment stieß Meredith Bonnie zur Seite und spähte als erste hinein. Es war zwecklos. Bonnies telepathische Sinne waren hellwach und erzählten ihr bereits alles über diesen Ort. Er glich einem Krater, den ein explodierender Meteor im Boden hinterlassen hat, oder dem verbrannten Skelett eines Waldes nach einem schrecklichen Brand. Die Luft summte noch vom Nachhall übermenschlicher Kraft und entsetzlicher Gewalt. Dieser Ort war geschändet worden. Meredith wandte sich blitzschnell vom Fenster ab, krümmte sich zusammen und würgte. Die Fäuste so fest geballt, dass die Nägel sich tief in die Handflächen pressten, lehnte Bonnie sich nach vorn und schaute hinein.

Als erstes überfiel sie der Gestank. Ein nasser Geruch nach Fleisch und Kupfer. Sie konnte ihn fast schmecken, und der Geschmack war so, als hätte sie sich irrtümlich auf die Zunge gebissen. Die Stereoanlage spielte etwas, was sie wegen des Lärms vor dem Haus und dem Rauschen ihres eigenen Blutes in den Ohren nicht erkennen konnte. Ihre Augen, die sich gerade von der Dunkelheit draußen anzupassen begannen, sahen Rot. Nur Rot.

Denn das war die neue Farbe in Vickies Zimmer. Das Hellblau war verschwunden. Rote Tapete, rote Bettdecken. Rot in großen, makaber fröhlichen Spritzern auf dem Boden. Es war, als ob ein Kind einen Eimer roter Farbe bekommen und sich damit so richtig ausgetobt hätte.

Der Plattenspieler klickte, und die Nadel schwang zum Anfang der Platte zurück. Mit einem Schock erkannte Bonnie den Song, als er erneut begann.

„Gute Nacht, mein Schatz."

„Du Monster", keuchte Bonnie. Schmerz durchzuckte ihren Magen. Ihre Hand packte das Holz des Rahmens fester und fester. „Du Monster! Ich hasse dich! Hasse dich!"

Meredith hörte es, richtete sich auf und drehte sich um. Sie strich sich zitternd das Haar zurück, schaffte es, ein paar Mal tief einzuatmen und so auszusehen, als hätte sie die Situation im Griff. „Du schneidest dir in die Hand", sagte sie.

„Komm, lass mich mal sehen."

Bonnie war gar nicht aufgefallen, dass sie sich an zerbrochenem Glas festklammerte. Sie gestattete Meredith, ihre Hand zu nehmen, doch statt sich untersuchen zu lassen, packte sie Meredith' eigene kalte Hand und drückte sie fest. Meredith sah schrecklich aus. Ihre dunklen Augen waren trübe, die Lippen blauweiß. Sie zitterte. Doch sie schaffte es trotzdem, sich um Bonnie zu kümmern.

„Mach schon." Bonnie blickte die Freundin eindringlich an. „Weine, Meredith. Schrei, wenn du willst. Aber lass es irgendwie raus."

Einen Moment stand Meredith bloß zitternd da, dann schüttelte sie mit dem geisterhaften Versuch eines Lächelns den Kopf. „Ich kann nicht. Das ist nicht meine Art. Komm, lass mich deine Hand anschauen."

Bonnie wollte ihr widersprechen, doch da kam Matt um die Ecke. Er fuhr heftig zusammen, als er die beiden Mädchen dort stehen sah.

„Was macht ihr ...?“ begann er. Dann entdeckte er das Fenster.

„Sie ist tot“, erklärte Meredith kurz.

„Ich weiß.“ Matt sah ebenfalls völlig fertig aus. „Sie haben es mir vorne gesagt. Man bringt gerade ihre Leiche ...“

Er hielt inne. „Wir haben es versaut. Obwohl wir ihr versprochen hatten ...“ Auch Meredith konnte den Satz nicht zu Ende bringen. Es gab nichts mehr zu sagen.

„Aber die Polizei wird uns jetzt glauben müssen.“ Bonnie sah zu Matt, dann zu Meredith, dankbar, dass sie etwas Gutes an der Sache gefunden hatte. „Sie muss es einfach.“

„Nein“, erwiderte Matt leise. „Das wird sie nicht, Bonnie. Weil die Todesursache Selbstmord lautet.“

„Selbstmord? Haben die das Massaker in dem Zimmer denn nicht gesehen? Das nennen die Selbstmord?“ Bonnie wurde immer lauter.

„Man behauptet, Vickie sei geistig verwirrt gewesen. Und dass sie ... dass sie sich eine Schere verschafft hat und ...“

„Oh, mein Gott.“ Meredith wandte sich ab.

„Man hält es für möglich, dass sie sich schuldig fühlte, weil sie Sue getötet hat.“

„Jemand ist in das Haus eingebrochen!“ erklärte Bonnie heftig. „Wenigstens das müssen sie doch zugeben. Das ist doch wirklich offensichtlich.“

„Nein.“ Meredith’ Stimme war erschöpft, als sei sie sehr müde. „Schau dir das Fenster an. Die ganzen Scherben liegen draußen. Jemand hat es von innen eingeschlagen.“ Und das ist der Rest von dem, was an diesem Bild nicht stimmt, dachte Bonnie.

„Das hat er vermutlich gemacht, als er raus wollte“, sagte Matt. Die anderen sahen sich schweigend und niedergeschlagen an.

„Wo ist Stefan?“ fragte Meredith Matt leise. „Ist er vor dem Haus, wo jeder ihn sehen kann?“

„Nein, als wir hörten, dass sie tot ist, rannte er direkt hierher. Ich wollte nach ihm suchen. Er muss hier irgendwo sein.“

„Psst“, warnte Bonnie. Der Lärm vorne war verstummt, auch das Schluchzen der Frau. In der Stille konnten sie schwach eine Stimme hinter den schwarzen Walnussbäumen im hinteren Garten hören.

„... während du auf sie aufpassen solltest!“

Bei diesem Tonfall überlief Bonnie eine Gänsehaut. „Das ist er“, sagte Matt. „Und er ist bei Damon. Kommt!“

Als sie die Bäume erreicht hatten, war Stefans Stimme klarer zu verstehen. Die beiden Brüder standen sich im Mondlicht kampfeslustig gegenüber.

„Ich habe dir vertraut, Damon. Ich habe dir vertraut!“ sagte Stefan gerade. Bonnie hatte ihn noch nie so wütend erlebt. Nicht einmal mit Tyler auf dem Friedhof. Aber es war mehr als bloßer Ärger.

„Und du hast es geschehen lassen“, fuhr Stefan fort, ohne einen Blick darauf zu verschwenden, dass Bonnie und die anderen sich näherten, und ohne Damon eine Chance zur Antwort zu geben. „Warum hast du nichts getan? Wenn du zu feige warst, ihn zu bekämpfen, hättest du mich zumindest rufen können. Aber du hast nichts getan!“

Damons Miene war hart und verschlossen. Seine schwarzen Augen glitzerten, und jetzt war seine Haltung weder lässig noch träge. Er schien so unnachgiebig und starr wie eine Marmorstatue. Er öffnete den Mund, doch Stefan unterbrach ihn schon wieder.

„Es ist meine eigene Schuld. Ich hätte es besser wissen müssen. Ja, ich wusste es besser. Alle haben es gewusst, alle haben mich gewarnt, aber ich habe nicht hören wollen.“

„Stefan, warte", warf Matt ein. „Ich glaube ..."

„Ich hätte auf sie hören sollen." Stefan war außer sich. Er schien Matt nicht einmal zu bemerken. „Ich hätte selbst hier bleiben sollen. Ich habe ihr versprochen, dass sie in Sicherheit sein würde ... und habe gelogen! Sie ist diesen entsetzlichen Tod in dem Glauben gestorben, dass ich sie verraten habe!"

Bonnie konnte jetzt an seinem Gesicht sehen, dass die Schuld wie Säure an ihm fraß. „Wenn ich hier geblieben wäre ..."

„Wärst du jetzt auch tot!" zischte Damon. „Das ist kein normaler Vampir, mit dem du es hier zu tun hast. Er hätte dich in zwei Stück gebrochen wie einen trockenen Zweig ..."

„Und das wäre besser gewesen!" schrie Stefan. Seine Brust hob und senkte sich heftig. „Ich wäre lieber mit ihr gestorben, statt dabei zu stehen und zuzusehen, wie er sie zu Tode quält. Was ist eigentlich passiert, Damon?" Er hatte sich jetzt wieder im Griff und war ruhig, zu ruhig; die grünen Augen glühten in seinem bleichen Gesicht, und seine Stimme war bösartig und triefte vor Gift, als er weitersprach: „Warst du zu sehr damit beschäftigt, ein anderes Mädchen durch die Büsche zu jagen? Oder hat es einfach dich zu wenig interessiert, um einzugreifen?"

Damon schwieg. Er war genauso bleich wie sein Bruder. Jeder seiner Muskeln war starr und angespannt. Wellen von schwarzer Wut gingen von ihm aus, während er Stefan beobachtete. „Oder vielleicht hat es dir sogar Spaß gemacht." Stefan trat einen Schritt vor, so dass er Damon direkt ins Gesicht sehen konnte. „Ja, das wird's wohl gewesen sein. Es hat dir gefallen, mit einem anderen Killer zusammenzusein. War es gut, Damon? Hat er dich zusehen lassen?"

Damons Faust schoss hoch und traf Stefan.

Es geschah viel zu schnell für Bonnies Augen. Stefan fiel rücklings mit ausgestreckten Beinen auf den weichen Boden. Meredith schrie etwas, und Matt warf sich vor Damon. Tapfer, dachte

Bonnie wie benommen, aber dumm. Die Luft knisterte wie elektrisch aufgeladen. Stefan hob die Hand zum Mund und fand Blut, das schwarz im Mondlicht glänzte. Bonnie eilte an seine Seite und packte seinen Arm.

Damon ging wieder auf ihn los.

Matt wich aus, ließ sich neben Stefan auf die Knie nieder und setzte sich auf die Fersen zurück. Er hob eine Hand. „Genug! Es reicht!“ rief er.

Stefan versuchte, aufzustehen. Bonnie verstärkte ihren Griff. „Nein, Stefan. Nicht!“ bettelte sie. Meredith packte seinen anderen Arm.

„Damon, lass ihn in Ruhe! Damon!“ sagte Matt scharf.

Wir sind alle total verrückt, uns hier einzumischen, schoss es Bonnie durch den Kopf. Den Kampf zwischen zwei wutentbrannten Vampiren schlichten zu wollen. Sie werden uns eher töten, als aufzuhören. Damon wird Matt wie eine Fliege zerquetschen. Aber Damon hielt inne, als Matt ihm den Weg versperrte. Einen langen Moment schien die Szene wie eingefroren. Niemand rührte sich, alle waren wie erstarrt vor Anspannung. Dann lockerte sich Damons Haltung langsam. Er ließ die Hände sinken und öffnete die Fäuste. Er holte tief Luft. Bonnie merkte, dass sie den Atem angehalten hatte, und atmete erleichtert aus.

Damons Gesichtszüge waren kalt. „Gut, du bekommst deinen Willen, Matt“, sagte er eiskalt. „Aber ich bin hier fertig. Ich gehe. Und diesmal, Bruder, werde ich dich töten, wenn du mir folgst. Egal, welches Versprechen dich bindet.“

„Ich werde dir nicht folgen“, erwiderte Stefan. Er saß immer noch auf dem Boden, und seine Stimme klang, als habe er gemahlenes Glas verschluckt.

Damon zog seine Lederjacke hoch und glättete sie. Mit einem flüchtigen Blick auf Bonnie wandte er sich zum Gehen. Dann drehte er sich noch einmal um und sprach klar und deutlich, jedes Wort ein Pfeil, der auf Stefan gerichtet war. „Ich habe dich gewarnt“, sagte er. „Vor dem, was ich bin, und davor, welche Seite gewinnen wird. Du hättest auf mich hören sollen, kleiner Bruder. Vielleicht lernst du etwas aus den Ereignissen dieser Nacht.“

„Ich habe bereits gelernt, was mein Vertrauen in dich wert war“, sagte Stefan leise. „Hau ab, Damon. Ich will dich nie wiedersehen.“

Ohne ein weiteres Wort verschwand Damon in der Dunkelheit. Bonnie ließ Stefans Arm los und verbarg ihr Gesicht in den Händen.

Stefan stand auf und schüttelte sich wie eine Katze, die gegen ihren Willen festgehalten wurde. Er ging mit abgewandtem Gesicht ein wenig von den anderen weg. Dann blieb er reglos stehen. Die Wut schien ihn so schnell verlassen zu haben, wie sie gekommen war.

Was sollen wir jetzt sagen? fragte sich Bonnie und sah auf. Was können wir überhaupt sagen? Stefan hatte mit einer Sache Recht gehabt. Sie hatten ihn vor Damon gewarnt, aber er hatte nicht auf sie gehört. Er hatte ehrlich geglaubt, seinem Bruder vertrauen zu können. Und dann waren sie alle unvorsichtig geworden und hatten sich auf Damon verlassen, weil es so bequem war und weil sie seine Hilfe wirklich brauchten. Niemand hatte etwas dagegen gehabt, Damon heute Nacht Vickies Wache zu überlassen.

Sie waren alle dafür verantwortlich. Doch es war Stefan, der sich wegen dieser Schuld zerreißen würde. Sie wusste, was hinter seinem unbändigen Zorn auf Damon steckte: seine eigene Scham und seine Selbstvorwürfe. Bonnie fragte sich, ob Damon das wusste und ob es ihn überhaupt interessierte. Und sie fragte sich, was wirklich heute Nacht passiert war. Jetzt, wo Damon fort war, würden sie es vermutlich nie erfahren.

Ist auch egal, dachte sie. Es ist besser, dass er weg ist.

Draußen fingen die Geräusche erneut an. Autos wurden auf der Straße gestartet, Sirenen heulten und Türen wurden zugeknallt. In dem kleinen Walnusshain waren sie im Moment sicher, doch sie konnten hier nicht bleiben.

Meredith hatte eine Hand gegen die Stirn gepresst und die Augen geschlossen. Bonnie schaute von ihr zu Stefan und zu den Lichtern von Vickies Haus hinter den Bäumen. Eine Welle totaler Erschöpfung durchlief ihren Körper. All das Adrenalin, das sie den ganzen Abend auf den Beinen gehalten hatte, schien ausgeschöpft. Sie fühlte nicht einmal mehr Wut über Vickies sinnlosen, grausamen Tod. Sie war nur noch niedergeschlagen, krank und sehr, sehr müde. Alles, was sie sich wünschte war, zu Hause ins Bett zu kriechen und die Decken über den Kopf zu ziehen.

„Tyler", sagte sie laut. Als alle anderen sie ansahen, fuhr sie fort: „Wir haben ihn in der Kirchenruine zurückgelassen. Er ist jetzt unsere letzte Hoffnung. Wir müssen ihn dazu bringen, uns zu helfen."

Das weckte alle auf. Stefan drehte sich schweigend um. Ohne die Blicke der anderen zu erwidern, folgte er ihnen auf die Straße. Die Polizeiautos und der Krankenwagen waren fort. Auf der Fahrt zum Friedhof gab es keinen Zwischenfall. Doch als sie die Kirchenruine erreichten, war Tyler fort.

„Wir hatten seine Füße nicht festgebunden", sagte Matt dumpf und verzog das Gesicht voller Selbstverachtung. „Er muss zu Fuß gegangen sein, denn sein Auto ist immer noch da." Oder jemand hat ihn mitgenommen, dachte Bonnie. Meredith setzte sich auf einen Stein der früheren Mauer. Mit einer Hand kniff sie sich in den Nasenrücken. Bonnie sank gegen den zerstörten Glockenturm in sich zusammen. Sie hatten auf der ganzen Linie versagt. Das war kurz und knapp das Resultat dieser Nacht. Sie hatten verloren, und er hatte gewonnen. Alles, was sie heute unternommen hatten, hatte in einer Niederlage geendet.

Und Stefan, das konnte Bonnie erkennen, übernahm dafür die volle Verantwortung.

Auf der Fahrt zurück zur Pension schaute sie auf Stefans dunklen, gebeugten Kopf. Ein weiterer Gedanke kam ihr. Einer, der in ihr sämtliche Alarmsirenen auslöste. Nachdem Damon fort war, war Stefan jetzt der einzige Schutz, den sie hatten. Und Stefan schien so schwach und erschöpft ... Bonnie biss sich auf die Lippen, während Meredith vor der Scheune parkte. Eine Idee begann sich in ihrem Kopf zu formen. Ein Gedanke, der in ihr Unbehagen, ja Furcht auslöste. Der Ferrari stand hinter der Scheune. Anscheinend hatte Damon ihn zurückgelassen. Bonnie fragte sich, wie er aus dieser verlassenen Gegend wegkommen wollte. Dann fielen ihr Flügel ein. Samtweich, doch stark. Schwarze Krähenflügel, die die Farben des Regenbogens in ihren Federn reflektierten. Damon brauchte kein Auto.

Sie gingen kurz mit in die Pension, damit Bonnie ihre Eltern anrufen und ihnen sagen konnte, dass sie bei Meredith übernachten würde. Doch nachdem Stefan die Stufen zu seinem Dachgeschosszimmer hochgeklettert war, hielt Bonnie Matt auf dem Hof fest. „Matt? Kann ich dich um einen Gefallen bitten?" Er drehte sich um, die blauen Augen erstaunt weit aufgerissen. „Das ist ein Satz, der's in sich hat. Jedes Mal, wenn Elena damit kam ..."

„Nichts Schlimmes. Ich wollte dich nur bitten, auf Meredith aufzupassen. Damit sie gut nach Hause kommt und so."

„Aber du fährst doch mit uns?"

Bonnie blickte durch die offene Tür auf die Stufen. „Nein. Ich bleibe noch ein paar Minuten. Stefan kann mich nach Hause bringen. Ich muss mit ihm etwas bereden."

Matt wurde misstrauisch. „Und was?"

„Das kann ich dir jetzt nicht sagen. Wirst du mir den Gefallen tun, Matt?"

„Aber ... na, gut. Tu, was du willst. Dann bis Morgen." Er drehte sich auf dem Absatz um und schien verwirrt und zugleich ziemlich sauer zu sein.

Bonnie war ebenfalls verblüfft. Wieso sollte es ihm etwas ausmachen, ob sie mit Stefan sprach? Doch sie hatte keine Zeit, darüber nachzudenken. Sie betrachtete die Stufen, holte tief Luft und stieg hinauf.

Die Birne in der Deckenlampe des Dachgeschosses fehlte. Stefan hatte eine Kerze angezündet. Er hatte sich quer über das Bett geworfen, ein Bein lag drauf, das andere baumelte herunter. Seine Augen waren geschlossen. Vielleicht schlief er. Bonnie schlich auf Zehenspitzen zu ihm heran und wappnete sich innerlich. „Stefan?"

Er öffnete die Augen. „Ich dachte, du wärst weg."

„Die anderen sind fort. Ich bin geblieben." Mein Gott, ist er weiß im Gesicht. Impulsiv kam sie gleich zur Sache.

„Stefan, ich habe nachgedacht. Jetzt, wo Damon weg ist, stehst du als Einziger zwischen uns und dem Killer. Das heißt, du musst stark sein. So stark es nur möglich ist. Und da ist mir eingefallen, dass du vielleicht ... weißt du ... vielleicht brauchst du ..." Ihre Stimme versagte. Unbewusst spielte sie mit den Papiertaschentüchern, die als notdürftiger Verband um ihre Handfläche gebunden waren. Ein wenig Blut drang immer noch aus dem Schnitt, den sie sich an den Glassplittern von Vickies Fensterrahmen geholt hatte.

Sein Blick folgte ihrem. Dann sah er schnell auf ihr Gesicht. Einen langen Moment herrschte Schweigen.

Er schüttelte den Kopf.

„Warum? Stefan, ich möchte keinesfalls zu persönlich werden, aber du siehst nicht sehr gut aus. Du wirst niemandem helfen können, wenn du zusammenbrichst. Und ... mir macht's nichts aus, wenn du nur ein bisschen trinkst. Ich meine, ich werd's nicht vermissen, stimmt's? Und allzu sehr wehtun kann's auch nicht. Und ..." Wieder brach Bonnie ab. Er schaute sie die ganze Zeit an, was sie total ablenkte. „Also, warum nicht?" fragte sie schließlich und fühlte sich ein wenig enttäuscht.

„Weil", antwortete er leise, „ich ein Versprechen gegeben habe. Vielleicht nicht mit vielen Worten, aber trotzdem ein Versprechen. Ich werde kein menschliches Blut als Nahrung zu mir nehmen, denn das würde bedeuten, einen Menschen zu benutzen wie Schlachtvieh. Und ich werde auch mit niemandem Blut austauschen, denn das ist Liebe und ..." Diesmal konnte er den Satz nicht beenden. Aber Bonnie verstand.

„Es wird niemals jemand anderes für dich geben, oder?" sagte sie.

„Nein. Für mich nicht." Stefan war so müde, dass er die Kontrolle verlor und Bonnie hinter seine Maske sehen konnte. Und wieder sah sie dort Schmerz und Verlangen, so groß, dass sie den Blick abwenden musste.

Ein kleiner Schauder von Vorahnung und Entsetzen durchfuhr sie. Früher hatte sie sich gefragt, ob Matt jemals über Elenas Tod hinwegkommen würde. Er hatte es anscheinend geschafft. Aber Stefan ...

Stefan war anders, erkannte sie, und der Schauder verstärkte sich. Egal, wie viel Zeit verging, egal, was er tat, sein Schmerz würde niemals heilen. Ohne Elena war er nur halb er selbst, nur halb am Leben.

Ihr musste etwas einfallen, sie musste etwas tun, um dieses schreckliche Gefühl der Angst in ihrem Inneren zu vertreiben. Stefan brauchte Elena. Ohne sie konnte er nicht existieren. Heute Abend hatte er bereits begonnen zusammenzubrechen, indem er zwischen gefährlich eng geschnürter Selbstkontrolle und mörderischem Zorn hin- und herschwankte. Wenn er Elena nur für eine Minute treffen und mit ihr reden könnte...

Sie war gekommen, um Stefan ein Geschenk anzubieten, das er ablehnte. Aber es gab etwas, das er begehrte, und nur sie hatte die Macht, es ihm zu geben. Ohne ihn anzusehen, fragte Bonnie mit heiserer Stimme: „Möchtest du Elena sehen?“

Tiefes Schweigen kam von seinem Bett. Bonnie saß da und beobachtete, wie die Schatten im Raum an Wänden und Decke tanzten. Schließlich warf sie aus dem Augenwinkel einen Blick auf ihn.

Stefan atmete heftig, seine Augen waren geschlossen, und sein Körper war angespannt wie die Sehne eines Bogens. Er versucht die Kraft aufzubringen, um der Versuchung zu widerstehen, dachte Bonnie.

Und er verlor. Das konnte sie genau erkennen.

Elena war immer eine zu große Versuchung für ihn gewesen. Als sein Blick Bonnie traf, waren seine Augen grimmig und sein Mund zu einer dünnen Linie zusammengepresst. Seine Haut war nicht mehr weiß, sondern vor Aufregung gerötet. Sein Körper war immer noch zitternd angespannt und jetzt aufgeputscht vor Erwartung. „Du könntest verletzt werden, Bonnie.“

„Ich weiß.“

„Du würdest dich Kräften öffnen, die du nicht mehr unter Kontrolle hast. Ich weiß nicht, ob ich dich vor ihnen beschützen kann.“

„Das ist mir egal.“

Er griff fest nach ihrer Hand. „Danke, Bonnie“, flüsterte er und sah sie durchdringend an.

Sie fühlte, wie sie rot wurde. „Ist schon gut.“ Mein Gott, war er toll. Diese Augen ... noch eine Minute, und sie würde entweder über ihn herfallen oder in einer Pfütze auf seinem Bett zusammenschmelzen.

Nimm dich zusammen, Bonnie McCullough, schalt sie sich. Stolz auf ihre Selbstaufopferung, löste sie tugendhaft ihre Hand aus seinem Griff und blickte zur Kerze. „Ich könnte mich in Trance fallen lassen und versuchen, Elena zu erreichen. Wenn ich Kontakt mit ihr bekommen habe, muss ich dich finden und zu ihr bringen. Meinst du, das könnte klappen?"

„Könnte sein, wenn ich meinerseits nach dir suche." Er wandte seinen intensiven Blick von ihr ab und konzentrierte sich ganz auf die Flamme der Kerze. „Ich kann deinen Verstand berühren ... wenn du bereit bist, werde ich es fühlen."

„Gut." Die Kerze war weiß, ihre wächsernen Seiten glatt und schimmernd. Die Flamme flackerte auf und zog sich wieder zurück. Bonnie starrte darauf, bis sie sich in ihr verlor und der Raum um sie herum versank. Es gab nur noch die Flamme, sie selbst und die Flamme. Sie verschmolz mit ihr. Unerträgliche Helligkeit umgab sie. Dann trat sie durch das Licht hindurch in die Dunkelheit.

Im Beerdigungsinstitut war es kalt. Bonnie sah sich unbehaglich um, fragte sich, wie sie ausgerechnet hierher gekommen war, und versuchte, ihre Gedanken zu sammeln. Sie war ganz allein, und aus einem unerklärlichen Grund störte sie das. Sollte nicht noch jemand hier bei ihr sein? Sie suchte nach jemandem.

Im nächsten Raum brannte ein Licht. Bonnie ging darauf zu, und ihr Herz begann wie wild zu klopfen. Der Aufbahrungssaal ... jetzt war er voller hoher Kerzenständer, in denen weiße Kerzen schimmerten. In ihrer Mitte stand ein weißer Sarg mit offenem Deckel.

Schritt für Schritt, wie von unsichtbaren Fäden gezogen, ging Bonnie darauf zu. Sie wollte nicht hineinsehen, aber sie musste es tun. Etwas in diesem Sarg wartete auf sie. Der ganze Raum wirkte im weichen, warmen Licht der Kerzen wie verschwommen. Es war ein Gefühl, wie auf einer Insel von Licht zu schweben. Aber sie wollte nicht hinsehen ... Wie in Zeitlupe erreichte sie den Sarg und starrte auf den weißen Satinbezug in seinem Inneren. Er war leer. Dann bemerkte sie eine Bewegung am Rand ihres Sichtfelds und fuhr herum.

Elena.

„Mensch, hast du mich erschreckt“, keuchte Bonnie.

„Ich hatte dir gesagt, dass du nicht hierher kommen darfst“, antwortete Elena. Diesmal war ihr Haar offen. Weißgolden im Schein der Flammen fiel es auf ihre Schultern und den Rücken hinunter. Sie trug ein dünnes, weißes Kleid, das im Kerzenlicht sanft leuchtete. Elena sah selbst wie eine Kerze aus, durchsichtig und strahlend. Ihre Füße waren nackt.

„Ich bin gekommen, um ...“ Bonnie war verwirrt. Etwas drohte sie abzulenken. Doch dann nahm sie sich zusammen. Das hier war ihr Traum, ihre Trance. „Ich bin gekommen, um dir Stefan zu bringen.“

Elena riss die Augen weit auf. Ihr Mund öffnete sich unwillkürlich. Bonnie erkannte den Ausdruck großer Sehnsucht, fast unwiderstehlichen Verlangens.

Kaum eine Viertelstunde zuvor hatte sie den gleichen Ausdruck auf Stefans Gesicht gesehen.

„Oh“, flüsterte Elena. Sie schluckte, ihr Blick verschleierte sich. „Oh, Bonnie ... aber, das geht nicht.“

„Warum nicht?“

Tränen traten jetzt in Elenas Augen, und ihre Lippen zitterten. „Was wäre, wenn sich die Dinge wieder veränderten? Wenn er käme und ...“ Sie hob die Hand zum Mund, und Bonnie erinnerte sich an den letzten Traum, in dem Elenas Zähne auf die Eiscreme gefallen waren. Bonnie sah sie erschrocken an und verstand.

„Kannst du es nachfühlen? Ich könnte es nicht ertragen, wenn so etwas passieren würde“, flüsterte Elena. „Wenn Stefan mich so sehen müsste ... Und ich kann die Ereignisse hier nicht kontrollieren, mir fehlt die Kraft dazu. Bonnie, bitte, lass ihn nicht herkommen. Sag ihm, dass es mir Leid tut, sag ihm ..." Sie schloss die Augen und weinte.

„Gut." Bonnie war ebenfalls zum Heulen zumute, doch Elena hatte Recht. Sie suchte nach Stefans Verstand, um es ihm zu erklären und ihm zu helfen, die Enttäuschung zu ertragen. Aber in dem Moment, in dem sie ihn erreicht hatte, wurde ihr klar, dass sie einen Fehler gemacht hatte.

„Stefan! Nein! Elena sagt ..." Es war zwecklos. Sein Wille war viel stärker als ihrer, und kaum war sie mit ihm in Kontakt getreten, hatte er die Kontrolle übernommen.

Stefan hatte den Inhalt von Bonnies Gespräch mit Elena zwar gespürt, aber er ließ ein „Nein" als Antwort nicht gelten. Bonnie fühlte, wie er näher und näher kam, immer näher zu dem Lichtkreis, den die Kerzenleuchter formten. Sie spürte seine Gegenwart, spürte, wie er Gestalt annahm.

Sie drehte sich um und sah ihn: sein dunkles Haar, das angespannte Gesicht und die grünen Augen, kühn wie die eines Falken. Und dann, als sie wusste, dass sie nichts mehr tun konnte, trat sie zurück und ließ die beiden allein.

12. KAPITEL

Stefan hörte eine Stimme voller Schmerz flüstern: „Oh, nein." Eine Stimme, von der er gedacht hatte, dass er sie niemals wieder hören und doch niemals vergessen würde. Eine Gänsehaut überlief ihn, und er begann, innerlich zu zittern. Er wandte sich zu der Stimme um. Jetzt gab es nur noch sie. Sein Verstand war ausgeschaltet. Zu mächtig waren die Gefühle, die plötzlich auf ihn einstürmten.

Sein Blick war verschwommen und erkannte nur eine flirrende Helligkeit wie von tausend Kerzen. Aber das machte nichts.

Er konnte sie dort fühlen. Dieselbe Gegenwart, die er schon gespürt hatte, als er zum ersten Mal nach Fell's Church gekommen war. Ein goldenes Licht, voll kühler Schönheit, heißer Leidenschaft und pulsierendem Leben. Es wollte, dass er zum ihm kam, wollte, dass er alles andere vergaß. Elena, es war wirklich Elena.

Ihre Gegenwart durchdrang ihn, erfüllte ihn bis in die Fingerspitzen. All seine ausgehungerten Sinne waren nun auf das weiche Licht gerichtet, suchten nach ihm und brauchten es. Dann trat sie hervor.

Sie bewegte sich langsam und zögernd, als könnte sie sich kaum dazu überwinden. Stefan war ebenfalls wie betäubt. Elena.

Er betrachtete jeden ihrer Züge, als sei es das erste Mal. Das hellgoldene Haar, das ihr Gesicht umrahmte und auf ihre Schultern fiel wie ein Heiligenschein. Ihre helle, makellose Haut. Der schlanke, geschmeidige Körper, der ihm jetzt auswich. Elena hob wie abwehrend eine Hand.

„Stefan." Das Flüstern war ihre Stimme. Ihre Stimme, die seinen Namen sagte. Aber es lag soviel Schmerz darin. Er wollte zu ihr laufen, sie halten und ihr versprechen, dass alles wieder gut werden würde. „Stefan, bitte ... ich kann nicht ..."

Er konnte jetzt ihre Augen erkennen: Dunkelblau und in diesem Licht mit Gold gefleckt, weit aufgerissen vor Schmerz und feucht von ungeweinten Tränen. Es riss sein Innerstes entzwei.

„Du willst mich nicht?" Seine Stimme war trocken wie Wüstensand. „Ich möchte nicht, dass du mich siehst. Oh, Stefan, er kann alles geschehen machen. Und er wird uns finden. Er wird hierher kommen ..."

Große Erleichterung und fast schmerzhafte Freude durchfluteten ihn. Er achtete kaum auf ihre Worte, und sie waren auch nicht wichtig. Die Art, wie sie „oh, Stefan" gesagt hatte, verriet ihm alles, was er wissen wollte.

Leise trat er zu ihr. Seine Hand griff nach ihrer. Er sah, dass sie abwehrend den Kopf schüttelte, sah, dass sie heftig atmete. So nahe, strahlte ihre Haut von einem inneren Glanz wie eine Flamme, die durch durchsichtiges Kerzenwachs scheint. Kleine Tropfen hingen wie Diamanten an ihren Wimpern.

Obwohl sie weiter in stummem Protest den Kopf schüttelte, zog sie die Hand nicht weg. Nicht einmal, als seine ausgestreckten Finger sie berührten und sich gegen ihre kühlen Fingerspitzen pressten, als befänden sie sich auf der anderen Seite einer Glasscheibe.

Und in dieser Nähe konnte ihr Blick seinem nicht ausweichen. Sie sahen einander an, ohne die Augen abzuwenden. Bis sie schließlich ein Ende machte und flüsterte: „Stefan, nein."

Er konnte nicht mehr klar denken. Das Herz in seiner Brust drohte zu zerspringen. Nichts zählte mehr, nur noch, dass sie da war und dass sie zusammen waren.

Langsam, ganz langsam legte er seine Hand um ihre, verflocht ihre Finger, so wie es sein sollte. Mit der anderen Hand hob er ihr Gesicht hoch.

Ihre Augen schlossen sich bei der Berührung, ihre Wange schmiegte sich an ihn. Er fühlte Feuchtigkeit auf seinen Fingern und unterdrückte ein Lachen. Traumtränen, aber sie waren wirklich, sie war wirklich. Elena.

Beim bloßen Wegstreichen ihrer Tränen mit seinem Daumen durchzuckte ihn ein süßes Gefühl. Eine Freude, so heftig, dass sie schmerzte.

All die frustrierende Zärtlichkeit der letzten sechs Monate, all die Gefühle, die er in seinem Herzen so lange verschlossen gehalten hatte, strömten nun heraus und drohten, sie beide zu überwältigen. Nur eine winzige Bewegung, und er hielt Elena in seinen Armen.

Einen Engel, kühl und berauschend vor Leben und Schönheit. Ein Wesen aus Feuer und Luft. Sie zitterte in seiner Umarmung, dann, die Augen noch immer geschlossen, hob sie die Lippen.

An diesem Kuss war nichts beherrscht. Er schlug Funken auf Stefans Nerven und löste alles um ihn herum in Nichts auf. Stefan merkte, dass er die Selbstbeherrschung verlor. Diese eiserne Disziplin, an der er so hart gearbeitet hatte, seit er Elena verlor. Alle Knoten in ihm lösten sich, alle Verhärtungen brachen auf, und alle Schleusen wurden geöffnet. Er fühlte seine eigenen Tränen, während er Elena hielt, und versuchte, sie beide zu einem Wesen zu verschmelzen, zu einem Fleisch und einem Geist. So, dass nichts sie jemals wieder trennen konnte.

Sie weinten beide, als sie den Kuss beendeten. Elenas schlanke Arme lagen nun um seinen Nacken. Er konnte das Salz ihrer Tränen auf seinen Lippen spüren, und es erfüllte ihn mit Freude.

Irgendwie war ihm bewusst, dass es etwas anderes gab, an das er denken sollte. Doch der erste elektrische Kontakt mit ihrer kühlen Haut hatte ihn jeder Vernunft beraubt. Sie standen im Zentrum eines Wirbelsturms aus Feuer, das Universum konnte explodieren, zusammenbrechen oder zu Asche zerfallen. Es war ihm egal. Solange er sie nur beschützen konnte.

Aber Elena zitterte.

Nicht nur aus dem übermächtigen Gefühl, das ihn schwindlig und trunken machte vor Freude. Nein, vor Angst. Stefan konnte es deutlich spüren. Er wollte sie davor abschirmen, für sie sorgen und alles töten, das es wagte, sie so zu erschrecken. Mit einem Fauchen hob er den Kopf und sah sich um.

„Was ist es?“ Er hörte selbst den rauen, harten Ton des Jägers in seiner Stimme. „Jeder, der versucht, dir etwas anzutun ...“

„Nichts kann mich mehr verletzen.“ Sie klammerte sich immer noch an ihn, lehnte sich jedoch zurück, um in sein Gesicht zu sehen. „Ich habe Angst um dich, Stefan. Vor dem, was er dir antun, vor den Bildern, die er dir vorgaukeln könnte ...“

Ihre Stimme schwankte. „Oh, Stefan, geh jetzt, bevor er kommt. Er kann dich durch mich finden. Bitte, bitte, geh ..."

„Verlang alles andere von mir, und ich werde es tun", sagte Stefan. Der Killer würde ihn Stück für Stück auseinander reißen müssen, ehe er sich von Elena trennte.

„Stefan, es ist nur ein Traum", flehte Elena verzweifelt, und neue Tränen flossen ihre Wangen hinunter. „Wir können uns nicht wirklich berühren, nicht wirklich zusammensein. Das ist nicht erlaubt."

Stefan war es egal. Das alles kam ihm nicht wie ein Traum vor, sondern wie die Wirklichkeit. Und selbst in einem Traum würde er Elena nicht aufgeben, um nichts in der Welt. Keine Macht im Himmel oder auf Erden konnte ihn dazu zwingen ...

„Falsch, Sportsfreund! Überraschung!" meldete sich eine neue Stimme spöttisch zu Wort, eine, die Stefan noch nie gehört hatte. Er erkannte sie jedoch instinktiv als die Stimme des Killers. Ein Jäger unter Jägern. Und als er sich umdrehte, fiel ihm wieder ein, was die arme Vickie, die arme, tote Vickie gesagt hatte.

„Er sieht aus wie der Teufel."

Wenn der Teufel attraktiv und blond war.

Er trug einen ausgebleichten Regenmantel, wie Vickie ihn beschrieben hatte. Schmutzig und zerrissen. Er hätte ein Penner aus einer Großstadt sein können, wenn er nicht so groß und seine blauen Augen so schneidend klar und durchdringend gewesen wären. Sein Haar war fast weiß, es stand gerade von seinem Kopf ab, als sei es von einem eisigen Windstoß hochgeblasen worden. Sein breites Lächeln verursachte Stefan Übelkeit.

„Salvatore, nehme ich an." Er machte eine übertriebene Verbeugung. „Und natürlich, die schöne Elena. Die schöne, tote Elena. Kommst du, um ihr Gesellschaft zu leisten, Stefan? Ihr beiden seid wie für einander bestimmt."

Er sah jung aus, zwar älter als Stefan, aber trotzdem jung. Doch das täuschte.

„Stefan, geh jetzt", flüsterte Elena. „Er kann mich nicht verletzen, aber du bist anders. Er kann etwas tun, was dich aus dem Traum verfolgen wird."

Stefan lockerte seine Umarmung nicht.

„Bravo!" Der Mann im Regenmantel applaudierte und sah sich um, als wollte er ein unsichtbares Publikum anfeuern. Dabei schwankte er leicht. Wenn er ein Mensch gewesen wären, hätte Stefan ihn für betrunken gehalten.

„Stefan, bitte", flehte Elena.

„Es wäre sehr unhöflich zu gehen, noch bevor wir uns richtig vorgestellt haben", sagte der Blonde, die Hände lässig in die Taschen seines Regenmantels gesteckt. Er kam einen Schritt näher heran. „Seid ihr nicht neugierig, wer ich bin?" Elena schüttelte den Kopf, nicht als Einverständnis, sondern besiegt, und ließ ihn an Stefans Schulter sinken. Er legte eine Hand auf ihr Haar. Jeden Teil von ihr wollte er vor diesem Irren schützen.

„Ich will es wissen." Über Elenas Kopf hinweg sah Stefan dem Blonden gerade in die Augen.

„Kann mir gar nicht vorstellen, warum du mich nicht sofort gefragt hast, statt dich an alle möglichen anderen zu wenden", erwiderte der Mann und kratzte nachdenklich seinen Stoppelbart. „Ich bin der Einzige, der es dir sagen kann. Glaub mir, ich bin schon viel in der Welt herumgekommen."

„Und weiter?" sagte Stefan unbeeindruckt.

„Oh, es gibt mich schon sehr, sehr lange ..." Der Blick des Blonden wurde verträumt, als schaute er über die Jahrhunderte zurück. „Ich habe meine Zähne schon in schöne, weiße Hälse gebohrt, als deine Vorfahren noch damit beschäftigt waren, das Kolosseum zu bauen. Ich habe mit der Armee Alexander des Großen getötet, im Trojanischen Krieg gekämpft. Ich bin alt, Salvatore. Ich bin einer der Ursprünglichen. In meinen frühesten Erinnerungen trage ich eine Bronzeaxt."

Stefan nickte langsam.

Er hatte von den Uralten gehört. Die Vampire flüsterten einander darüber zu, aber keiner aus Stefans Bekanntenkreis hatte schon einmal tatsächlich einen von ihnen getroffen. Jeder Vampir wird von einem anderen Vampir dazu gemacht. Er wird verwandelt durch den Austausch von Blut. Aber irgendwann, in dunkler Vorzeit, waren die Ursprünglichen entstanden, diejenigen, die nicht gemacht worden waren. Niemand wusste, wie sie selbst zu Vampiren geworden waren. Doch ihre Macht war ohne Zweifel unermesslich.

„Ich habe mitgeholfen, das Römische Reich zu stürzen", fuhr der Uralte versonnen fort. „Sie haben uns Barbaren genannt – nichts haben sie verstanden! Krieg, Salvatore! Es gibt nichts Schöneres als den Krieg. Europa war zu der Zeit noch aufregend. Ich habe damals beschlossen, ein wenig auf dem Land zu verweilen und mich zu amüsieren. Komisch, weißt du, die Leute schienen sich in meiner Gegenwart nicht besonders wohl zu fühlen. Sie liefen weg oder hielten Kreuze hoch."

Er schüttelte den Kopf. „Aber eine Frau kam und bat mich um Hilfe. Sie war Magd im Haushalt eines Grafen, und ihre kleine Herrin war krank. Sterbenskrank, wie sie sagte. Sie wollte, dass ich etwas dagegen unternahm. Und so ..." Das Lächeln kehrte zurück, wurde breiter und breiter, „... tat ich es. Sie war ein hübsches kleines Ding."

Stefan hatte seinen Körper abgewandt, um Elena vor dem blonden Mann zu schützen, und jetzt drehte er für einen Moment auch den Kopf weg. Er hätte es wissen, es zumindest erraten müssen. Sofort kam alles wieder in sein Gedächtnis zurück. Für Vickies Tod und den von Sue war er verantwortlich. Er hatte die Ereignisse in Gang gesetzt.

„Katherine“, seufzte er und hob den Kopf, um den Mann anzusehen. „Du bist der Vampir, der Katherine umgewandelt hat.“

„Um ihr das Leben zu retten“, betonte der Blonde, als würde Stefan eine Lektion nicht kapieren. „Welches dein kleiner Schatz hier ihr wieder genommen hat.“

Ein Name. Stefan suchte in seinem Gedächtnis nach einem Namen. Er wusste, dass Katherine ihn genannt hatte, genauso, wie sie ihm diesen Mann einmal beschrieben hatte. Er konnte Katherines Worte noch in seinen Ohren hören: *„Ich wachte mitten in der Nacht auf, und ich sah den Mann, den Gudren, meine Magd, hergebracht hatte. Ich hatte solche Angst. Sein Name war Klaus, und er galt unter den Dorfbewohnern als böse und verdorben ...“*

„Klaus“, sagte der Blonde sanft, als würde er einer Sache zustimmen. „So hat sie mich jedenfalls genannt. Sie kam zurück zu mir, nachdem ihre beiden kleinen italienischen Jungs sie so enttäuscht hatten. Sie hatte alles für sie getan, hatte sie in Vampire verwandelt, ihnen ewiges Leben geschenkt. Aber sie waren undankbar gewesen und hatten sie hinausgeschmissen. Sehr merkwürdiges Verhalten.“

„So ist es nicht gewesen“, stieß Stefan zwischen den Zähnen hervor.

„Noch merkwürdiger ist, dass sie nie über den Verlust der beiden hinweggekommen ist, Salvatore. Besonders die Trennung von dir hat sie nie verschmerzt. Immer hat sie unvorteilhafte Vergleiche zwischen uns gezogen. Ich versuchte, ihr etwas Vernunft einzuprügeln, vergebens. Vielleicht hätte ich selbst sie töten sollen, ich weiß nicht.

Aber da war ich schon daran gewöhnt, sie um mich zu haben. Sie war nie die Klügste gewesen. Doch sie war hübsch anzusehen, und sie verstand es, Vergnügen zu bereiten. Und ich habe ihr gezeigt, wie man Spaß am Töten bekommt. Am Ende ist sie ein bisschen verrückt geworden, was soll's? Schließlich habe ich sie nicht wegen ihres Verstandes bei mir behalten."

Stefan empfand keinerlei Liebe mehr für Katherine, doch er hasste den Mann, der sie zu dem gemacht hatte, was sie am Ende geworden war.

„Ich? Ich, Sportsfreund?" Klaus deutete ungläubig auf seine Brust. „Du hast Katherine zu dem gemacht, was sie jetzt ist. Oder, besser, deine kleine Freundin war es. Jetzt ist sie nämlich Staub. Futter für die Würmer. Aber dein Liebling ist gerade außerhalb meiner Reichweite. Pulsierend auf einer höheren Ebene – nennen die Mystiker es nicht so, Elena? Warum pulsierst du nicht hier, wie der Rest von uns?"

„Wenn ich nur könnte", flüsterte Elena, hob den Kopf und sah ihn voller Hass an.

„Na, was soll's. Inzwischen habe ich deine Freunde. Nach allem, was ich gehört habe, war Sue ein besonders süßes Mädchen." Er leckte sich die Lippen. „Und Vickie war geradezu köstlich. Zierlich, aber voll entwickelt. Genau richtig. Aah, sie hatte das sinnliche Bouquet einer Neunzehnjährigen, obwohl sie erst siebzehn war."

Stefan wollte einen Satz nach vorn machen, aber Elena hielt ihn zurück. „Nicht, Stefan! Das hier ist sein Reich, und seine telepathischen Kräfte sind stärker als unsere. Er kontrolliert alles."

„Genau. Das hier ist mein Reich. Das Reich der Fantasie." Klaus grinste wieder sein irres Grinsen. „In dem deine schlimmsten Alpträume Wirklichkeit werden, ganz kostenlos." Er schaute Stefan an. „Möchtest du nicht wissen, wie dein Schatz heute in Wahrheit aussieht? So ganz ohne ... Make-up?" Elena gab einen leisen Laut von sich, der fast wie ein Stöhnen klang. Stefan drückte sie fester an sich.

„Wie lange ist es her, seit sie gestorben ist? Ungefähr sechs

Monate? Weißt du, was mit einem Körper passiert, wenn er einmal sechs Monate in der Erde gelegen hat?“ Klaus leckte sich wieder die Lippen wie ein Hund. Jetzt verstand Stefan. Elena zitterte am ganzen Leib. Sie hatte den Kopf gebeugt und versuchte, sich von ihm zu entfernen, aber er ließ sie nicht aus seiner Umarmung.

„Ist schon gut“, tröstete er sie. Und sagte zu Klaus gewandt: „Du überschätzt dich. Ich bin kein Mensch, der bei jedem Schatten erschrickt und beim Anblick von Blut zusammenzuckt. Ich kenne den Tod, Klaus. Er macht mir keine Angst.“

„Nein, aber erregt er dich nicht?“ Klaus hatte die Stimme gesenkt, sie klang tief und verführerisch. „Sind sie nicht berauschend, der Gestank, der Verfall, die Säfte des verwesenden Fleischs? Wie ein Trip ganz ohne Drogen?“

„Stefan, lass mich gehen. Bitte.“ Elena versuchte verzweifelt, ihn mit den Händen wegzustoßen.

Die ganze Zeit hielt sie dabei den Kopf abgewandt, so dass er ihr Gesicht nicht sehen konnte. Sie schien den Tränen nah zu sein. „Bitte!“

„Die einzige Macht, die du hast, ist die Macht der Illusion“, sagte Stefan zu Klaus. Er drückte Elena an sich, seine Wange an ihr Haar gepresst. Er konnte die Veränderungen in dem Körper, den er umarmte, spüren. Das Haar fühlte sich gegen seine Haut hart und struppig an, und Elenas Gestalt schien in sich zusammenzusinken.

„In bestimmten Bodenarten wird die Haut braun wie Leder“, versicherte Klaus ihm vergnügt.

„Stefan, ich möchte nicht, dass du mich ansiehst ...“

Die Augen auf Klaus gerichtet, strich er über das weiße Haar und streichelte ihr Gesicht, ohne auf die Rauheit unter seinen Fingerspitzen zu achten.

„Aber natürlich verwest das meiste mit der Zeit einfach. Was für ein Ende! Du verlierst alles, Haut, Fleisch, Muskeln, die inneren Organe – alles kehrt in die Erde zurück ..."

Der Körper in Stefans Armen wurde immer weniger. Er schloss fest die Augen und presste ihn enger an sich. Hass auf Klaus brannte in ihm. Eine Illusion, es war alles eine Illusion ...

„Stefan ..." Ein trockenes Flüstern, sacht wie ein Fetzen Papier, der über die Straße geweht wird. Es hing eine Minute in der Luft, dann verhallte es, und Stefan hielt nur noch einen Haufen Knochen.

„Und schließlich endet es so, in über zweihundert verschiedenen, leicht zusammenzufügenden Teilen. Und alles wird sogar im eigenen, praktischen Behälter geliefert ..." In einer entfernten Ecke des Lichtkreises war ein Knacken zu hören. Der weiße Sarg dort öffnete sich wie von selbst, sein Deckel schwang auf. „Warum erweist du ihr nicht die letzte Ehre, Salvatore? Leg Elena dorthin, wo sie hingehört."

Stefan war zitternd auf die Knie gefallen und betrachtete die schlanken, weißen Knochen in seiner Hand. Es war alles nur eine Illusion – Klaus kontrollierte Bonnies Trance und zeigte Stefan das, was er ihn sehen lassen wollte. Er hatte Elena nicht wirklich verletzt, doch die heiße Wut in Stefan, entstanden aus Beschützerinstinkt und Liebe, wollte das nicht erkennen. Sorgsam legte Stefan die zerbrechlichen Knochen auf den Boden und berührte sie zärtlich. Dann schaute er zu Klaus auf, den Mund verächtlich verzogen. „Das ist nicht Elena", schrie er.

„Natürlich ist sie es. Ich würde sie überall erkennen." Klaus breitete die Hände aus und deklamierte: „Ich kannte einst eine Frau, lieblich und süß. Ihre Knochen waren weiß wie Schnee ..."

„Nein!" Schweiß trat auf Stefans Stirn. Er achtete nicht mehr auf die spöttische Stimme seines Widersachers und konzentrierte sich, die Fäuste geballt. Den Einfluss von Klaus zu bekämpfen, war so harte Arbeit, als würde er eine schwere Steinkugel einen Berg hinaufrollen. Aber dort auf dem Boden begannen die zierlichen Knochen zu zittern, und ein schwaches goldenes Licht umgab sie.

„Fetzen und Knochen und ein Büschel Haar ... doch der Narr, er nannte seine Lady schön ...“

Das Licht schimmerte, tanzte und fügte die Knochen zusammen. Warm und golden hüllte es sie ein, umkleidete sie, als sie sich in die Luft erhoben. Was jetzt dort stand, war eine gesichtslose Gestalt in einem sanften Glanz. Schweiß strömte in Stefans Augen, seine Lunge schien vor Anstrengung zu platzen.

„Ton liegt still, doch Blut, es strömt ...“

Elenas Haar, lang und von seidigem Gold, fiel über ihre leuchtenden Schultern. Ihre Züge, erst verschwommen, dann klar erkennbar, formten sich auf dem Gesicht. Voller Liebe ließ Stefan jedes Detail wieder erstehen. Dichte Wimpern, eine kleine Nase, Lippen, leicht geöffnet wie Rosenblätter. Weißes Licht umwirbelte den Körper und bildete ein dünnes Gewand.

„... und ein Sprung in der Teetasse öffnet einen Weg ins Land der Toten ...“

„Nein!“ Schwindel befiel Stefan, als die letzte Welle der Kraft seinem Körper entströmte. Die Brust des schönen Wesens hob sich. Es atmete, und Augen, blau wie ein Lapislazulistein, öffneten sich.

Elena lächelte, und Stefan fühlte, wie ihre Liebe ihn traf. „Stefan.“ Sie hielt den Kopf stolz hoch wie eine Königin.

„Das“, sagte Stefan würdevoll, „ist Elena. Und nicht die leere Hülle, die sie in der Erde zurückgelassen hat. Das ist Elena, und, was immer du auch tust, nichts kann sie verletzen.“ Er streckte seine Hand aus. Elena nahm sie und trat zu ihm. Als sie sich berührten, durchzuckte Stefan etwas wie einen Stromstoß, dann spürte er, wie ihre Kraft ihn durchdrang und ihm seine Macht zurückgab. Sie standen Seite an Seite und sahen den blonden

Mann an. Stefan hatte sich noch nie in seinem Leben so triumphierend gefühlt und noch nie so stark.

Klaus starrte sie für vielleicht zwanzig Sekunden an, dann begann er zu rasen. Sein Gesicht verzog sich hasserfüllt. Stefan fühlte, wie Wellen böser Macht gegen ihn schlugen. Gegen ihn und Elena, und er brauchte seine ganze Kraft, um widerstehen zu können. Der Wirbelsturm schwarzer Wut versuchte, sie auseinander zu reißen, er heulte durch den Raum und zerstörte alles auf seinem Weg. Kerzen wurden ausgelöscht und flogen durch die Luft, wie von einem Tornado ergriffen.

Der Traum um sie herum zerbrach, löste sich auf. Stefan klammerte sich an Elenas andere Hand. Der Wind zauste ihr Haar, peitschte es um ihr Gesicht.

„Stefan!“ Sie musste schreien, um sich verständlich zu machen. Dann hörte er ihre Stimme in seinem Kopf: „Stefan, gib gut Acht! Du kannst eins tun, um ihn aufzuhalten. Du brauchst ein Opfer, Stefan ... Finde eins seiner Opfer. Nur ein Opfer wird es wissen ...“

Der Lärm wurde unerträglich, als ob Zeit und Raum auseinandergerissen würden. Stefan fühlte, wie ihm Elenas Hand entrissen wurde. Verzweifelt schrie er auf und griff wieder nach ihr ... und griff ins Leere. Er war bereits ausgehöhlt von den Anstrengungen, Klaus zu bekämpfen, und schaffte es nicht, weiter die Besinnung zu behalten. Die Dunkelheit schleuderte ihn in ihre unendliche Tiefe ...

Bonnie hatte alles gesehen.

Es war komisch, aber als sie beiseite getreten war, um Stefan zu Elena zu lassen, schien sie ihre körperliche Anwesenheit in dem Traum verloren zu haben. Sie war nicht länger einer der Spieler, doch auf der Bühne ging das Spiel weiter. Sie konnte zusehen, das war alles.

Am Ende hatte sie Angst bekommen. Sie war nicht stark genug, um den Traum zusammenzuhalten. Und das Ganze war schließlich explodiert, hatte sie aus der Trance geholt und ließ sie in Stefans Zimmer erwachen.

Er lag mit dem Rücken auf dem Boden und sah wie tot aus. So weiß, so still. Aber als Bonnie an ihm zerrte und versuchte, ihn auf das Bett zu schleppen, hob sich seine Brust, und sie hörte, wie er keuchend Luft holte.

„Stefan? Alles in Ordnung?“

Er schaute sich wild im Zimmer um, als versuchte er, etwas zu finden. „Elena!“ schrie er und hielt abrupt inne, als sein Gedächtnis wiederkehrte.

Sein Gesicht verzog sich. Einen schrecklichen Moment fürchtete Bonnie, er würde anfangen zu weinen. Aber er schloss nur die Augen und verbarg das Gesicht in den Händen. „Stefan?“

„Ich habe sie verloren. Ich war zu schwach.“

„Ich weiß.“ Bonnie betrachtete ihn eine Sekunde, dann nahm sie ihren ganzen Mut zusammen, kniete sich vor ihn und berührte seine Schultern. „Es tut mir Leid.“

Er hob plötzlich den Kopf. Seine grünen Augen waren trocken, die Pupillen jedoch so erweitert, dass sie fast schwarz wirkten. Seine Nasenflügel waren gebläht, die Lippen von den Zähnen zurückgezogen. „Klaus!“ Er sprach den Namen aus wie einen Fluch. „Hast du ihn gesehen?“

„Ja.“ Bonnie zog sich zurück. Sie schluckte. Ihr Magen brannte. „Er ist verrückt, nicht wahr?“

„Ja.“ Stefan stand auf. „Und er muss aufgehalten werden.“

„Aber wie?“ Nachdem sie Klaus beobachtet hatte, fürchtete Bonnie sich noch mehr. Sie hatte entsetzliche Angst und war mutlos. „Was könnte ihn denn überhaupt aufhalten? Ich habe noch nie in meinem Leben eine solche Macht gespürt.“

„Aber hast du ...?“ Stefan drehte sich zu ihr um. „Bonnie, hast du nicht gehört, was Elena am Ende gesagt hat?“

„Nein. Was meinst du? Ich konnte gar nichts mehr verstehen in diesem Hurrikan."

„Bonnie ..." Stefans Blick wurde abwesend. Er überlegte und schien zu sich selbst zu sprechen: „Das heißt, dass er es vermutlich auch nicht gehört hat. Also hat er keine Ahnung und wird nicht versuchen, uns abzuhalten."

„Wovon? Stefan, wovon redest du?"

„Davon, ein Opfer zu finden. Hör gut zu, Bonnie. Elena hat mir erzählt, dass wir ein Opfer finden müssen, um Klaus' Treiben ein Ende zu bereiten."

Bonnie war total verwirrt. „Aber ... warum?"

„Weil Vampire und ihre Spender, beziehungsweise ihre Beute, kurz den Verstand des anderen lesen können, während das Blut ausgetauscht wird. Manchmal kann der Spender auf diese Weise Dinge über den Vampir erfahren. So muss es passiert sein, und Elena weiß davon."

„Schön und gut, bis auf eine Kleinigkeit", erwiderte Bonnie ätzend. „Willst du mir mal verraten, wer, um Himmels willen, einen Angriff von Klaus überlebt haben könnte?"

Sie hatte erwartete, dass Stefan dadurch entmutigt sein würde, doch er war es nicht. „Ein Vampir", antwortete er einfach. „Ein Mensch, den Klaus in einen Vampir verwandelt hat, wäre ein Opfer. Solange sie Blut ausgetauscht und ihre Gedanken sich berührt haben."

„Oh. Also ... wenn wir einen Vampir finden können, den er gemacht hat ... aber wo?"

„Vielleicht in Europa." Stefan begann, im Zimmer hin und herzulaufen. „Klaus hat eine lange Geschichte, und einige seiner Vampire müssen noch dort sein. Wahrscheinlich muss ich hin und einen suchen."

Bonnie war total aus dem Häuschen. „Aber, Stefan! Du kannst uns doch nicht allein lassen! Das darfst du nicht!" Stefan blieb eine Weile völlig reglos stehen. Schließlich drehte er sich zu ihr um. „Ich will es auch nicht", sagte er leise. „Wir müssen uns zuerst eine andere Lösung einfallen lassen. Vielleicht können wir uns Tyler noch mal schnappen. Ich werde eine Woche warten, bis nächsten Samstag. Aber dann muss ich fort, Bonnie. Du weißt das so gut wie ich."

Ein langes, langes Schweigen entstand zwischen ihnen. Bonnie kämpfte gegen die Tränen an, wild entschlossen, sich erwachsen und gereift zu verhalten. Sie war kein Baby mehr, und jetzt konnte sie es ein- für allemal beweisen. Sie erwiderte Stefans Blick und nickte langsam.

13. KAPITEL

19. Juni, Freitag, 11 Uhr 45
Liebes Tagebuch,
oh Gott, was sollen wir bloß tun?
Das war die längste Woche meines Lebens. Heute ist der letzte Schultag, und morgen verlässt Stefan uns. Er will nach Europa, um einen Vampir zu finden, den Klaus umgewandelt hat. Er sagt, dass er uns nur ungern ohne Schutz zurücklässt. Aber er muss gehen.
Wir können Tyler nicht finden. Sein Auto ist vom Friedhof verschwunden, aber er selbst ist in der Schule nicht mehr aufgetaucht.
Er hat alle Abschlussarbeiten verpasst. Nicht, dass der Rest von uns viel besser dran wäre. Ich wünschte, unsere High School wäre eine von denen, wo die Abschlussklausuren vor der Abschlussfeier erledigt sind.
Ich hasse Klaus. Von dem, was ich gesehen habe, schließe ich, dass er so verrückt ist wie Katherine. Nur viel grausamer. Was

er Vickie angetan hat ... ich kann nicht einmal darüber reden, sonst fange ich wieder an zu weinen.

Bei Carolines Party hat er nur mit uns gespielt. Wie eine Katze mit einer Maus spielt. Und so etwas ausgerechnet auch noch an Meredith' Geburtstag zu tun ... allerdings glaube ich, dass er das nicht hat wissen können. Obwohl er eine Menge weiß.

Er redet nicht wie ein Fremder, nicht so wie Stefan, als er das erste Mal nach Amerika kam, und er kennt sich mit allen amerikanischen Dingen aus, sogar mit den Songs aus den Fünfzigern. Vielleicht ist er schon ganz lange hier ...

Bonnie hörte auf zu schreiben. Ihre Gedanken überschlugen sich. Die ganze Zeit hatten sie Klaus' Opfer nur in Europa vermutet. Aber so, wie Klaus redete, war er offensichtlich schon lange in Amerika. Er benahm sich überhaupt nicht wie ein Ausländer. Und er hatte seine erste Attacke auf Meredith' Geburtstag gelegt ...

Bonnie stand auf, griff nach dem Telefon und wählte Meredith' Nummer. Eine verschlafene, männliche Stimme meldete sich.

„Mr. Sulez, hier ist Bonnie. Kann ich vielleicht Meredith sprechen?"

„Bonnie! Weißt du nicht, wie viel Uhr es ist?"

„Doch." Bonnie dachte schnell nach. „Aber ... es handelt sich um die Prüfung, die wir heute hatten. Bitte, ich muss mit ihr sprechen."

Es entstand eine lange Pause. Dann ertönte ein schwerer Seufzer. „Eine Minute."

Bonnie trommelte ungeduldig mit den Fingern, während sie wartete. Schließlich hörte sie das Klicken eines anderen Hörers, der abgehoben wurde.

„Bonnie?" Das war Meredith' Stimme. „Ist was passiert?"

„Nein. Ich meine ...“ Bonnie war sich nur zu gut bewusst, dass die Leitung offen war und Meredith’ Vater nicht eingehängt hatte. Vermutlich hörte er sogar zu. „Es geht um das ... um das deutsche Problem, an dem wir arbeiten. Du erinnerst dich sicher. Weißt du, das, wo wir keine Lösung gefunden haben. Wir suchen ja immer noch nach der Person, die uns dabei helfen kann. Nun, ich glaube, ich weiß, wer es ist.“

„Im Ernst?“ Bonnie merkte, dass Meredith nach den richtigen Worten suchte. „Also ... wer ist es? Müssen wir dazu Ferngespräche führen?“

„Nein“, erwiderte Bonnie. „Es liegt ganz in der Nähe. Eigentlich befindet sich die Lösung gleich in eurem Garten und hängt an eurem Stammbaum, um’s mal so auszudrücken.“

Das Schweigen dauerte so lange, dass Bonnie sich fragte, ob Meredith überhaupt noch dran war. „Meredith?“

„Ich überlege. Hat die Lösung etwas mit dem Zufallsprinzip zu tun?“

„Falsch.“ Bonnie entspannte sich und lächelte grimmig. Meredith hatte kapiert. „Nichts bleibt dem Zufall überlassen. Es ist eher so, dass die Geschichte sich wiederholt. Sich freiwillig wiederholt, wenn du weißt, was ich meine.“

„Ja.“ Meredith hörte sich an, als würde sie sich von einem Schock erholen. Kein Wunder. „Du könntest Recht haben. Aber ... diese Person muss erst überredet werden, uns überhaupt zu helfen.“

„Glaubst du, das ist ein Problem?“

„Es könnte eins werden. Manche Menschen werden sehr nervös ... vor einer Prüfung. Manchmal verlieren sie sogar den Verstand.“

Bonnies Mut sank. Das war etwas, mit dem sie nicht gerechnet hatte. Was war, wenn er es ihnen nicht erzählen konnte? Wenn er sich so weit in seine eigene Welt zurückgezogen hatte? „Wir können es zumindest versuchen." Sie bemühte sich, so optimistisch wie möglich zu klingen. „Morgen, okay?"

„Einverstanden. Ich hole dich gegen Mittag ab. Gute Nacht, Bonnie."

„Schlaf gut, Meredith." Bonnie schluckte und fügte noch hinzu: „Es tut mir Leid."

„Macht nichts. Ich glaube, so ist es am Besten. Damit die Geschichte sich nicht endlos wiederholt. Bis dann, Bonnie." Bonnie drückte auf die Gabel und beendete das Gespräch. Dann saß sie ein paar Minuten einfach so da, den Finger auf den Apparat gelegt, und starrte an die Wand. Schließlich legte sie den Hörer auf und nahm wieder ihr Tagebuch zur Hand. Sie machte einen Absatz hinter dem letzten Wort und fügte einen neuen Satz hinzu.

Wir werden morgen Meredith' Großvater besuchen.

„Ich bin ein Idiot", sagte Stefan am nächsten Tag in Meredith' Auto. Sie waren auf dem Weg nach West Virginia, zu der Anstalt, in der Meredith' Großvater Patient war. Die Fahrt war ziemlich lang.

„Wir waren alle Idioten. Außer Bonnie", fügte Matt hinzu. Trotz ihrer Nervosität wurde es Bonnie bei diesen Worten ganz warm.

Aber Meredith schüttelte den Kopf, die Augen auf die Straße gerichtet. „Stefan, du konntest es nicht wissen. Also hör auf, dir Vorwürfe zu machen. Du hattest keine Ahnung, dass Klaus den Angriff bei Carolines Party extra genau auf den Jahrestag der Attacke auf meinen Großvater gelegt hatte. Und es ist weder Matt noch mir aufgefallen, dass Klaus schon lange in Amerika leben musste, weil wir ihn weder gesehen noch gehört haben. Wir haben nur an die Menschen gedacht, die er in Europa angefallen hat. Wirklich, Bonnie war die Einzige, die die Bruchstücke zusammenfügen konnte, weil sie alle Informationen hatte."

Bonnie streckte ihr die Zunge raus. Meredith sah es im Rückspiegel und zog die Augenbrauen hoch. „Jetzt werde bloß nicht zu übermütig“, warnte sie.

„Keine Sorge. Bescheidenheit ist eine meiner charmantesten Eigenschaften.“

Matt schnaubte, aber dann sagte er: „Ich finde es trotzdem ziemlich schlau von ihr.“ Wobei es Bonnie wieder ganz warm ums Herz wurde.

Die Anstalt war ein schrecklicher Ort. Bonnie versuchte mit allen Kräften, den Horror, den sie empfand, zu unterdrücken. Aber sie wusste, dass Meredith ihre Gefühle spürte. Meredith' starre Haltung war stolz und verteidigend zugleich, während sie über die Flure voranging. Bonnie, die sie schon so viele Jahre kannte, konnte die Demütigung unter dem Stolz erkennen. Meredith' Eltern empfanden den Zustand des Großvaters als eine solche Schande, dass sein Name anderen gegenüber nicht erwähnt werden durfte. Ein Schatten lag über der ganzen Familie.

Und jetzt zeigte Meredith das Geheimnis zum ersten Mal Fremden. Bonnie fühlte eine Welle von Liebe und Bewunderung für ihre Freundin. Es war typisch für Meredith, das alles ohne Aufregung mit Würde zu tun und niemanden sehen zu lassen, was es sie kostete. Aber die Anstalt blieb trotzdem schrecklich.

Sie war nicht schmutzig oder mit tobenden Irren gefüllt. Die Patienten waren sauber und wurden offensichtlich gut gepflegt. Aber etwas an dem sterilen Krankenhausgeruch und den Gängen, die bevölkert waren mit reglosen Gestalten in Rollstühlen und mit leeren Augen, trieb Bonnie zur Flucht. Wie ein Gebäude voller Zombies. Bonnie sah eine alte Frau, ihre rosa Kopfhaut schimmerte durch das dünne, weiße Haar. Ihr Kopf war neben einer nackten Plastikpuppe auf den Tisch gesunken.

Bonnie streckte hilflos suchend ihre Hand aus und merkte, dass Matt bereits nach ihr griff. Hand in Hand folgten sie Meredith und klammerten sich so fest aneinander, dass es wehtat.

„Das ist sein Zimmer."

Drinnen saß ein weiterer Zombie. Dieser hatte weißes Haar, das noch Spuren von Schwarz aufwies, die Meredith' Haaren glichen. Sein Gesicht war zerknittert und voller Falten, die Augen wässrig mit roten Rändern. Sie blickten starr vor sich hin.

„Großvater." Meredith kniete sich vor seinen Rollstuhl. „Großvater, ich bin's, Meredith. Ich bin gekommen, um dich zu besuchen. Ich muss dich etwas sehr Wichtiges fragen." In seinen Augen regte sich nichts.

„Manchmal erkennt er uns", sagte Meredith leise und nüchtern. „Aber die meiste Zeit nicht."

Der alte Mann starrte weiter vor sich hin.

Stefan ließ sich auf die Fersen nieder. „Lass es mich versuchen." Er schaute in das faltenreiche Gesicht und begann genauso leise und tröstend zu sprechen, wie er es mit Vickie getan hatte.

Aber die trüben, dunklen Augen blinzelten nicht einmal. Sie blickten weiter ausdruckslos in die Ferne. Die einzige Bewegung war ein leichtes, anhaltendes Zittern in den rheumatischen Händen auf den Lehnen des Rollstuhls. Egal, was Stefan und Meredith auch versuchten, das war die einzige Reaktion, die sie hervorlocken konnten.

Schließlich versuchte es Bonnie und benutzte ihre telepathischen Kräfte. Sie konnte etwas in dem alten Mann spüren, einen Funken Leben, der in dem alten Körper gefangen gehalten wurde. Aber sie konnte ihn nicht erreichen.

„Tut mir Leid." Sie setzte sich zurück und strich sich das Haar aus der Stirn. „Es hat keinen Zweck. Ich kann nichts machen."

„Vielleicht klappt's beim nächste Mal", tröstete Matt sie, doch Bonnie wusste, dass das nur leere Worte waren. Stefan würde morgen fortgehen, es würde kein nächstes Mal geben. Dabei war es doch am Anfang eine so gute Idee gewesen...

Die Wärme, die sie vorhin erfüllt hatte, war jetzt zu kalter Asche geworden, ihr Herz ein Klumpen Blei. Sie wandte sich ab und sah, dass Stefan bereits aus dem Zimmer gehen wollte.

Niedergeschlagen und mit gesenktem Kopf blieb Bonnie ungefähr eine Minute stehen. Es war plötzlich unendlich schwer, genug Energie zu finden, um einen Fuß vor den anderen zu setzen. Erst als sie Matts sanften Griff an ihrem Ellbogen fühlte, riss sie sich zusammen. Müde sah sie sich um, ob Meredith ihnen folgte ...

Und schrie auf. Meredith stand mitten im Zimmer, zur Tür gewandt. Die Enttäuschung stand ihr klar im Gesicht geschrieben.

Aber hinter ihr hatte sich die Gestalt im Rollstuhl endlich gerührt. In einer wahren Explosion von Bewegungen hatte er sich aus seinem Rollstuhl hochgerissen, die alten Augen weit aufgerissen und den Mund geöffnet. Meredith' Großvater sah aus, als wollte er jemanden anspringen. Er hatte die Arme ausgestreckt. Seine Lippen formten sich zu einem stummen Heulen. Bonnies Schreie hallten von den Wänden wider.

Dann passierte alles auf einmal. Stefan kam zurückgelaufen, Meredith fuhr herum, Matt griff nach Bonnie. Aber der Alte sprang nicht. Er stand da, sie alle überragend, schaute über ihre Köpfe hinweg und schien etwas zu sehen, das keiner sonst sehen konnte. Endlich kamen Laute aus seinem Mund und formten sich zu einem langgezogenen Wort.

„Vaaampiiir!“

Pfleger und Krankenschwestern eilten ins Zimmer, drängten Bonnie und die anderen beiseite und versuchten, den Alten zurückzuhalten. Ihre Rufe mischten sich in den Höllenlärm.

„Vampir! Vampir!“ heulte Meredith' Großvater, als wollte er die ganze Stadt warnen. Bonnie fühlte, wie Panik in ihr aufstieg. Sah er dabei etwa Stefan an? War es eine Anschuldigung?

„Bitte, Sie müssen jetzt gehen. Es tut mir Leid, aber Sie müssen gehen", wiederholte eine Krankenschwester andauernd. Sie wurden auf den Flur gedrängt.

Meredith kämpfte, während sie aus dem Zimmer gezerrt wurde. „Großvater ...!"

„Vampir!" Die entsetzliche Stimme hörte nicht auf. Und dann: *„Weißes Eschenholz! Vampir! Weißes Eschenholz ..."*

Die Tür schlug zu.

Meredith keuchte und kämpfte mit den Tränen. Bonnie hatte ihre Fingernägel in Matts Arm gegraben. Stefan drehte sich zu ihnen um, die grünen Augen vor Schock weit aufgerissen. „Ich sagte, Sie müssen jetzt gehen." Die überlastete Schwester wurde ungeduldig. Die vier kümmerten sich jedoch nicht um sie. Sie sahen einander an, während die lähmende Verwirrung langsam wich und sich Verständnis auf ihren Gesichtern ausbreitete.

„Tyler sagte, es gäbe nur ein Holz, dass ihn verletzen könnte ..." begann Matt.

„Weißes Eschenholz", ergänzte Stefan.

„Wir müssen herausfinden, wo Klaus sich versteckt", sagte Stefan auf der Heimfahrt. Er fuhr, denn Meredith hatte die Wagenschlüssel an der Autotür einfach fallen lassen. „Das ist das Erste. Wenn wir jetzt die Sache überstürzen, könnten wir ihn warnen."

Seine grünen Augen glänzten in einer merkwürdigen Mischung aus Triumph und grimmiger Entschlossenheit. Er sprach klar, kurz und schnell. Wir stehen alle mit unseren Nerven auf der Kippe, dachte Bonnie. Als hätten wir die ganze Nacht Aufputschmittel geschluckt. In einer solchen Stimmung konnte alles passieren.

Außerdem spürte sie, dass ein gewaltiges Ereignis bevorstand. Heute Nacht, dachte sie. Heute Nacht wird alles geschehen. Es schien merkwürdig passend, dass dies der Abend der Sonnenwende war.

„Der Abend von was?“ fragte Matt.

Bonnie war nicht einmal aufgefallen, dass sie laut gesprochen hatte. „Der Abend der Sonnenwende“, erklärte sie. „Das ist heute Abend. Der Tag bevor Sommersonnenwende.“

„Druidenbrauch, stimmt's?“

„Sie haben es gefeiert“, bestätigte Bonnie. „Es ist ein Tag der Magie, der den Wechsel der Jahreszeit bestimmt. Und ...“ Sie zögerte. „Nun, er ist wie die anderen Festtage, wie Halloween oder die Winterwende. Ein Tag, an dem die Grenze zwischen der sichtbaren und der unsichtbaren Welt dünn wird. Wo du Geister sehen kannst, wie man früher sagte. Und Dinge geschehen...“

„Dinge“, murmelte Stefan, während er in die Hauptstraße von Fell's Church einbog. „Dinge werden geschehen.“ Keiner von ihnen konnte ahnen, wie schnell.

Mrs. Flowers stand in ihrem Garten. Sie waren sofort zur Pension gefahren, um nach ihr zu suchen. Sie beschnitt die Rosenbüsche, und der Duft des Sommers umgab sie.

Sie blinzelte und runzelte die Stirn, als die vier jungen Leute sich um sie drängten und sie atemlos fragten, wo man eine weiße Esche finden konnte.

„Langsam, langsam“, mahnte sie und schaute die vier unter dem Rand ihres Strohhutes an. „Was wollt ihr? Weißes Eschenholz? Nun, es gibt eine direkt hinter diesen alten Eichen dort. Nun wartet mal eine Minute ...“ fügte sie hinzu, als alle davon stürmten.

Stefan säbelte einen Ast mit dem schweren Armeemesser ab, das Matt aus seiner Tasche geholt hatte. Seit wann trägt er denn so was mit sich rum? fragte sich Bonnie im Stillen. Und sie fragte sich auch, was Mrs. Flowers wohl dachte, als sie sie mit einem langen weißen Ast, den die Jungen zwischen sich auf den Schultern trugen, zurückkommen sah.

Aber Mrs. Flowers schaute nur, ohne etwas zu sagen. Als sie sich jedoch dem Haus näherten, rief sie hinter ihnen her: „Ein Päckchen ist für dich abgegeben worden, mein Junge."

Stefan drehte sich um, den Ast immer noch auf der Schulter. „Für mich?"

„Dein Name stand drauf. Ein Päckchen und ein Brief. Ich habe beides heute Nachmittag vor der Tür gefunden und in dein Zimmer gelegt."

Bonnie schaute zu Meredith, dann zu Matt und zu Stefan. Sie traf auf misstrauische und verwirrte Blicke. Die Spannung wuchs plötzlich ins Unerträgliche. „Von wem kann das sein? Wer weiß überhaupt, dass du hier ..." begann sie, während sie die Stufen zum Dachgeschoss hochstiegen. Und dann hielt sie inne. Vorahnungen summten in ihrem Kopf herum wie lästige Fliegen. Doch sie verdrängte sie. Nicht jetzt, dachte sie. Nicht jetzt.

Es bestand jedoch keine Chance, das Päckchen auf Stefans Schreibtisch zu ignorieren. Die Jungen lehnten den weißen Ast der Esche gegen die Wand und traten heran, um es sich anzusehen. Das Päckchen war lang und flach, in braunes Packpapier eingewickelt. Darauf lag ein weißer Umschlag. Auf ihm war in bekannter Handschrift ein Name gekritzelt. Stefan.

Es war die Handschrift von Vickies Spiegel.

Alle starrten das Päckchen an, als sei es ein gefährlicher Skorpion.

„Vorsicht", warnte Meredith, während Stefan langsam danach griff. Bonnie wusste, was sie meinte. Sie hatte das Gefühl, das ganze Ding könnte explodieren, giftiges Gas ausströmen oder sich in etwas mit Klauen und Zähnen verwandeln. Der Umschlag, den Stefan aufhob, war rechteckig und sehr fest. Das Papier war teuer und von feiner Prägung. Wie die Einladung eines Prinzen zu einem Ball, dachte Bonnie. Aber trotzdem befanden sich schmutzige Fingerabdrücke darauf, und die Ränder waren schmierig. Nun, Klaus hatte in dem Traum auch nicht gerade sehr sauber ausgesehen.

Stefan betrachtete die Vorder- und Rückseite, dann riss er den Umschlag auf. Er zog ein einzelnes Blatt schweren Büttenpapiers hervor. Die anderen drei drängten sich um ihn und schauten ihm über die Schulter, als er es auffaltete. Matt rief erstaunt: „Was soll das ... das steht ja nichts drauf!“

Das Blatt war leer. Auf beiden Seiten. Stefan drehte es hin und her und untersuchte es sorgfältig. Sein Gesicht war angespannt und verschlossen. Alle anderen waren erleichtert und machten abfällige Geräusche. Da hatte sich jemand bloß einen dummen Scherz erlaubt.

Meredith hatte nach dem Päckchen gegriffen, das flach genug war, um leer zu erscheinen, als Stefan plötzlich erstarrte und zischend ausatmete. Bonnie schaute schnell hinüber und zuckte zusammen. Meredith' Hand auf dem Päckchen hielt inne, und Matt fluchte.

Auf dem leeren Blatt, das Stefan fest zwischen beiden Händen hielt, erschienen Buchstaben. Sie waren schwarz und langgezogen, als ob jeder von ihnen mit einem unsichtbaren Messer eingeritzt würde. Genau in diesem Moment wurde Bonnies böse Vorahnung immer stärker.

Stefan,

sollen wir nicht versuchen, dies wie wahre Gentlemen zu bereinigen? Ich habe das Mädchen. Komm nach Anbruch der Dunkelheit zu dem alten Bauernhof im Wald, und wir werden reden. Nur wir beide. Komm allein, und ich werde sie gehen lassen. Bringst du jemanden mit, stirbt sie.

Keine Unterschrift. Aber am unteren Rand des Blattes erschienen die Worte:

Das ist nur eine Sache zwischen dir und mir.

„Welches Mädchen?“ fragte Matt verblüfft und schaute von

Bonnie zu Meredith, als ob er sich vergewissern wollte, dass beide noch da waren. „Welches Mädchen?"

Mit scharfen Bewegungen rissen Meredith' lange Finger das Päckchen auf und zogen seinen Inhalt hervor. Es war ein hellgrüner Schal mit einem Muster aus Blättern und Ranken. Bonnie erinnerte sich nur zu gut daran, und Bilder stiegen plötzlich vor ihr auf: Konfetti und Geburtstagsgeschenke, Orchideen und Schokolade.

„Caroline", flüsterte sie und schloss die Augen.

Diese letzten beiden Wochen waren so merkwürdig gewesen, so unterschiedlich vom normalen High-School-Alltag, dass sie darüber Caroline fast vergessen hatte. Caroline war in eine Wohnung in eine andere Stadt gezogen, um dem Unheil zu entgehen, um in Sicherheit zu sein. Doch Meredith hatte es ihr von Anfang an gesagt: *„Er kann dir auch bis nach Heron folgen, da bin ich ganz sicher."*

„Er spielt wieder mit uns", murmelte Bonnie. „Er hat uns so weit kommen lassen, hat sogar zugelassen, dass wir deinen Großvater besuchen, Meredith, und dann ..."

„Er muss es gewusst haben", stimmte Meredith ihr zu. „Er muss die ganze Zeit gewusst haben, dass wir nach einem Opfer suchen. Und dann hat er uns schachmatt gesetzt. Es sei denn ..." Ihre dunklen Augen leuchteten vor plötzlicher Hoffnung. „Bonnie, hältst du es für möglich, dass Caroline den Schal in der Nacht von der Party verloren hat? Und dass er ihn nur aufgehoben hat?"

„Nein." Die Vorahnungen wurden stärker und stärker. Bonnie bemühte sich, sie zu verdrängen. Sie wollte es nicht, wollte es nicht wissen. Aber bei einer Sache war sie ganz sicher: das war kein Bluff. Klaus hatte Caroline.

„Was sollen wir nun tun?" fragte sie leise.

„Jedenfalls nicht auf ihn hören", erwiderte Matt fest. „Versuchen wir, dies wie Gentlemen zu lösen. Er ist Abschaum, kein Gentleman. Das Ganze ist eine Falle."

„Natürlich ist es eine Falle", unterbrach ihn Meredith ungeduldig. „Er hat gewartet, bis wir herausgefunden haben, wie wir ihn verletzen können, und jetzt versucht er, uns auseinander zu bringen. Aber das wird nicht klappen."

Bonnie hatte Stefans Gesicht mit wachsender Sorge betrachtet. Denn während Matt und Meredith erregt miteinander redeten, hatte er leise den Brief zusammengefaltet und ihn zurück in den Umschlag gesteckt. Jetzt stand er da und betrachtete ihn. Seine Miene war unbewegt, als würde ihn das, was um ihn herum vorging, nicht berühren. Und der Blick in seinen grünen Augen machte Bonnie Angst.

„Wir können es schaffen, dass sein Schuss nach hinten losgeht", sagte Matt gerade. „Stimmt's, Stefan? Glaubst du das nicht auch?"

„Ich glaube", erwiderte Stefan, sich auf jedes Wort konzentrierend, „dass ich nach Anbruch der Dunkelheit allein in den Wald gehen werde."

Matt nickte und begann sofort, einen Plan zu schmieden. „Okay, du lenkst ihn ab. Währenddessen werden wir drei ..."

„Ihr drei", fuhr Stefan fort und sah ihn eindringlich an, „werdet nach Hause gehen. Ins Bett."

Es entstand eine Pause, die Bonnies angespannten Nerven endlos vorkam. Die anderen starrten Stefan fassungslos an. Schließlich sagte Meredith in leichtem Tonfall: „Nun, es wird schwer werden, ihn zu schnappen, wenn wir im Bett liegen. Es sei denn, er ist so freundlich und stattet uns einen Besuch ab."

Das brach die Spannung. Matt atmete tief aus. „Gut, Stefan, wir verstehen, wie du über die Sache denkst ..."

Aber Stefan fiel ihm einfach ins Wort. „Ich meine es ernst, Matt. Todernst. Klaus hat Recht, das ist eine Sache zwischen ihm und mir. Und er will, dass ich allein komme, oder er wird Caroline etwas antun. Also gehe ich allein. Es ist meine Entscheidung."

„Das wird deine Beerdigung", stieß Bonnie fast hysterisch hervor. „Stefan, du bist verrückt! Das kannst du nicht machen."

„Wart's ab."

„Wir werden das nicht zulassen ..."

„Glaubst du im Ernst, dass ihr mich aufhalten könntet, selbst, wenn ihr es versucht?" Er sah sie an. Ein unbehagliches Schweigen folgte. Während Bonnie seinen Blick erwiderte, kam es ihr so vor, als ob Stefan sich vor ihren Augen veränderte. Sein Gesicht schien schärfer, seine Haltung anders, als wollte er sie an die harten durchtrainierten Muskeln des Jägers unter seinen Kleidern erinnern. Plötzlich schien er abwesend, fremd. Furchteinflößend.

Bonnie schaute fort.

„Seien wir doch vernünftig." Matt änderte seine Taktik. „Bleiben wir ganz ruhig und reden darüber ..."

„Es gibt nichts zu reden. Ich gehe. Ihr nicht."

„Du schuldest uns mehr als das", sagte Meredith, und Bonnie fühlte Dankbarkeit beim Klang ihrer kühlen Stimme. „Okay, du kannst uns Stück für Stück auseinander reißen, keine Frage. Das haben wir kapiert. Aber nach allem, was wir zusammen durchgemacht haben, verdienen wir eine ausführlichere Diskussion, bevor du davon stürmst."

„Du hast einmal behauptet, es sei auch der Kampf der Mädchen", fügte Matt hinzu. „Wann hast du deine Meinung geändert?"

„Als ich herausgefunden hatte, wer der Killer ist!" Stefan schrie beinahe. „Nur meinetwegen ist Klaus hier."

„Nein, das stimmt nicht", protestierte Bonnie. „Hast du etwa Elena dazu angestiftet, Katherine zu töten?"

„Ich bin schuld, dass Katherine zu Klaus zurückgekehrt ist. So hat alles angefangen. Und ich habe Caroline mit hineingezogen. Wenn ich nicht gewesen wäre, hätte sie niemals Elena so gehasst und etwas mit Tyler angefangen. Ich trage ihr gegenüber eine schwere Verantwortung."

„Ach, das redest du dir doch bloß ein!" Auch Bonnie wurde immer hitziger. „Klaus hasst uns alle! Glaubst du wirklich, er wird dich ungeschoren davonkommen und uns danach einfach in Ruhe lassen?"

„Nein." Stefan nahm den Ast, der gegen die Wand lehnte. Er holte Matts Messer aus seiner eigenen Tasche, begann die Zweige abzuhacken und verwandelte das Holz in einen weißen Speer.

„Na, toll. Du lässt dich also auf ein Duell ein", sagte Matt wütend. „Merkst du denn nicht, wie dumm das ist? Du rennst geradewegs in seine Falle." Er machte einen Schritt auf Stefan zu. „Du denkst vielleicht, dass wir drei dich nicht aufhalten können ..."

„Nein, Matt." Meredith' tiefe, nüchterne Stimme kam vom anderen Ende des Zimmers. „Es hätte keinen Zweck." Stefan sah sie mit einem harten Blick an. Doch sie wandte die Augen nicht ab. Ihr Gesicht war ruhig und gefasst. „So, du bist fest entschlossen, Klaus von Angesicht zu Angesicht zu bekämpfen, Stefan. Gut. Aber bevor du gehst, musst du dir wirklich sicher sein, dass du überhaupt eine Chance gegen ihn hast." Kühl begann sie, den Kragen ihrer Bluse aufzuknöpfen. Bonnie spürte einen scharfen Stich, obwohl sie dasselbe erst vor einer Woche angeboten hatte. Aber das war privat geschehen, dachte sie. Dann zuckte sie mit den Schultern. Öffentlich oder privat, was für einen Unterschied machte es schon?

Sie schaute zu Matt, der sichtlich verwirrt schien. Dann beobachtete sie, wie Matt die Stirn runzelte und sich die störrische Entschlossenheit auf seinem Gesicht ausbreitete, die die Trainer der gegnerischen Footballteams immer das Fürchten lehrte. Seine blauen Augen begegneten ihren, und sie nickte, das Kinn vorgestreckt. Schweigend machte sie den Reißverschluss ihrer Windjacke auf, und Matt zog im selben Moment sein T-Shirt aus.

Stefan starrte die drei, die sich in seinem Zimmer mit starren Mienen auszogen, der Reihe nach an, und versuchte, seinen eigenen Schock zu verbergen. Aber er schüttelte den Kopf und hielt den weißen Speer wie eine Waffe vor sich. „Nein."

„Sei kein Blödmann, Stefan", fuhr Matt ihn an. Selbst in der Verwirrung dieses schrecklichen Moments hielt Bonnie unbewusst inne, um seine bloße Brust zu bewundern. „Wir sind zu dritt. Du könntest viel nehmen, ohne einen von uns zu verletzen."

„Ich sagte, nein! Nicht aus Rache und nicht, um Böses mit Bösem zu bekämpfen! Ich dachte, gerade du würdest das verstehen." Stefans Blick auf Matt war bitter.

„Ich kapiere nur, dass du da draußen sterben wirst!" schrie Matt.

„Er hat recht." Bonnie biss sich auf die Lippen. Die Vorahnung brach durch ihre Abwehr. Sie wollte es nicht, doch sie hatte keine Kraft mehr, ihr zu widerstehen. Mit einem Schauder fühlte sie sie hervorbrechen und hörte die Worte in ihrem Kopf.

„‚Niemand kann ihn bekämpfen und überleben'", stieß sie wie unter Schmerzen hervor. „Das hat Vickie gesagt, und sie hatte Recht. Ich fühle es, Stefan. Niemand kann ihn bekämpfen und überleben."

Einen Moment, einen kurzen Moment kam es ihr so vor, als würde er auf sie hören. Doch dann wurde sein Gesicht hart und seine Stimme wieder kalt. „Das ist nicht euer Problem. Lasst mich allein damit fertig werden."

„Aber wenn es keine Chance gibt zu gewinnen ..." begann nun auch Matt.

„Das hat Bonnie nicht gesagt", erwiderte Stefan kurz.

„Doch! Wovon, zum Teufel, redest du eigentlich?" schrie

Matt. Es war schwer, ihn aus der Fassung zu bringen. Aber wenn er einmal die Geduld verlor, dauerte es lange, bis er sich wieder beruhigte. „Stefan, ich habe genug ..."

„Und ich auch!" brüllte Stefan zurück, in einem Tonfall, den Bonnie noch nie von ihm gehört hatte. „Ich habe euch satt! Ich bin es Leid, euer ständiges Gezänk, eure Weichheit – und auch deine Vorahnungen, Bonnie! Das ist mein Problem!"

„Ich dachte, wir wären ein Team ..." fuhr Matt ihn an.

„Wir sind kein Team. Ihr seid ein Haufen dummer Menschen! Selbst nach allem, was passiert ist, wollt ihr im Grunde nur Sicherheit, Sicherheit und noch mal Sicherheit, ein ganzes Leben lang, bis ihr in eure Gräber hinuntersteigt. Ich bin nicht wie ihr, und ich will es auch nicht sein! Ich habe mich solange mit euch abgegeben, weil ich es musste. Aber jetzt ist Schluss!" Er schaute sie der Reihe nach an und betonte jedes Wort. „Ich brauche keinen von euch. Ich möchte euch nicht bei mir haben, und ich will nicht, dass ihr mir folgt. Ihr werdet nur meinen Plan verderben. Jeden, der mir folgt, werde ich töten."

Und mit einem letzten, vernichtenden Blick packte er den Speer fester, drehte sich um und ging hinaus.

14. KAPITEL

„Jetzt ist er total verrückt geworden." Matt starrte auf den leeren Eingang, durch den Stefan verschwunden war.

„Ist er nicht." Meredith' Stimme war nüchtern und ruhig, aber es lag auch ein hilfloses Lachen darin. „Hast du denn nicht kapiert, was er macht, Matt?" sagte sie, als er sich zu ihr umwandte. „Er schreit uns an, damit wir ihn hassen. Ist so hässlich wie möglich zu uns, damit wir böse werden und ihn die Sache allein durchziehen lassen." Sie schaute auf die Tür und hob die Augenbrauen. „Obwohl, ‚Jeden, der mir folgt, werde ich töten', das war ein bisschen zu dick aufgetragen."

Bonnie kicherte mit einem Mal wie wild, ohne es zu wollen. „Ich glaube, den Satz hat er sich von Damon geborgt. ‚Kapiert das endlich! Ich brauche keinen von euch!'"

„‚Ihr seid ein Haufen dummer Menschen'", fügte Matt hinzu. „Aber ich verstehe das immer noch nicht. Du hattest vorhin eine Vorahnung, Bonnie, und Stefan geht normalerweise nicht so einfach darüber hinweg. Wenn es keine Möglichkeit gibt, den Kampf zu gewinnen, was soll dann das Ganze?"

„Bonnie hat nicht gesagt, dass es keine Möglichkeit gibt zu gewinnen, sondern dass es keine gibt, den Kampf zu überleben. Stimmt's, Bonnie?" Meredith sah sie an.

Bonnie hörte auf zu kichern. Selbst überrascht, versuchte sie, die Voraussage zu deuten. Doch sie wusste auch nicht mehr als die Worte, die ihr plötzlich in den Sinn gekommen waren. *„Niemand kann ihn bekämpfen und überleben"*.

„Du glaubst, Stefan denkt ..." Langsam wich die mörderische Wut aus Matts Augen. „Er geht hin und hält Klaus auf jeden Fall auf, auch wenn es ihn das Leben kostet? Wie ein Opferlamm?"

„Wie Elena", entgegnete Meredith trocken. „Und vielleicht ... damit er mit ihr zusammen sein kann."

„Nein." Bonnie schüttelte den Kopf. Sie wusste vielleicht nicht viel über die Prophezeiung, aber eins war ihr klar. „Das hat er sicher nicht im Sinn. Elena ist einzigartig. Sie ist, was sie jetzt ist, weil sie zu jung gestorben ist. In ihrem Leben ist so vieles unvollendet geblieben ... nun, sie ist ein ganz besonderer Fall. Aber Stefan ist schon seit fünfhundert Jahren ein Vampir, und er würde mit Sicherheit nicht zu jung sterben. Es gibt keine Garantie, dass er nach seinem Tod mit Elena zusammentreffen würde. Er könnte an einen anderen Ort gelangen, oder ... einfach verlöschen. Und er weiß das. Ich bin sicher, dass er das weiß. Ich glaube, er will nur sein Versprechen ihr gegenüber einlösen. Nämlich, Klaus aufzuhalten, egal, zu welchem Preis."

„Zumindest will er es versuchen", sagte Matt leise, und es hörte sich wie ein Zitat an. Er schaute die Mädchen plötzlich an. „Ich gehe ihm nach."

„Natürlich", antwortete Meredith geduldig.

Matt zögerte. „Äh... ich könnte euch beide nicht zufällig überreden, hier zubleiben?"

„Nach deiner feurigen Rede über Teamgeist und so? Keine Chance."

„Das habe ich befürchtet. Also..."

„Also worauf warten wir noch?" war Bonnies Schlusswort. Sie sammelten alles an Waffen zusammen, was sich anbot. Matts Armeemesser, das Stefan fallengelassen hatte, den Dolch mit dem Elfenbeingriff von Stefans Kommode, ein Fleischmesser aus der Küche.

Draußen war von Mrs. Flowers weit und breit nichts zu sehen. Der Himmel war bereits in helles Lila getaucht, das sich im Westen in fahles Gelb verwandelte. Das Zwielicht der Mittsommernacht, dachte Bonnie, und die Härchen auf ihren Armen und im Nacken stellten sich auf.

„Klaus sprach von einem Bauernhof im Wald. Das muss der alte Hof der Franchers sein", überlegte Matt. „Wo Katherine Stefan in den verlassenen Brunnen geworfen hat."

„Das ergibt einen Sinn. Vermutlich benutzt er Katherines Tunnel, um unter dem Fluss hin- und herzugehen. Es sei denn, die Uralten sind so mächtig, dass sie fließendes Wasser überqueren können, ohne dabei selbst Schaden zu nehmen."

Das stimmt, erinnerte Bonnie sich. Böse Wesen können kein fließendes Wasser überqueren, und je schlechter jemand war, desto schwieriger wurde es. „Aber wir wissen nichts über die Ursprünglichen", sagte sie laut.

„Nein, und das bedeutet, dass wir doppelt vorsichtig sein müssen", gab Matt zu bedenken. „Ich kenne diesen Wald sehr gut und weiß, welchen Pfad Stefan vermutlich nehmen wird. Wir sollten einen anderen Weg gehen."

„Damit Stefan uns nicht entdeckt und umbringt?"

„Damit Klaus uns nicht sieht oder wenigstens nicht alle von uns. Vielleicht haben wir eine Chance, zu Caroline zu gelangen. Irgendwie müssen wir sie nämlich da rausschaffen. Solange Klaus Stefan damit droht, ihr etwas anzutun, hat er ihn voll in seiner Gewalt. Und es ist immer besser, im Voraus zu planen, statt den Feind direkt anzuspringen. Klaus wollte sich nach Anbruch der Dunkelheit mit Stefan treffen. Nun, wir werden vorher da sein."

Bonnie war tief beeindruckt von seinem Plan. Kein Wunder, dass er Kapitän des Footballteams ist, dachte sie. Ich wäre schreiend losgestürmt.

Matt wählte einen fast unsichtbaren Weg zwischen den Eichen. Das Unterholz war zu dieser Jahreszeit besonders dicht. Moose, Gras, blühende Pflanzen und Farne machten das Vorwärtskommen schwer. Bonnie musste Matt vertrauen, dass er wusste, wohin er ging, denn sie selbst hatte keine Ahnung. Über ihnen stimmten die Vögel den letzten Gesang an, bevor sie sich ein Nachtlager suchten.

Es wurde dämmriger. Motten und Nachtfalter flatterten an Bonnies Gesicht vorbei. Nachdem sie durch ein Gebiet voller Giftpilze stolpern musste, auf denen Schnecken klebten, war sie sehr dankbar, dass sie dieses Mal Jeans angezogen hatte.

Schließlich blieb Matt stehen. „Wir kommen näher heran", flüsterte er. „Es gibt dort eine kleine Anhöhe, von der wir runterschauen können, vielleicht sogar, ohne dass Klaus uns entdeckt. Seid leise."

Bonnie hatte noch nie so vorsichtig einen Fuß vor den anderen gesetzt. Zum Glück waren die Blätter auf dem Boden feucht und raschelten nicht. Nach ein paar Minuten ließ Matt sich auf den Bauch fallen und deutete an, dass die beiden Mädchen das Gleiche machen sollten. Bonnie redete sich mit ihrer ganzen Willenskraft ein, dass ihr die Tausendfüßler und Regenwürmer überhaupt nichts ausmachten, die ihre gleitenden Finger aufstörten, und dass sie die Spinnweben in ihrem Gesicht nicht spürte. Hier ging es um Leben und Tod, und sie war bereit.

„Hier", flüsterte Matt. Seine Stimme war kaum zu verstehen. Bonnie rutschte auf dem Bauch zu ihm hin.

Sie schauten hinunter auf das Gehöft der Franchers, oder besser, auf das, was davon übriggeblieben war. Es war schon lange verfallen, und der Wald hatte das Gebiet zurückerobert. Jetzt standen nur noch die Grundmauern, Steine, die von blühendem Unkraut und stacheligen Sträuchern bedeckt waren. Ein hoher Schornstein ragte in den Himmel wie ein einsames Monument.

„Das ist sie. Caroline", zischte Meredith Bonnie ins Ohr. Caroline war eine undeutliche Gestalt, die am Schornstein saß. Ihr hellgrünes Kleid hob sich gegen die immer dunkler werdende Umgebung ab, aber ihr schönes kastanienbraunes Haar sah stumpf und schwarz aus. Etwas Weißes leuchtete quer über ihrem Gesicht. Bonnie erkannte, dass es ein Knebel war, ein Klebestreifen oder eine Bandage. Aus Carolines merkwürdiger Haltung – sie hatte die Arme auf dem Rücken und die Beine gerade vor sich ausgestreckt – schloss Bonnie, dass sie gefesselt war.

Arme Caroline, dachte sie und vergab ihr all die hässlichen, kleinlichen und egoistischen Dinge, die sie je getan hatte, und das waren nicht wenige. Aber Bonnie konnte sich nichts Schlimmeres vorstellen, als von einem psychopathischen Vampir, der schon zwei Klassenkameradinnen getötet hat, entführt, in den Wald geschleppt, gefesselt und liegen gelassen zu werden.

Und das Schlimmste ist, während der ganzen Aktion bist du selbst völlig hilflos, und dein Leben hängt von einem anderen Vampir ab, der guten Grund hat, dich zu hassen. Schließlich hatte Caroline am Anfang Stefan für sich gewollt. Sie hatte Elena gehasst, versucht, sie zu demütigen und die ganze Stadt gegen sie aufzuhetzen, weil die ihr Stefan weggenommen hatte, wie sie glaubte. Stefan war der letzte, der irgendwelche freundlichen Gefühle für Caroline Forbes hegen konnte.

„Schaut!" sagte Matt. „Ist er das? Klaus?"

Bonnie hatte es auch gesehen. Eine flüchtige Bewegung auf der anderen Seite des Schornsteins. Während sie ihre Augen anstrengte, erschien er, sein leichter, heller Regenmantel flatterte geisterhaft um seine Beine. Er sah auf Caroline herab. Sie sank in sich zusammen und versuchte, von ihm wegzukrabbeln. Ihre Fesseln hinderten sie daran. Sein Lachen schnitt so klar durch die stille Luft, dass Bonnie zusammenzuckte. „Das ist er", flüsterte sie und versteckte sich tiefer im schützenden Farn. „Aber wo ist Stefan? Es ist jetzt fast dunkel."

„Vielleicht ist er doch noch klug geworden und kommt nicht", antwortete Matt.

„Keine Chance." Meredith schaute durch die Farne nach Süden. Bonnie folgte ihrem Blick und schluckte hart.

Stefan stand am Rand der Lichtung. Er schien aus dem Nichts gekommen zu sein. Noch nicht einmal Klaus hat seine Ankunft bemerkt, dachte Bonnie. Er stand dort schweigend und machte keine Anstalten, sich oder den weißen Eschenspeer zu verbergen. Etwas in seiner Haltung und in der Art, wie er die Szene überschaute, erinnerte Bonnie wieder daran, dass er im fünfzehnten Jahrhundert ein Aristokrat gewesen war, ein Mitglied des Adels. Er sagte nichts, wartete darauf, dass Klaus ihn entdeckte, und ließ sich zu nichts drängen.

Klaus wandte sich nach Süden und erstarrte. Er schien überrascht zu sein, dass Stefan sich so herangeschlichen hatte. Doch dann lachte er und breitete die Arme aus. „Salvatore! Welch ein Zufall. Ich habe gerade an dich gedacht."

Langsam musterte Stefan Klaus von unten bis oben, von den Zipfeln seines schäbigen Regenmantels bis zu seinem windzerzausten Haar. „Du hast nach mir geschickt, hier bin ich. Lass das Mädchen gehen", sagte er bloß.

„Habe ich das versprochen?" Sichtlich verblüfft presste Klaus beide Hände auf die Brust. Dann schüttelte er den Kopf und kicherte. „Ich glaube nicht. Lass uns zuerst reden." Stefan nickte, als hätte Klaus eine bittere Vermutung bestätigt. Er nahm den Speer von seiner Schulter und hielt ihn vor sich. Dabei spielte er leicht und geschickt mit dem plumpen, schweren Holz. „Nun, ich höre."

„Stefan ist cleverer, als es den Anschein hatte", murmelte Matt mit leisem Respekt in der Stimme. „Und er scheint auch nicht so wild darauf, ins Gras zu beißen, wie ich gedacht habe", fügte er hinzu. „Er ist vorsichtig."

Klaus deutete auf Caroline, seine Fingerspitzen strichen über ihr kastanienbraunes Haar. „Warum kommst du nicht her, damit wir nicht so zu schreien brauchen?" Aber er hat noch nicht gedroht, seine Gefangene zu verletzen, fiel Bonnie auf.

„Ich kann dich auch so gut verstehen", erwiderte Stefan. „Prima", flüsterte Matt. „Das ist die richtige Taktik, Stefan." Bonnie jedoch betrachtete Caroline. Das gefangene Mädchen kämpfte und warf den Kopf wie in Panik oder voller Schmerzen vor und zurück. Bonnie beschlich ein merkwürdiges Gefühl bei Carolines Bewegungen, besonders dieses heftige Reißen des Kopfes, als bemühte sie sich, den Himmel zu erreichen. Der Himmel ...

Bonnie sah hoch. Es war inzwischen ganz dunkel, und ein schwacher Mond hing über den Bäumen. Deshalb konnte sie jetzt erkennen, dass Carolines Haar rotbraun war. Das liegt am

Mondlicht, dachte sie. Dann fiel ihr Blick voller Schock auf einen Baum, der hinter Stefan etwas höher stand. Seine Zweige raschelten leise, obwohl es ganz windstill war. „Matt?“ flüsterte sie aufgeregt.

Stefans Aufmerksamkeit war mit jeder Faser seines Körpers auf Klaus gerichtet. Jedes kleinste Teil seiner Macht konzentrierte sich auf den Uralten vor ihm. Doch in diesem Baum direkt über ihm ...

Alle Gedanken an einen Plan oder daran, Matt um Rat zu fragen, waren wie weggefegt. Bonnie sprang aus ihrem Versteck hoch und schrie: „Stefan! Über dir! Es ist eine Falle.“

Stefan sprang geschmeidig wie eine Raubkatze zur Seite, genau in dem Moment, als etwas Schweres auf den Platz hinunterstürzte, an dem er gerade noch gestanden hatte.

Das Mondlicht beleuchtete die Szene perfekt. Bonnie konnte Tylers gefletschte Zähne sehen.

Und das Weiße in Klaus' Augen, als er zu ihr herumfuhr. Einen Moment starrte sie ihn wie gelähmt an, dann krachte ein Blitz aus dem wolkenlosen, leeren Himmel.

Erst später wurde Bonnie das Furchterregende und Bizarre an diesem Geschehen klar. Der blaugezackte Blitz fuhr aus dem klaren Himmel genau in die ausgestreckte Handfläche von Klaus. Das nächste, was sie sah, war so entsetzlich, dass es alles andere auslöschte: Klaus faltete seine Hand über dem Blitz zusammen und warf ihn auf sie zu.

Stefan schrie, schrie ihr zu, wegzulaufen. Bonnie hörte ihn, während sie wie gelahmt auf das gleißende Unheil starrte. Dann packte sie jemand und riss sie zur Seite. Mit dem Gestank von Ozon knallte der Blitz über ihren Kopf hinweg wie eine riesige Peitsche. Sie landete mit dem Gesicht im Moos, griff nach Meredith' Hand, um ihr für die Rettung zu danken, und musste feststellen, dass es Matt gewesen war.

„Bleib hier! Bleib hier!“ schrie er und stürmte los. Diese gehassten Worte! Sie rissen Bonnie hoch, und sie lief hinter ihm her, bevor ihr bewusst war, was sie tat.

Und dann verwandelte sich die Welt in ein Chaos.

Klaus war wieder zu Stefan herumgewirbelt, der auf Tyler einschlug. Tyler, in seiner Wolfsform, gab entsetzliche Geräusche von sich, während Stefan ihn zu Boden schleuderte.

Meredith rannte zu Caroline und näherte sich dem Schornstein von hinten, damit Klaus sie nicht bemerkte. Bonnie sah, wie sie nach Caroline griff, und das Aufblitzen von Stefans silbernem Dolch, während Meredith die Fesseln um Carolines Handgelenke durchschnitt. Dann, halb zerrend, halb tragend, schleppte Meredith Caroline hinter den Schornstein, um ihr Werk zu vollenden.

Ein Geräusch, wie Geweihe, die sich verkeilen, ließ Bonnie herumfahren. Klaus griff Stefan mit einem Stock an – er musste vorher auf dem Boden gelegen haben und sah so spitz aus wie der von Stefan. Eine gefährliche Lanze. Aber Klaus und Stefan benutzten ihre Speere nicht dazu, aufeinander einzustechen, sondern wie Bauernspieße. Robin Hood, dachte Bonnie wie betäubt. Little John und Robin Hood. So sahen sie aus. Klaus war allerdings viel größer und schwerer als Stefan. Dann bemerkte sie etwas anders, und ein stummer Schrei entfuhr ihr. Hinter Stefan hatte sich Tyler wieder aufgerappelt und duckte sich, zum Sprung an Stefans Kehle bereit.

Wie damals auf dem Friedhof. Stefan stand mit dem Rücken zu ihm, und Bonnie konnte ihn nicht rechtzeitig warnen. Aber sie hatte Matt vergessen. Den Kopf voran, Krallen und Zähne des Werwolfs ignorierend, warf er sich in klassischer Footballmanier auf Tyler. Der wurde zur Seite geschleudert, und Matt landete auf ihm.

Bonnie war überwältigt. So viel passierte auf einmal. Meredith säbelte durch Carolines Fußfesseln, Matt verprügelte Tyler in einer Art, die ihm auf dem Footballfeld einen Platzverweis eingehandelt hätte, und Stefan wirbelte mit seinem weißen Eschenholzstab, als hätte er sein Leben lang nichts anderes getan. Klaus lachte wie im Rausch, dieses tödliche Ballett schien ihn überglücklich zu machen, während sie Schläge mit rasender Schnelligkeit und voller Präzision austauschten.

Doch Matt schien jetzt in Schwierigkeiten zu kommen. Tyler hatte im Moment Oberhand und fletschte die Zähne. Wild sah Bonnie sich nach einer Waffe um und vergaß ganz das Fleischmesser in ihrer Tasche. Ihr Blick fiel auf einen abgestorbenen Eichenast. Sie nahm ihn und rannte zu Tyler und Matt.

Dort angekommen, zögerte sie. Sie wagte nicht, den Stock zu brauchen, aus Angst, versehentlich Matt zu treffen. Er und Tyler wälzten sich mit schwindelerregender Schnelligkeit auf dem Boden hin und her.

Dann war Matt wieder oben, er hielt Tylers Kopf fest und sich selbst außer Reichweite seiner Zähne und Krallen. Bonnie sah ihre Chance und zielte. Doch Tyler erkannte, was sie vorhatte. In einem Ausbruch unmenschlicher Kraft zog er die Beine an und schleuderte Matt zurück. Matt prallte mit dem Kopf gegen einen Baumstamm. Das Geräusch dabei würde Bonnie nie vergessen. Wie eine überreife Melone, die platzte. Er glitt an dem Baum zusammen und blieb reglos liegen.

Bonnie keuchte erschrocken auf. Sie wollte zu Matt laufen, doch plötzlich stand Tyler vor ihr. Er atmete heftig, mit Blut vermischter Speichel lief aus seinem Mund. Wie im Traum hob Bonnie den Stock, doch sie fühlte, wie er in ihrer Hand zitterte. Matt war so still – atmete er überhaupt noch? Bonnie begann zu schluchzen, während sie Tyler gegenüberstand.

Das Ganze war zu lächerlich. Er war doch ein Junge aus ihrer Schule. Ein Junge, mit dem sie letztes Jahr noch auf der Schulfete getanzt hatte. Wie konnte er sie davon abhalten, Matt zu helfen? Warum wollte er sie alle verletzen? Was trieb ihn dazu, so zu handeln?

„Tyler ... bitte“, begann sie, wollte ihm Vernunft einreden, ihn anflehen ...

„Ganz allein im dunklen Wald, Rotkäppchen?“ Er grinste hämisch. Seine Stimme klang dick und belegt. In diesem Moment wusste Bonnie, dass dies nicht mehr der Junge war, mit dem sie zur High School gegangen war. Das hier war schlimmer als jedes Raubtier.

„Jemand hätte dich warnen sollen“, fuhr er fort. „Denn, wenn du allein in den Wald gehst, wem könntest du begegnen? Richtig, dem großen, bösen ...“

„Blödmann!“ beendete eine Stimme den Satz für ihn, und mit einem Gefühl übermächtiger Dankbarkeit sah Bonnie, wie Meredith neben sie trat. Meredith hielt Stefans silbernen Dolch in der Hand, der im Mondlicht schimmerte.

„Silber, Tyler.“ Meredith schwang ihn drohend hin und her. „Ich frage mich, was Silber bei den Gliedern eines Werwolfs anrichtet. Willst du es sehen?“

Das war nicht mehr die kühle, elegante, selbstbeherrschte Meredith. Das hier war Meredith, die Kämpferin. Und obwohl sie lächelte, kochte sie vor Wut.

„Ja!“ schrie Bonnie triumphierend. Sie fühlte, wie Kraft sie durchströmte. Plötzlich konnte sie sich wieder bewegen. Sie und Meredith. Gemeinsam waren sie unbesiegbar. Meredith schlich von einer Seite an Tyler heran, Bonnie hielt an der anderen den Stock bereit. Ein Verlangen überfiel sie, das sie noch nie zuvor gespürt hatte. Die Lust, Tyler so hart auf den Kopf zu schlagen, wie sie nur konnte. Und sie spürte, dass sie stärker war als je zuvor.

Und Tyler ahnte es. Er wusste, dass sie ihn von beiden Seiten angreifen wollten. Instinktiv machte er einen Rückzieher, wandte sich um, um von ihnen wegzukommen.

Sie folgten ihm. Für eine Minute oder zwei verhielten sie sich wie ein kleines Sonnensystem. Tyler drehte sich in der Mitte um seine eigene Achse. Bonnie und Meredith umkreisten ihn und warteten auf eine Chance für ihren Angriff.

Eins, zwei, DREI. Ein stummes Signal zuckte von Meredith zu Bonnie. Gerade, als Tyler Meredith ansprang und versuchte, ihr das Messer aus der Hand zu stoßen, schlug Bonnie zu.

Sie erinnerte sich an den Rat eines längst entschwundenen Freundes, der versuchte hatte, ihr Baseball beizubringen. Sie stellte sich vor, nicht auf Tyler Kopf, sondern durch ihn hindurch zu schlagen, um etwas auf der anderen Seite zu treffen. Sie legte das ganze Gewicht ihres zierlichen Körpers in den Schlag. Der Aufprall war so heftig, dass ihr die Arme dabei fast aus den Gelenken gerissen wurden. Der Stock zersplitterte. Tyler kippte um wie ein Boxer, der k.o. ist.

„Ich hab's geschafft! Ja!" jubelte Bonnie und warf das zerbrochene Ende des Astes in ihrer Hand weg. „Wir haben es geschafft!" Ihr Freudenschrei gellte durch die Lichtung. Sie packte den schweren Körper beim Haar und zog ihn von Meredith runter. Tyler war in der Hitze des Kampfes auf sie gestürzt.

„Wir ..."

Die Worte blieben Bonnie im Hals stecken. „Meredith!" schrie sie entsetzt.

„Schon gut", stieß Meredith unter Schmerzen hervor. Ihre Stimme ist so schwach, dachte Bonnie. Sie kam sich vor, als hätte ihr jemand einen Kübel Eiswasser über den Kopf gekippt. Tyler hatte Meredith das Bein bis auf die Knochen aufgerissen. Große, klaffende Wunden liefen Meredith' Schenkel entlang. Durch die zerfetzten Jeans und das Blut konnte Bonnie klar das zerrissene Fleisch erkennen.

„Meredith!“ rief sie außer sich. Sie mussten die Freundin zu einem Arzt bringen. Jeder musste jetzt mit dem Wahnsinn aufhören, das mussten doch alle verstehen. Sie hatten einen Notfall hier, sie brauchten einen Krankenwagen ... „Meredith“, keuchte sie, den Tränen nahe.

„Binde es mit etwas zusammen.“ Meredith’ Gesicht war weiß. Schock. Sie fiel in Schock. Und soviel Blut, soviel Blut strömte heraus. Oh, Gott, dachte Bonnie. Bitte, hilf mir. Sie sah sich nach einer Kordel um, fand jedoch nichts.

Etwas fiel neben ihr auf den Boden. Ein zerfranstes Stück Nylonseil, wie das Seil, mit dem sie Tyler in der Kirchenruine gefesselt hatten. Bonnie sah hoch.

„Kannst du das brauchen?“ fragte Caroline unsicher mit klappernden Zähnen.

Sie trug ihr grünes Kleid, ihr sonst so gepflegtes Haar war wild und struppig, das Gesicht von Schweiß und Blut verschmiert. Noch während sie sprach, schwankte sie leicht und fiel neben Bonnie auf die Knie.

„Bist du verletzt?“ fragte Bonnie entsetzt.

Caroline schüttelte den Kopf, aber dann beugte sie sich nach vorn und würgte. Bonnie sah die beiden Wundmale an ihrem Hals. Doch jetzt war keine Zeit, sich um Caroline zu kümmern. Meredith war wichtiger.

Bonnie band das Seil über Meredith’ Wunden zusammen und versuchte sich verzweifelt daran zu erinnern, was sie im Erste-Hilfe-Kurs gelernt hatte. Eine Aderpresse durfte nicht zu fest sein, sonst bestand die Gefahr, dass Wundbrand einsetzte. Aber sie musste das fließende Blut stoppen. Oh, Meredith.

„Bonnie ... hilf Stefan“, keuchte Meredith, ihre Stimme war nur noch ein Flüstern. „Er wird es brauchen ...“ Sie sank zurück, ihr Atem flatterte, und ihre Augen drehten sich zum Himmel.

Nass. Alles war nass. Bonnies Hände, ihre Kleider, der Boden.

Nass von Meredith' Blut. Und Matt lag unter dem Baum, immer noch bewusstlos. Sie konnte sie unmöglich verlassen. Besonders nicht, da Tyler ebenfalls dort lag. Er könnte aufwachen. Wie benommen drehte sie sich zu Caroline um, die sich zitternd erbrach. Zwecklos, dachte Bonnie. Aber sie hatte keine andere Wahl.

„Caroline, hör mir gut zu." Sie hob den größeren Teil des Astes auf, den sie bei Tyler benutzt hatte und drückte ihn Caroline in die Hand. „Du bleibst bei Matt und Meredith. Lockere die Aderpresse ungefähr alle zwanzig Minuten. Und falls Tyler aufwacht, wenn er sich auch nur rührt, schlägst du ihn damit, so hart du kannst. Hast du das verstanden? Caroline", fügte sie hinzu. „Das ist deine große Chance zu beweisen, dass du zu etwas taugst. Dass du nicht völlig nutzlos bist. Okay?" Sie fing den ausweichenden Blick in den grünen Augen auf und wiederholte mit Nachdruck: „Okay?"

„Aber was wirst du tun?"

Bonnie sah zur Lichtung.

„Nein, Bonnie." Carolines Hand packte sie, und Bonnie bemerkte im Unterbewusstsein die abgesplitterten Fingernägel und die roten, wunden Stellen von den Fesseln um ihre Handgelenke. „Bleib hier in Sicherheit. Geh nicht zu ihnen. Du kannst nichts tun ..."

Bonnie schüttelte sie ab und ging zur Lichtung, bevor sie den Mut verlor. Tief in ihrem Inneren wusste sie, dass Caroline Recht hatte. Es gab nichts, was sie tun konnte. Doch etwas, das Matt vorhin gesagt hatte, klang in ihr nach. Es zumindest zu versuchen. Sie musste es versuchen.

Trotzdem blieb ihr während der nächsten furchtbaren Minuten nichts weiter übrig, als zuzusehen.

Bisher hatten Stefan und Klaus Schläge mit einer solchen Gewalt und Präzision ausgetauscht wie bei einem schönen, tödlichen Tanz. Es war ein ausgeglichener oder fast ausgeglichener Kampf gewesen.

Jetzt beobachtete sie, wie Stefan Klaus mit seinem weißen Eschenstab in die Knie zwang, ihn immer weiter nach hinten drängte, wie ein Limbotänzer, der probiert, wie weit er gehen kann. Und Bonnie konnte das Gesicht von Klaus sehen. Den Mund leicht geöffnet, starrte er Stefan mit einer Mischung aus Überraschung und Furcht an.

Dann änderte sich alles.

Als Klaus sich so weit nach hinten gebeugt hatte, wie er konnte, als es schien, dass er nah daran war, zusammenzubrechen und aufzugeben, passierte etwas.

Klaus lächelte.

Und stieß seinerseits zurück.

Bonnie sah, wie Stefans Muskeln sich zusehends verkrampften vor Anstrengung. Aber Klaus grinste wild und gab nicht nach. Seine Augen waren weit aufgerissen. Langsam, unerbittlich richtete er sich wie ein böser Schachtelteufel auf. Sein Grinsen wurde immer breiter, bis es schließlich sein Gesicht zu spalten schien. Wie bei der Cheshire Katze aus Alice im Wunderland.

Eine Katze, dachte Bonnie.

Eine Katze mit einer Maus.

Jetzt war Stefan derjenige, der keuchte und kämpfte. Mit zusammengebissenen Zähnen versuchte er, Klaus zu widerstehen. Aber Klaus und sein Stock drückten ihn nach hinten, pressten ihn auf den Boden.

Und dabei grinste er die ganze Zeit.

Bis Stefan auf dem Rücken lag, den eigenen Stab von Klaus' Gewicht quer über die Kehle gepresst. Klaus sah auf ihn hinunter und strahlte. „Ich habe keine Lust mehr zu spielen, kleiner Bub“, sagte er herablassend und warf seinen eigenen Stock weg. „Jetzt ist es Zeit zu sterben.“

Er nahm Stefan den Stock so mühelos ab, als würde er ihn einem Kind wegnehmen. Hob ihn mit leichter Bewegung auf und brach ihn über dem Knie in zwei Stücke, um zu zeigen, wie stark er war, wie stark er immer gewesen war. Wie grausam hatte er mit Stefan gespielt!

Eine der Hälften des weißen Speers warf er achtlos über die Schulter auf die Lichtung. Die andere hob er sich für Stefan auf. Er benutzte nicht das scharfe Ende, sondern das zersplitterte, das aus Dutzenden scharfen Spitzen bestand, und stieß mit einer Wucht zu, die dem Betrachter fast lässig erschien. Doch Stefan schrie. Klaus tat es wieder und wieder, und jedes Mal schrie Stefan auf.

Bonnie schrie ebenfalls. Lautlos.

Sie hatte Stefan noch nie zuvor so schreien hören. Man brauchte ihr weder zu erzählen, welche Schmerzen er erleiden musste. Dass Stefan am Ende sterben würde – wenn auch noch nicht gleich. Klaus hatte jetzt die Hand hoch gehoben und war bereit, es mit einem letzten Stoß zu Ende zu bringen. Er schaute mit einem Grinsen voll perverser Freude zum Mond hoch und zeigte deutlich, dass es das war, was ihm Vergnügen bereitete und ihn berauschte. Folter und Mord. Klaus wirbelte den zersplitterten Stab hin und her und schickte sich an, mit einem Lächeln ekstatischer Freude erneut zuzustoßen.

Ein Speer schoss quer über die Lichtung, traf ihn mitten im Rücken und landete dort zitternd wie ein riesiger Pfeil. Klaus riss die Arme auseinander und ließ den Stock fallen. Das böse Grinsen verschwand aus seinem Gesicht.

Er stand eine Sekunde bewegungslos da und drehte sich dann wie in Zeitlupe um. Der weiße Eschenstab in seinem Rücken schwankte leicht.

Vor Bonnies Augen tanzten Millionen grauer Pünktchen. Sie konnte nichts erkennen, aber die Stimme war klar zu verstehen.

Sie klang kalt, arrogant und erfüllt von absolutem Selbstvertrauen. Nur fünf Worte, aber sie änderten alles.

„Hände weg von meinem Bruder!"

15. KAPITEL

Klaus schrie. So müssen die Jäger der Urzeit geschrieen haben, dachte Bonnie und erschauderte. Die Säbelzahntiger, zum Beispiel, oder der Mammutbulle. Blut quoll mit dem Schrei aus seinem Mund. Sein grausam attraktives Gesicht war zu einer wuterfüllten Maske verzogen.

Er tastete mit den Händen hektisch auf den Rücken, versuchte, den weißen Eschenspeer zu packen und herauszuziehen. Aber er steckte zu tief. Der Wurf war exzellent gewesen.

„Damon", flüsterte Bonnie.

Er stand am Rand der Lichtung, umrahmt von den Eichen. Während sie zusah, machte er einen Schritt auf Klaus zu und dann noch einen. Geschmeidige, sich heranpirschende Schritte, voll tödlicher Entschlossenheit.

Und er war wütend. Bonnie wäre vor ihm davongelaufen, vor dem schrecklichen Ausdruck seiner Züge. Sie hatte noch nie einen solchen Zorn gesehen.

„Hände ... weg ... von meinem Bruder", zischte er. Sein Blick war fest auf Klaus gerichtet, während er näher herankam. Klaus schrie wieder, doch seine Hände hatten ihr panisches Suchen aufgegeben.

Er hob sie hoch. „Du Idiot! Wir brauchen nicht zu kämpfen! Das habe ich dir schon bei ihrem Haus gesagt! Wir können einander ignorieren."

Damon hatte die Stimme nicht gehoben. „Hände weg von meinem Bruder." Bonnie konnte den Anstieg der Macht in ihm spüren. Er fuhr so leise fort, dass sie ihre Ohren anstrengen musste. „Bevor ich dir das Herz herausreiße."

„Ich habe es dir gesagt!" schrie Klaus. Damon beachtete seine Worte gar nicht. Sein ganzes Wesen konzentrierte sich auf Klaus' Kehle, auf seine Brust, auf das darin schlagende Herz, das er ihm herausreißen würde.

Trotz des Blutverlusts schien der Blonde noch viel Kraft übrig zu haben. Der Ansturm war plötzlich, voller Gewalt und fast unausweichlich. Bonnie sah, wie er sich mit der Lanze auf Damon warf. Unwillkürlich schloss sie die Augen. Und öffnete sie einen Moment später, als sie das Flattern von Flügeln hörte. Klaus war durch den Platz hindurchgerast, wo Damon gestanden hatte, und eine schwarze Krähe erhob sich in die Luft, nur eine einzelne schwarze Feder fiel sacht zu Boden. Während Bonnie sprachlos zusah, hatte die Wucht von Klaus' Attacke ihn selbst über die Lichtung hinaus in die Dunkelheit davongetragen. Er war verschwunden.

Tiefes Schweigen senkte sich über den Wald.

Bonnies angsterfüllte Starre lockerte sich allmählich. Langsam ging sie, dann rannte sie auf Stefan zu. Er schien ohnmächtig zu sein. Sie kniete sich neben ihn. Und dann spürte sie, wie eine schreckliche, unnatürliche Ruhe sie überfiel. Wenn sie heute nicht so viele Schockerlebnisse hintereinander erlebt hätte, wäre sie vermutlich schreiend geflohen oder in Hysterie gefallen. Aber so, wie die Dinge standen, war das nur einfach der letzte Schritt, der letzte Schritt in die Unwirklichkeit. In eine Welt, die nicht sein konnte, die es aber trotzdem gab.

Denn es war schlimm. Sehr schlimm. So schlimm es nur sein konnte.

Sie hatte noch nie solche Verletzungen gesehen. Nicht einmal bei Mr. Tanner, und er war an seinen Wunden gestorben. Der Erste-Hilfe-Kurs war hier nutzlos. Selbst, wenn Stefan auf einer

Bahre direkt vor dem OP gelegen hätte, wäre es zu spät gewesen.

Entsetzlich ruhig schaute sie hoch, sah Flügel aufflattern und im Mondlicht verschwimmen. Eine Sekunde später stand Damon neben ihr, und es gelang ihr, nüchtern und vernünftig zu sprechen. „Wird es ihm helfen, wenn er Blut bekommt?" Er schien sie nicht zu hören. Seine Augen waren ganz schwarz, ohne Pupillen. Die kaum gezügelte Gewalt, der entsetzliche Zorn waren verschwunden. Er kniete sich hin und berührte den dunklen Kopf auf dem Boden. „Stefan?"

Bonnie schloss die Augen.

Damon hat Angst, dachte sie. Damon hat Angst. Und, mein Gott, ich weiß nicht, was ich tun soll. Es gibt nichts mehr zu tun. Alles ist vorbei, wir haben verloren, und Damon hat Angst um Stefan. Er wird sich nicht um uns kümmern, er hat keine Lösung, und jemand muss doch die Dinge wieder in Ordnung bringen. Ich fürchte mich so. Stefan stirbt, Meredith und Matt sind verletzt, und Klaus wird zurückkommen. Sie öffnete die Augen und sah Damon an. Er war ganz weiß, und sein Gesicht sah in diesem Moment erschreckend jung und verletzlich aus.

„Klaus wird zurückkommen", sagte Bonnie leise. Sie fürchtete sich nicht mehr vor Damon. Das waren nicht mehr der jahrhundertealte Jäger und ein siebzehnjähriges Mädchen, die hier am Rand der Welt saßen. Sie waren nur noch zwei Lebewesen, Damon und Bonnie, die aus all dem das Beste machen mussten.

„Ich weiß." Damon hielt Stefans Hand. Es schien ihm kein bisschen peinlich zu sein. Bonnie konnte spüren, dass er seine ganze Kraft Stefan einflößte, und auch, dass es nicht genug war.

„Würde Blut ihm helfen?"

„Nicht viel. Vielleicht ein wenig."

„Wir müssen alles versuchen, was ihm hilft."

Stefan flüsterte: „Nein."

Bonnie war überrascht. Sie hatte geglaubt, er sei noch bewusstlos. Aber seine Augen waren jetzt offen, wachsam und von rauchigem Grün. Sie waren das einzig Lebendige an ihm.

„Sei nicht dumm", sagte Damon hart. Er hatte Stefans Hand so fest gepackt, dass seine Knöchel weiß hervortraten. „Du bist schwer verwundet."

„Ich werde mein Versprechen nicht brechen." Unbeirrbare Sturheit lag in Stefans Stimme und auf seinen weißen Zügen. Und als Damon den Mund öffnete, zweifellos, um zu sagen, dass Stefan sein Versprechen auf keinen Fall halten würde, ob es ihm nun passte oder nicht, denn sonst würde Damon ihm den Hals brechen, fügte Stefan hinzu: „Besonders, da es zwecklos ist."

Im Schweigen, das folgte, kämpfte Bonnie mit der harten Wahrheit seiner Worte. Wo sie sich jetzt befanden, an diesem schrecklichen Ort, der hinter der realen Welt zu sein schien, waren Vortäuschungen oder falsche Zuversicht fehl am Platz. Nur die Wahrheit zählte. Und Stefan sprach die Wahrheit. Er schaute immer noch seinen Bruder an, der diesen Blick erwiderte. Damons ganze Aufmerksamkeit war jetzt so intensiv auf Stefan gerichtet wie vorher auf Klaus. Als ob das noch helfen würde.

„Ich bin nicht schwer verletzt, ich bin praktisch schon tot", sagte Stefan brutal, tief in Damons Augen schauend. Ihr letzter und größter Willenskampf, dachte Bonnie. „Und du musst Bonnie und die anderen hier rausbringen."

„Wir werden dich nicht verlassen", mischte sie sich jetzt ein. Es war die Wahrheit.

„Ihr müsst!" Stefan löste den Blick nicht von seinem Bruder. „Damon, du weißt, dass ich Recht habe. Klaus kann jede Minute zurücksein. Wirf dein Leben nicht fort. Wirf ihr Leben nicht fort!"

„Ihre Leben sind mir total egal", zischte Damon. Wieder die Wahrheit, dachte Bonnie und war merkwürdigerweise trotzdem nicht beleidigt. Es gab nur ein Leben, das Damon etwas bedeutete, und es war nicht sein eigenes.

„Doch, du musst es tun!“ erwiderte Stefan heftig. Er klammerte sich so fest an Damons Hand, als sei es ein Wettkampf und als könne er Damon auf diese Weise zum Einlenken zwingen. „Elena hatte einen letzten Wunsch. Nun, hier ist meiner. Du hast die Macht, Damon. Ich möchte, dass du sie nutzt, um ihnen zu helfen.“

„Stefan ...“ flüstere Bonnie hilflos.

„Versprich es mir.“ Von Schmerzen gequält, verzog Stefan das Gesicht.

Lange Sekunden sah Damon ihn nur an. Dann sagte er. „Ich verspreche es.“ Der Satz kam schnell und scharf wie der Stich eines Dolches. Er ließ Stefans Hand los, stand auf und wandte sich an Bonnie. „Komm.“

„Wir können ihn nicht allein lassen!“

„Doch, wir können.“ Jetzt war Damons Gesicht nicht mehr jung. Und auch nicht mehr verletzlich. „Du und deine menschlichen Freunde, ihr werdet für immer von hier verschwinden. Ich werde zurückkommen.“

Bonnie schüttelte wie benommen den Kopf. Sie wusste nur eins, sie konnten Stefan nicht so zurücklassen.

„Du kommst jetzt mit!“ Damons Stimme war hart wie Stahl. Er packte ihre Hand. Bonnie blieb an Stefans Seite sitzen und machte sich auf einen Kampf gefasst. Dann geschah etwas, das ihren ganzen Streit sinnlos machte. Ein Knall wie von einer gigantischen Peitsche, ein greller Blitz, und Bonnie war geblendet. Als sie wieder sehen konnte, traf ihr Blick auf die Flammen, die aus einem neuen schwarzen Loch am Fuße eines Baumstamms züngelten.

Klaus war zurückgekehrt. Und mit ihm die Blitze.

Bonnie blickte um sich. Selbst die Natur schien erstarrt zu

sein. Klaus war das Einzige, was sich auf der Lichtung bewegte. Er wedelte mit dem blutigen, weißen Stab, den er sich aus dem Rücken gezogen hatte, wie mit einer grausigen Trophäe.

Sein Blitzableiter, dachte Bonnie völlig unsinnig, und dann gab es einen weiteren Knall.

Sie schossen vom leeren Himmel in riesigen, gezackten Bahnen und erleuchteten alles wie die helle Mittagssonne. Bonnie sah wie gelähmt zu, wie ein Baum nach dem anderen getroffen wurde, jeder ein wenig näher als der Letzte. Flammen wanden sich wie hungrige Schlangen durch die Blätter.

Zwei weitere Bäume zu jeder Seite Bonnies explodierten mit einem Krachen, so laut, dass sie es mehr fühlte als hörte. Ein schrecklicher Schmerz schoss durch ihr Trommelfell. Damon, dessen Ohren noch empfindlicher waren, hob die Hände, um sich zu schützen.

Dann schrie er: „Klaus!“ und sprang den Blonden an. Jetzt schlich er nicht mehr, es war die tödliche Attacke des Vollstreckers. Der Blitz traf ihn mitten im Sprung.

Bonnie kreischte vor Angst, als sie das Unheil kommen sah, und sprang auf. Eine blaue Stichflamme aus überhitzten Gasen, der Geruch nach Verbranntem, Damon wurde zu Boden geschleudert, landete auf dem Gesicht und blieb reglos liegen. Kleine Rauchfahnen stiegen von ihm hoch, genau wie aus den Bäumen.

Stumm vor Entsetzen schaute sie zu Klaus. Er schwankte über die Lichtung und hielt den blutigen Stab wie einen Golfschläger. Als er an Damon vorbeikam, beugte er sich kurz herunter und lächelte.

Ein Schrei blieb Bonnie in der Kehle stecken, sie bekam keine Luft mehr. Selbst zum Atmen schien der Sauerstoff knapp zu werden.

„Mit dir werde ich später abrechnen“, sagte Klaus zu dem bewusstlosen Damon. Dann wandte er sich Bonnie zu. „Du, du bist jetzt an der Reihe."

Sie brauchte einen Moment, um zu merken, dass er dabei Stefan und nicht sie anschaute. Seine elektrisch blauen Augen waren auf Stefans Gesicht gerichtet. Dann schweifte sein Blick zu Stefans blutiger Mitte.

„Ich werde dich bei lebendigem Leib auffressen, Salvatore." Bonnie war ganz allein. Die einzige, die noch auf den Füßen stand. Und sie hatte Angst.

Aber sie wusste, was sie tun musste. Sie ließ sich wieder neben Stefan auf den Boden fallen. Das war's, dachte sie. Du kniest neben deinem Ritter und siehst dem Tod entgegen. Sie blickte Klaus an und bewegte ihren Körper so, dass sie Stefan beschützte. Klaus schien sie jetzt zum ersten Mal richtig wahrzunehmen und runzelte die Stirn, als hätte er eine Spinne in seinem Salat gefunden. Die Flammen warfen ein oranges Leuchten auf sein Gesicht.

„Aus dem Weg."

„Nein."

So beginnt das Ende. Wie das hier, ganz einfach. Nur ein Wort, und du wirst in einer Sommernacht sterben.

„Bonnie, geh", stieß Stefan schmerzerfüllt hervor. „Flieh, solange du noch kannst."

„Nein." Tut mir Leid, Elena, dachte sie. Ich kann ihn nicht retten. Das ist alles, was ich für ihn tun kann.

„Aus dem Weg", zischte Klaus.

„Nein." Sie wollte so lange Widerstand leisten, bis Stefan von allein starb, statt von Klaus' Zähnen zerrissen zu werden. Es würde nicht viel Unterschied machen, aber mehr hatte sie nicht anzubieten.

„Bonnie ...", flüsterte Stefan.

„Weißt du nicht, wer ich bin, Mädchen? Ich bin mit dem Teufel im Bunde. Wenn du dich bewegst, werde ich Barmherzigkeit zeigen und dich schnell töten."

Barmherzigkeit! Bonnie hatte keine Stimme mehr. Sie schüttelte stumm den Kopf.

Klaus warf den Kopf zurück und lachte. Ein bisschen mehr Blut lief seine Mundwinkel hinunter. „Gut. Wie du willst. Ihr werdet zusammen sterben."

Sommernacht, dachte Bonnie. Die Sommernachtswende. Wenn die Grenze zwischen den Welten dünn wird. „Sag brav gute Nacht, mein Schatz."

Keine Zeit für Trance, keine Zeit für irgend etwas. Nur für den verzweifelten Ruf.

„Elena!" schrie Bonnie. „Elena! Elena!"

Klaus zuckte zurück. Einen Moment schien es, als habe allein schon der Name genug Macht, um ihn zu erschrecken.

Oder als ob er erwartete, dass etwas auf Bonnies Hilferuf antworten würde. Lauschend blieb er stehen.

Bonnie hatte ihre ganze telepathische Kraft gesammelt und zusammen mit ihrer verzweifelten Not in den Schrei gelegt. Doch sie fühlte ... nichts.

Nichts störte die Sommernacht, außer dem Knistern der Flammen. Klaus wandte sich zurück zu Bonnie und Stefan und grinste.

Da sah Bonnie, wie feiner Nebel aus dem Boden stieg. Nein ... es konnte kein Nebel sein. Eher der Rauch vom Feuer der lodernden Bäume. Doch auch Rauch benahm sich nicht so. Es drehte sich, hob sich in die Luft wie ein winziger Wirbelwind oder ein Staubteufel und formte sich zu einer Gestalt, die ungefähr die Größe eines Menschen hatte.

Da war eine andere dieser Gestalten, in nur kurzer Entfernung. Dann eine dritte. Das Ganze geschah überall. Nebel stieg aus dem Boden auf zwischen den Bäumen. Schwaden von Nebel und doch einzeln und erkennbar. Bonnie starrte stumm darauf, sie konnte durch jeden Wirbel hindurchsehen, konnte die Flammen, die Eichen und die Ziegel des Schornsteins erkennen. Klaus hatte aufgehört zu lächeln, er war einen Schritt vorgetreten und beobachtete das Schauspiel ebenfalls.

Bonnie wandte sich zu Stefan, unfähig, die Frage auszusprechen. „Ruhelose Geister", flüsterte er heiser. Seine grünen Augen glühten. „Die Sommernachtswende."

Und da verstand Bonnie.

Sie kamen. Von der anderen Seite des Flusses her, wo der alte Friedhof lag. Aus den Wäldern, in denen unzählige Behelfsgräber gegraben und die Leichen hineingeworfen worden waren, bevor sie verwesten. Die ruhelosen Geister, die Soldaten, die hier während des Bürgerkriegs gekämpft hatten und gestorben waren. Und auch die Zivilisten, die Opfer eines brutalen und sinnlosen Krieges geworden waren. Ihr Ruf nach Hilfe war gehört worden.

Sie wirbelten um sie herum. Es waren Hunderte von ihnen. Bonnie konnte jetzt tatsächlich Gesichter erkennen. Die verschwommenen Umrisse füllten sich mit blassen Tönen wie zerlaufende Wasserfarben. Sie sah einen Schimmer Blau, ein wenig Grau. Die Uniformen beider Armeen. Jetzt waren die ehemaligen Feinde vereint. Hier und da Bärte, lang und dunkel oder weiß und kurz. Eine kleine Gestalt, ein Junge, fast noch ein Kind, mit dunklen Löchern statt Augen und einer Trommel, die gegen seine Schenkel schlug.

„Oh, mein Gott", flüsterte Bonnie. Es klang wie ein Dankgebet. Nicht, dass sie keine Angst vor ihnen gehabt hätte, sie fürchtete sich entsetzlich. Jeder Alptraum, den sie je über den alten Friedhof gehabt hatte, schien Wirklichkeit geworden zu sein. Wie bei ihrem Traum mit Elena, als Dinge aus den schwarzen Tiefen der Erde gekrochen waren; nur dass diese hier nicht krabbelten, sie flogen, drehten sich und schwebten, bis sie menschliche Gestalt angenommen hatten. Alles, was Bonnie jemals beim Betreten des alten Friedhof empfunden hatte – die Augen, die sie beobachteten, die Macht, die hinter der Stille wartete – stimmte. Der Boden von Fell's Church enthüllte seine blutigen Erinnerungen. Die Geister derer, die hier gestorben waren, wandelten wieder auf der Erde.

Und Bonnie konnte ihre Wut spüren. Das machte ihr noch mehr Angst. Aber ein anderes Gefühl wurde langsam in ihr wach, es ließ sie die Luft anhalten und Stefans Hand fester packen. Denn die Geisterarmee hatte einen Führer.

Eine Gestalt schwebte vor den anderen, am nächsten dem Platz, wo Klaus stand. Sie war noch nicht deutlich zu erkennen, glühte jedoch von einem inneren, goldenen Schein wie eine Kerzenflamme. Dann verdichtete sie sich vor Bonnies Augen und brannte jede Minute heller, von einem überirdischen Licht erfüllt. Gleißender als jedes Feuer. Klaus wich davor zurück, und Bonnie blinzelte. Ein kurzer Laut erklang hinter ihr. Sie wandte sich zu Stefan um. Er starrte mit weit offenen Augen geradewegs in die Helle. Und lächelte so, als sei er froh, dass sie das letzte war, was er sah.

Da war Bonnie ganz sicher.

Klaus ließ seinen Stab fallen. Er hatte sich von Stefan und Bonnie weggedreht, um diesem Wesen aus Licht gegenüberzutreten, das über der Lichtung schwebte wie ein Racheengel. Goldenes Haar wurde von einem unsichtbaren Wind zurückgeweht, und Elena sah hinunter auf ihn.

„Sie ist gekommen“, flüsterte Bonnie.

„Du hast sie gerufen“, murmelte Stefan. Seine Stimme schwand. Er holte mühsam Luft, lächelte jedoch immer noch. Seine Augen waren heiter.

„Tritt von ihnen weg.“ Bonnie hörte Elenas Stimme in ihren

Ohren wie in ihrem Kopf. Sie klang wie Dutzende von Glocken, die gleichzeitig nah und fern läuten. „Es ist vorbei, Klaus."

Aber Klaus erholte sich schnell. Bonnie sah, wie er die Schultern straffte. Dabei fiel ihr zum ersten Mal das Loch im Rücken seines hellen Regenmantels auf, wo der weiße Eschenspeer ihn getroffen hatte. Es war dunkelrot verschmiert, und neues Blut floss heraus, als Klaus die Arme ausbreitete.

„Denkst du etwa, ich hätte Angst vor dir?" schrie er. Er wirbelte herum und lachte über die schemenhaften Gestalten. „Glaubt ihr im Ernst, ich würde euch fürchten? Ihr seid tot! Staub im Wind! Ihr könnt mich nicht berühren."

„Da irrst du dich", sagte Elena glockenhell.

„Ich bin einer der Uralten! Einer der Ursprünglichen! Jeder weiß, was das heißt!" Klaus wandte sich wieder um und sprach sie alle an. Seine unnatürlich blauen Augen erhielten beim Schein des Feuers einen rötlichen Schein.

„Ich bin niemals gestorben! Ihr seid tot, ihr Geister! Aber ich nicht! Der Tod kann mir nichts anhaben. Ich bin unbesiegbar!" Die letzten Worte kamen so laut, dass sie zwischen den Bäumen ein Echo warfen. Unbesiegbar ... unbesiegbar ... unbesiegbar. Bonnie hörte es im hungrigen Brüllen des Feuers verschwinden.

Elena wartete, bis das letzte Echo verklungen war. Dann sagte sie einfach: „Nicht ganz." Sie sprach zu den geisterhaften Schemen ringsum. „Er will hier noch mehr Blut vergießen." Eine neue Stimme meldete sich zu Wort. Eine hohle Stimme, bei deren Klang Bonnie eine Gänsehaut überfiel. „Des Mordens ist genug." Es kam von einem der Geistersoldaten. „Mehr als genug."

„Zeit, dem ein Ende zu machen."

„Wir können es nicht immer so weitergehen lassen." Das war der Junge mit der Trommel.

„Kein Blut soll mehr vergossen werden!" Mehrere Stimmen

nahmen den Ruf sofort auf. „Kein Töten mehr!" Der Schrei pflanzte sich von einem zum anderen fort, bis er lauter war als das Brüllen des Feuers. „Kein Morden mehr!"

„Ihr könnt mir nichts antun! Ihr könnt mich nicht töten!"

„Schnappen wir ihn uns!" Bonnie würde nie erfahren, wer das letzte Kommando gegeben hatte. Aber alle gehorchten. Die Geisterarmee erhob sich, schloss sich zusammen, wurde wieder zu Nebel, einer dunklen Wand mit hunderten Händen. Sie brach über Klaus zusammen wie eine Ozeanwelle. Tausend Hände packten ihn, obwohl Klaus mit allen Kräften kämpfte, mit Armen und Beinen um sich schlug.

Es waren zu viele für ihn. In Sekunden war er eingekeilt, überwältigt und wurde von dem dunklen Nebel verschlungen. Der Tornado wirbelte ihn mit sich hoch. Seine Schreie waren nur noch schwach zu hören.

„Ihr könnt mich nicht töten! Ich bin unsterblich!"

Der Wirbelwind fegte in die Dunkelheit außerhalb von Bonnies Sichtweite. Seiner Spur folgten eine Horde der Geister wie der Schweif eines Kometen. Sie verschwanden am dunklen Nachthimmel.

„Wo bringen sie ihn hin?" Bonnie hatte es nicht laut sagen wollen. Es war ihr nur so herausgerutscht. Aber Elena hatte sie trotzdem gehört.

„Dorthin, wo er kein Unheil mehr anrichten kann", sagte sie, und der Ausdruck auf ihrem Gesicht hielt Bonnie davon ab, weitere Fragen zu stellen

Ein heftiges Schnauben und Brüllen war von der anderen Seite der Lichtung her zu hören. Bonnie wandte sich um und sah Tyler, in seiner schrecklichen halb Tier-, halb Menschengestalt. Er hatte sich aufgerichtet. Doch Carolines Knüppel war unnötig. Er starrte Elena und die paar verbliebenen Geisterfiguren an und zitterte.

„Lass nicht zu, dass sie mich auch mitnehmen. Lass es nicht zu!“

Bevor Elena antworten konnte, war er herumgewirbelt. Er betrachtete die brausende Feuerwand einen Moment, dann warf er sich hinein und rannte in den Wald. Durch die brennenden Bäume hindurch konnte Bonnie erkennen, wie er zu Boden fiel und versuchte, die Flammen auf seinem Körper zu ersticken, aufsprang und weiterlief. Doch dann loderte das Feuer wieder auf, und sie konnte ihn nicht mehr sehen.

Aber etwas anderes fiel ihr ein: Meredith und Matt. Meredith lag aufgestützt, den Kopf in Carolines Schoß, und beobachtete alles. Matt war immer noch bewusstlos. Verletzt, aber nicht so schwer wie Stefan.

„Elena“, machte Bonnie die helle Gestalt auf sich aufmerksam. Und schaute dann einfach auf ihn.

Die Helligkeit kam näher. Stefan blinzelte nicht. Er blickte genau in das Herz des Lichts und lächelte. „Klaus ist jetzt vernichtet. Dank dir.“

„Es war Bonnie, die uns gerufen hat. Und sie hätte es ohne dich und die anderen nicht am richtigen Ort und zur richtigen Zeit tun können.“

„Ich habe versucht, mein Versprechen zu halten.“

„Ich weiß, Stefan.“

Bonnie gefiel das Ganze gar nicht. Es klang zu sehr nach Abschied – nach endgültigem Abschied. Ihre eigenen Worte kamen zu ihr zurück. *‚Er könnte an einen anderen Ort gelangen – oder einfach verlöschen.‘* Sie wollte, dass Stefan nirgendwo hinging.

„Elena“, sagte sie. „Kannst du nicht ... etwas tun? Kannst du ihm nicht helfen?“ Ihre Stimme zitterte.

Und Elenas Ausdruck, als sie sich Bonnie zuwandte, so sanft und traurig zugleich, machte sie noch hoffnungsloser.

Er erinnerte sie an jemanden, und dann fiel es ihr wieder ein.

Honoria Fell's Augen hatten so geschaut, als blickte sie auf all das unabänderliche Unrecht in dieser Welt. All die Ungerechtigkeit, die Dinge, die nie hätten geschehen dürfen und doch geschehen waren.

„Ich kann etwas tun", sagte sie. „Aber ich weiß nicht, ob es die Art von Hilfe ist, die er möchte." Sie wandte sich wieder an Stefan. „Stefan, ich kann heilen, was Klaus dir zugefügt hat. Heute Nacht habe ich soviel Macht. Aber ich kann nicht rückgängig machen, was Katherine dir angetan hat."

Bonnies betäubter Verstand hatte eine Weile damit zu tun. Was Katherine ihm angetan hat? Aber Stefan hatte sich schon vor Monaten von Katherines Folter in der Krypta erholt. Dann verstand sie. Katherine hatte Stefan zum Vampir gemacht.

„Es ist zu lange her", flüsterte Stefan Elena zu. „Auch, wenn du es heilen könntest, würde nur ein Häufchen Asche von mir übrigbleiben."

„Ja." Elena lächelte nicht, sondern sah ihn nur fest an. „Willst du meine Hilfe, Stefan?"

„Um weiter auf dieser Welt in den Schatten leben zu müssen?" Stefans Stimme war kaum hörbar, seine grünen Augen blickten abwesend. Bonnie hatte große Lust, ihn durchzuschütteln. Lebe! sagte sie in Gedanken zu ihm. Sie wagte nicht, das Wort laut auszusprechen, aus Angst, ihn dadurch genau zum Gegenteil zu bewegen. Dann fiel ihr noch etwas anderes ein.

„Um es weiter zu versuchen." Beide sahen sie an. Sie erwiderte ihre Blicke, das Kinn vorgestreckt, und sah, wie sich ein Lächeln auf Elenas hellen Lippen formte. Elena wandte sich an Stefan, und der Hauch des Lächelns ging auf ihn über.

„Ja", antwortete er darauf leise. „Ich möchte deine Hilfe, Elena."

Sie beugte sich hinunter und küsste ihn.

Bonnie sah, wie Licht von ihr auf Stefan überging, ein funkelnder Fluss, der ihn ganz umhüllte. Es schloss ihn mit einem Schauer von glitzernden Diamanten ein, wie der dunkle Nebel Klaus umrundet hatte, bis Stefans ganzer Körper glühte wie der von Elena.

Dann wurde das Leuchten zu einer goldenen Aura, schien in ihn einzudringen und verschwand. Sein Hemd war immer noch zerfetzt, doch das Fleisch darunter war glatt und fest. Bonnie, die Augen vor Staunen weit aufgerissen, konnte nicht anders. Sie musste ihn anfassen.

Die Haut fühlte sich wie jede andere an. Die grässlichen Wunden waren verschwunden.

Sie lachte vor überströmender Freude, dann schaute sie auf und wurde mit einem Schlag ernst. „Elena – da ist noch Meredith."

Die helle Gestalt war bereits über die Lichtung geschwebt. Meredith hob leicht den Kopf aus Carolines Schoß und sah sie an. „Hallo, Elena." Es klang fast normal, nur dass ihre Stimme so schwach war.

Elena beugte sich hinunter und küsste sie. Das Leuchten breitete sich wieder aus und umfing Meredith. Als es erlosch, konnte Meredith wieder auf ihren eigenen Füßen stehen.

Elena tat das gleiche bei Matt, der erwachte und sich verwirrt umsah. Sie küsste auch Caroline, die aufhörte zu zittern und ihre hängenden Schultern aufrichtete.

Dann ging sie zu Damon.

Er lag dort, wo er hingefallen war. Die Geister waren an ihm vorbeigezogen und hatten keinerlei Notiz von ihm genommen. Elenas durchsichtig schimmernde Hand strich sanft über sein Haar. Und sie küsste ihn.

Als das glitzernde Licht verschwunden war, setzte Damon sich auf und schüttelte heftig den Kopf. Er sah Elena und wurde ganz still. Jede Bewegung sorgsam beherrscht, stand er auf. Er schwieg und beobachtete nur, wie Elena sich wieder Stefan zuwandte.

Sein Umriss hob sich gegen das Feuer ab. Bonnie hatte kaum bemerkt, wie sehr der rote Schein gewachsen war, so dass er fast Elenas Gold verschlang. Aber jetzt sah sie es und war alarmiert.

„Mein letztes Geschenk an euch“, hauchte Elena, und es begann zu regnen.

Kein Sturm mit Blitz und Donner, sondern ein heftiger Schauer, der alles durchnässte, Bonnie eingeschlossen, und das Feuer löschte. Die Tropfen waren so frisch und kühl, sie schienen die ganzen Schrecken der letzten Stunden wegzuspülen und den Wald zu reinigen von allem, was geschehen war. Bonnie hob mit geschlossenen Augen das Gesicht und hatte große Lust, die Arme auszubreiten und den Regen zu umarmen. Schließlich wurde er weniger, und sie blickte wieder zu Elena.

Elena sah Stefan an, und es lag jetzt kein Lächeln auf ihren Lippen. Die wortlose Trauer war zurückgekehrt. „Es ist Mitternacht“, sagte sie. „Ich muss gehen.“

Bonnie wusste beim Klang ihrer Stimme sofort, dass sie damit für immer meinte. Elena würde in einen Bereich entschwinden, wo sie keine Trance und kein Traum mehr erreichen konnte.

Und Stefan wusste es auch. „Nur noch ein paar Minuten“, bat er und griff nach ihr. „Es tut mir Leid ...“

„Elena, warte ... ich muss dir etwas sagen ...“

„Ich kann nicht!“ Zum ersten Mal war der heitere Friede aus dem hellen Gesicht gewichen und hatte namenloser, herzzerreißender Trauer Platz gemacht. „Stefan, ich kann nicht länger warten. Es tut mir so Leid.“ Etwas schien Elena nach hinten zu ziehen, weg von ihnen in eine andere Dimension, die Bonnie nicht sehen konnte. Vielleicht war es derselbe Ort, an den Honoria sich zurückgezogen hatte, als ihre Aufgabe beendet war. Um in Frieden zu ruhen.

Aber Elena war von diesem Zustand weit entfernt. In ihrem Blick lag nur Verzweiflung, tiefe, grenzenlose Verzweiflung. Sie wandte die Augen nicht von Stefan ab, und hilflos griff sie mit einer Hand nach ihm. Doch sie berührten sich nicht. Was es auch war, das Elena stetig weiter von ihnen weg in seinen Bann zog, es war zu stark.

„Elena – bitte!“ Es war die Stimme, mit der Stefan sie damals gerufen hatte. Als ob sein Herz zerbrechen würde.

„Stefan!“ schluchzte sie verzweifelt und streckte nun beide Hände aus. Aber ihre Gestalt wurde immer undeutlicher und schwand. Bonnie fühlte, wie ein Schluchzen auch in ihrer Kehle aufstieg. Das war nicht fair. Das Einzige, was die beiden je gewollt hatten, war doch nur, wieder zusammenzusein. Und jetzt bestand Elenas Belohnung dafür, dass sie der Stadt geholfen und ihre Pflicht erfüllt hatte, darin, unwiderruflich von Stefan getrennt zu werden. Es war einfach nicht fair.

„Stefan“, rief Elena wieder, aber ihre Stimme klang wie aus weiter Entfernung. Die Helligkeit glühte nur noch schwach. Dann musste Bonnie durch einen Tränenschleier hilflos mit ansehen, wie sie ganz erlosch.

Auf der Lichtung war es wieder still. Die Geister von Fell's Church, die für eine Nacht zurückgekehrt waren, um zu verhindern, dass noch mehr Blut vergossen wurde, waren verschwunden. Die helle Flamme, die sie angeführt hatte, war verglüht, ohne eine Spur zu hinterlassen. Selbst der Mond und die Sterne waren jetzt von dichten Wolken verhangen.

Bonnie wusste, dass die Nässe auf Stefans Gesicht nicht vom Regen herkam, der immer noch sanft rieselte. Heftig atmend stand er auf der Stelle, an der Elenas Geist zuletzt gesehen wurde. Und all die Sehnsucht und der Schmerz, die Bonnie schon vorher auf seinem Gesicht gesehen hatte, waren nichts im Vergleich mit dem, was sie jetzt beobachten musste.

„Es war nicht fair“, flüsterte sie. Dann schrie sie zum Himmel, egal, wen sie damit meinte: „Es ist nicht fair.“

Stefan hatte immer hektischer Luft geholt. Jetzt hob er ebenfalls sein Gesicht, aber nicht im Zorn, sondern von unendlichem Leid erfüllt. Sein Blick durchsuchte die Wolken, als könne er dort ein Zeichen des goldenen Lichts, ein Aufflackern ihrer hellen Gestalt entdecken. Vergeblich. Bonnie sah, wie ihn ein Krampf durchfuhr, schlimmer als die Qual, die ihm Klaus' Stock zugefügt hatte. Und der Schrei, den er ausstieß, war das Entsetzlichste, was Bonnie je gehört hatte.

„Elena!“

Bonnie konnte sich nachher nicht mehr genau erinnern, was in den nächsten Sekunden geschah. Sie hörte Stefans Schrei, bei dem die Erde unter ihren Füßen zu beben schien. Sie sah, dass Damon zu ihm laufen wollte. Und dann den Blitz. Ein Blitz, wie die Blitze von Klaus. Nur war dieser nicht blauweiß.

Er war golden.

Und so hell, dass Bonnie glaubte, die Sonne wäre vor ihren Augen explodiert. Alles, was sie nach ein paar Sekunden erkennen konnte, war ein Wirbelsturm an Farben. Dann sah sie etwas in der Mitte der Lichtung, nah bei dem Schornstein. Etwas Weißes, geformt wie die Geister, doch etwas, das mehr Körper besaß. Etwas Kleines, Zusammengekauertes ... nein, es musste etwas anderes sein als das, was ihre Augen ihr vorgaukeln wollten.

Denn es glich einem schlanken, nackten Mädchen, das auf dem Waldboden zitterte. Einem Mädchen mit hellblondem Haar.

Elena.

Nicht der leuchtenden Gestalt aus der Geisterwelt oder dem blassen, unmenschlichen Wesen, das Elena, die Vampirin, gewesen war. Das hier war eine Elena, deren weiße Haut unter dem stetigen Regen rosagefleckt und mit einer Gänsehaut bedeckt war. Eine Elena, die verwirrt schien, während sie langsam den Kopf hob und sich umsah, als seien ihr all die vertrauten Dinge auf der Lichtung völlig fremd.

Es ist eine Illusion. Oder sie haben ihr noch ein paar Minuten gewährt, um sich zu verabschieden, redete Bonnie sich ein. Doch sie konnte ihre eigenen Worte nicht glauben.

„Bonnie?“ fragte eine Stimme unsicher. Eine Stimme, die nicht mehr klang wie Glockengeläut im Wind. Das hier war die Stimme eines verängstigten jungen Mädchens.

Bonnies Knie gaben nach. Ein wildes Gefühl stieg in ihr auf. Sie versuchte, es zu unterdrücken, und wagte noch nicht, es genauer zu untersuchen. Sie beobachtete Elena nur.

Diese berührte das Gras vor sich. Zunächst zögernd, dann immer fester, schneller und schneller. Sie hob ein Blatt mit ungeschickten Fingern auf, legte es wieder hin, betastete die Erde. Hob ein anderes Blatt auf. Griff sich eine ganze Handvoll, presste sie an sich, roch ihren Duft, öffnete die Hände, ließ sie zu Boden rieseln. Sie sah Bonnie an, während die Blätter vom Wind verweht wurden.

Einen Moment knieten beide nur da und sahen sich aus einigen Metern Abstand an. Dann streckte Bonnie zitternd die Hand aus. Das Gefühl in ihr wuchs und wuchs.

Elena erwiderte ihre Geste. Ihre Finger berührten sich.

Richtige Finger. In einer realen Welt, in der sie sich beide befanden. Bonnie stieß einen Schrei aus und warf sich auf Elena. Eine Minute streichelte und betastete sie die Freundin in wilder, ungläubiger Freude. Und es war wirklich Elena! Sie war nass vom Regen, zitterte, und Bonnies Hände fuhren nicht durch sie hindurch. Kleine Stücke von feuchten Blättern und Erdkrumen hingen in Elenas Haar.

„Du bist hier“, schluchzte Bonnie. „Ich kann dich anfassen, Elena!“

„Ich kann dich auch anfassen“, erwiderte Elena genauso aufgewühlt. „Ich bin hier.“ Sie griff wieder nach den Blättern. „Ich kann die Erde berühren!“

„Ich fühl dich.“ Sie hätten ewig so weitergemacht, aber Meredith unterbrach sie. Sie stand mit weißem Gesicht ein paar Schritte entfernt und beobachtete alles mit großen dunklen Augen. Ein ersticktes Geräusch entfuhr ihrer Kehle.

„Meredith!“ Elena wandte sich ihr zu und hielt ihr die Blätter hin. Dann breitete sie die Arme aus.

Meredith, die damit fertig geworden war, dass man Elenas Leiche im Fluss gefunden hatte, dass Elena als Vampirin zu ihrem Fenster gekommen war und dass sie wie ein Engel auf dieser Lichtung erschienen war – dieselbe Meredith stand jetzt nur zitternd da. Sie sah aus, als würde sie jeden Moment ohnmächtig werden.

„Meredith! Sie ist es wirklich! Du kannst sie berühren. Schau!“ Bonnie knuddelte Elena wieder voller Freude wie einen kleinen Hund.

Meredith bewegte sich nicht. „Aber das ist unmöglich“, flüsterte sie.

„Es ist wahr! Siehst du? Es ist wahr.“ Bonnie wurde langsam hysterisch. Sie wusste es, doch das war ihr egal. Wenn jemand ein Recht hatte, auszuflippen, dann war sie es. „Es ist wahr, es ist wahr“, sang sie. „Meredith, nun komm endlich.“

Meredith, die Elena die ganze Zeit angestarrt hatte, gab wieder ein erstickendes Geräusch von sich. Dann warf sie sich in einer Bewegung auf Elena. Sie berührte sie, merkte, dass ihre Finger auf festes Fleisch trafen. Sie schaute in Elenas Gesicht. Und brach in unkontrollierte Tränen aus. Sie weinte und weinte, den Kopf an Elenas schmale Schulter gelehnt. Bonnie streichelte beide voller Glück.

„Findet ihr nicht, dass sie langsam mal was überziehen sollte?“ meldete sich eine Stimme zu Wort. Bonnie schaute hoch und sah, dass Caroline ihr Kleid auszog. Sie machte das ganz ruhig und stand nachher in ihrer weißen Spitzenunterwäsche da, als sei es etwas ganz Alltägliches. Keine Fantasie, dachte Bonnie, jedoch ohne Bosheit. Manchmal war es eben ganz nützlich, wenn man keine Fantasie hatte.

Meredith und Bonnie zogen Elena das Kleid über den Kopf. Sie wirkte darin verloren, nass und irgendwie fremd, als sei sie es nicht mehr gewohnt, Kleidung zu tragen. Aber jedenfalls bot es einen Schutz gegen das Wetter.

Dann flüsterte Elena: „Stefan!“

Sie drehte sich um. Er stand dort, mit Damon und Matt, ein wenig von den Mädchen entfernt, und beobachtete sie nur, als hinge sein Leben davon ab.

Elena stand auf und machte einen wackligen Schritt auf ihn zu, dann noch einen und noch einen. Wie die kleine Seejungfrau, die lernt, ihre Beine zu benutzen, dachte Bonnie.

Wie erstarrt ließ er sie fast den ganzen Weg gehen, bevor er auf sie zustolperte. Dann stürzten sie zueinander, fielen zusammen zu Boden. Die Arme umeinandergeschlungen, hielten sie sich so fest wie nur möglich. Keiner von beiden sprach ein Wort.

Schließlich zog Elena sich ein Stückchen zurück, um Stefan anzusehen. Er nahm ihr Gesicht in beide Hände, um sie sprachlos zu betrachten. Elena lachte aus purer Freude, öffnete und schloss die Finger und vergrub sie in Stefans dichten Locken. Dann küssten sie sich.

Bonnie schaute zu, ohne sich zu schämen. Freudentränen liefen über ihre Wangen, und sie lächelte immer noch. Sie war schmutzig, klatschnass und noch nie in ihrem Leben so glücklich gewesen. Sie hatte Lust zu tanzen, zu singen und die verrücktesten Dinge anzustellen.

Einige Zeit später blickte Elena von Stefan weg zu den anderen hin. Ihr Gesicht strahlte fast so hell wie vorhin, als sie wie ein Engel über die Lichtung geschwebt war. Niemand wird sie jemals wieder Eisprinzessin nennen, dachte Bonnie.

„Mein Freunde“, sagte Elena. Nur das, aber es war genug. Das und der komische, kleine Schluchzer, den sie von sich gab, als sie die Hand ausstreckte. In einer Sekunde waren die Freunde bei ihr und versuchten, sie alle auf einmal in die Arme zu schließen. Sogar Caroline.

„Elena“, sagte Caroline. „Es tut mir Leid ...“

„Alles vergeben und vergessen.“ Elena umarmte sie so herzlich wie die anderen. Dann griff sie nach einer kräftigen, braunen Hand und hielt sie kurz an die Wange. „Matt.“ Und er lächelte sie mit seinen blauen Augen an, in denen Tränen schwammen. Aber nicht aus Schmerz, weil er sie in Stefans Armen sieht, dachte Bonnie. Matts Gesicht strahlte nur reine Freude aus.

Ein Schatten fiel auf die kleine Gruppe und trat zwischen sie und das Mondlicht. Elena schaute hoch und streckte wieder ihre Hand aus. „Damon“, sagte sie.

Das klare Leuchten und die Liebe, die in ihrem Gesicht geschrieben standen, waren unwiderstehlich. Doch Damon trat vor, ohne eine Miene zu verziehen, seine schwarzen Augen waren unergründlich wie immer. Nichts von dem Sternenglanz, der von Elena ausging, wurde von ihnen zurückgeworfen. Stefan sah ihn so furchtlos an, wie er in die schmerzliche Helle von Elenas goldener Gestalt geblickt hatte. Dann, den Blick niemals abwendend, streckte er die Hand aus.

Damon schaute auf die beiden offenen, freudigen Gesichter hinab und auf das stumme Angebot ihrer Hände. Sie boten ihm Dazugehörigkeit, Wärme, Menschlichkeit an.

Nichts davon spiegelte sich in seinem Gesicht wider, und er selbst war völlig reglos.

„Komm schon, Damon“, sagte Matt leise. Bonnie warf ihm einen erstaunten Blick zu und erkannte, dass seine blauen Augen jetzt eindringlich auf das Gesicht des Jägers gerichtet waren.

Damon sprach, ohne sich zu bewegen. „Ich bin nicht wie ihr."

„Du unterscheidest dich gar nicht so sehr, wie du es vielleicht selber gern glauben möchtest", sagte Matt. „Schau." In seiner Stimme lag eine merkwürdige Herausforderung. „Ich weiß, dass du Mr. Tanner in Notwehr getötet hast, denn du hast es mir selbst erzählt. Und ich weiß ebenfalls, dass du nicht nach Fell's Church gekommen bist, weil Bonnies Spruch dich hergeholt hat. Ich selbst habe das Haar ausgesucht, und ich habe keine Fehler gemacht. Du bist aus freien Stücken gekommen. Du gleichst uns mehr, als du zugeben willst, Damon. Das Einzige, was ich nicht weiß, ist, warum du nicht in Vickies Haus gegangen bist, um ihr zu helfen."

Damon entfuhr es, fast automatisch: „Ich konnte nicht! Weil ich nicht hereingebeten worden war!"

Erinnerungen stiegen in Bonnie auf. Sie selbst vor Vickies Haus, Damon stand neben ihr. Stefans Stimme: *„Vickie, bitte mich herein!"* Aber niemand hatte Damon eingeladen.

„Aber wie ist Klaus reingekommen?" begann sie, ihren eigenen Gedankengang weiterverfolgend.

„Das war sicher Tylers Job", antwortete Damon. „Solche Dinge hat Tyler getan, um zu lernen, wie er sein Erbe in sich wecken kann. Und er muss Klaus eingeladen haben, bevor wir überhaupt angefangen haben, das Haus zu bewachen. Vermutlich sogar schon, bevor Stefan nach Fell's Church kam.

Klaus war gut vorbereitet. In jener Nacht war er in Vickies Haus, und das Mädchen war tot, bevor ich überhaupt richtig wusste, was geschehen war."

„Warum hast du Stefan nicht gerufen?" Es lag keine Anschuldigung in Matts Frage.

„Weil er absolut machtlos gewesen wäre! Ich wusste, mit wem

wir es zu tun hatten, sobald ich ihn sah. Ein Ursprünglicher. Stefan wäre getötet worden, und dem Mädchen wäre sowieso nicht mehr zu helfen gewesen."

Bonnie hörte die unterschwellige Kälte in seiner Stimme, und als Damon sich wieder Stefan und Elena zuwandte, war sein Gesicht hart. Es schien, als hätte er eine Entscheidung getroffen. „Ihr seht, ich bin nicht wie ihr."

„Das macht nichts." Stefan hatte seine Hand immer noch nicht zurückgezogen. Elena ebenfalls nicht.

„Damon ..." begann Bonnie. Langsam, fast widerwillig, drehte er sich zu ihr um. Sie hatte an den Moment gedacht, als sie beide neben Stefan gekniet hatten und er so jung ausgesehen hatte. Als sie nur Damon und Bonnie allein am Rand der Welt gewesen waren.

Sie glaubte eine Sekunde, Sterne in den schwarzen Augen aufblitzen zu sehen. Und sie konnte etwas in ihm spüren – Gefühle wie Verlangen, Verwirrtheit, Angst und Wut, alle vermischt. Aber dann war es vorbei. Er hatte seine Schilde wieder hochgezogen, und Bonnies telepathischen Kräfte verrieten ihr nichts mehr.

Er wandte sich an das Paar auf dem Boden. Dann zog er seine Lederjacke aus, trat hinter Elena und legte sie ihr um die Schultern, ohne Elena zu berühren. „Es ist eine kalte Nacht", sagte er. Er schaute Stefan einen Moment an, bevor er die Jacke losließ.

Dann ging er zurück in die Dunkelheit zwischen den Eichen. Einen Moment später hörte Bonnie das Flattern von Flügeln. Stefan und Elena hatten sich wortlos an die Hand genommen, und Elena hatte ihren Kopf auf Stefans Schulter gelegt.

Über ihr blondes Haar hinweg schauten Stefans grüne Augen zu dem Fleck, an dem sein Bruder gerade verschwunden war.

Bonnie schüttelte den Kopf. Ein Kloß steckte ihr plötzlich im Hals. Es wurde ein bisschen besser, als jemand ihren Arm berührte und sie zu Matt hochblickte. Selbst klatschnass und von seinem Kampf mit Tyler mit Moos und Farn beschmutzt, sah er einfach toll aus. Sie lächelte ihn an, und ihre Freude kam zurück. Dieses überschäumende, schwindlig machende Gefühl, wenn sie an alles dachte, was heute nacht passiert war. Meredith und Caroline lächelten ebenfalls. Impulsiv griff Bonnie nach Matts Hand und begann einen übermütigen Tanz mit ihm. Mitten auf der Lichtung wirbelten sie herum und lachten. Sie waren lebendig, sie waren jung, und das war die Nacht der Sommersonnenwende.

„Du wolltest uns doch alle wieder zusammenhaben!" schrie Bonnie Caroline zu und zog das entsetzte Mädchen mit in den wilden Reigen. Meredith, ihre kühle Würde vergessend, kam ebenfalls hinzu.

Und lange Zeit hörte man auf der Lichtung nur lautes Jauchzen und fröhliches Lachen.

21. Juni, 7 Uhr 30, Sommersonnenwende

Liebes Tagebuch,
ach, es ist viel zuviel zu erklären, und du würdest es ja doch nicht glauben. Ich gehe ins Bett.
Bonnie

– ENDE –

L. J. SMITH

Der Zorn

Für die Leute von Fell's Church ist Elena tot - umgekommen bei einem Autounfall und viel zu früh aus ihrer Mitte gerissen. Doch Elena lebt, ist in ein Schattenreich verdammt, seitdem sie das Blut der Vampire getrunken hat. Nachts fühlt sie die grenzenlose Einsamkeit, die sie von nun an begleiten wird, der Preis für ihre Liebe zu Stefan. Aber vielleicht musste Elena dieses dunkle Schicksal auf sich nehmen. Denn so spürt sie plötzlich die tödliche Gefahr, die den Bewohnern von Fell's Church droht – und hat endlich Macht, zusammen mit Stefan und Damon gegen das Böse zu kämpfen ...

Band-Nr. 15003
4,95 €
ISBN 3-89941-030-0

Silhouette®